PEDRO JUAN GUTIÉRREZ

Der König von Havanna

Buch

Als der Kubaner Reynaldo dreizehn Jahre alt ist, wird sein ohnehin schwieriges Leben in einem der Armenviertel Havannas von einer Katastrophe erschüttert: Im Zorn tötet der ältere Bruder Nelson die Mutter und stürzt sich dann in seiner Verzweiflung vom Dach des Hauses. Schockiert von den schrecklichen Geschehnissen schweigt Reynaldo, als die Polizei ihn zu dem Unglück befragt, und wird daraufhin ins Gefängnis gesteckt. Nichts Besonderes im Havanna der 1990er Jahre, wo Mord und Totschlag an der Tagesordnung sind. Doch es gibt auch keinen anderen Ort, an dem man das Leben freizügiger genießt.

Auch vor den Gefängnismauern macht diese Lebensweise nicht Halt: Als Reynaldo nach vier Jahren von dort flieht, ist er um zahlreiche sexuelle Erfahrungen reicher und gut vorbereitet auf den täglichen Überlebenskampf auf den Straßen Havannas. Übermütig stürzt er sich in das brodelnde Leben der Hauptstadt, hält sich mit Gelegenheitsarbeiten über Wasser, wandert von Frau zu Frau, von einem sexuellen Abenteuer zum nächsten. Bis er Magda kennen lernt – und damit zum ersten Mal so etwas Ähnliches wie Liebe empfindet. Doch ihre rauschhafte, exzessive Lebensweise droht das Paar in den Abgrund zu reißen …

Autor

Pedro Juan Gutiérrez wurde 1950 in Kuba geboren. Bereits mit elf Jahren schlug er sich als Eis- und Zigarettenverkäufer durch, später arbeitete er als Soldat, Schwimm- und Kajaklehrer, Zuckerrohrschneider, Landarbeiter, Bauinstallateur und technischer Zeichner. Doch eigentlich ist Gutiérrez Maler, Bildhauer, Dichter und Journalist. Seine »Schmutzige Havanna Trilogie« stürmte die deutschen Bestsellerlisten. Der Autor mehrerer Romane und Chronist eines neuen, authentischen Kuba lebt in Havanna, wo seine Bücher jedoch nicht erscheinen dürfen.

Von Pedro Juan Gutiérrez außerdem lieferbar:

Schmutzige Havanna Trilogie. Roman (45552)

Pedro Juan Gutiérrez

Der König von Havanna

Roman

Aus dem Spanischen
von Harald Riemann

GOLDMANN

Die Originalausgabe erschien 1999 unter dem Titel
»El Rey de La Habana« im Verlag Anagrama, Barcelona.

FSC
Mix
Produktgruppe aus vorbildlich
bewirtschafteten Wäldern und
anderen kontrollierten Herkünften

Zert.-Nr. SGS-COC-1940
www.fsc.org
© 1996 Forest Stewardship Council

Verlagsgruppe Random House FSC-DEU-0100
Das FSC-zerfizierte Papier *München Super* für Taschenbücher aus dem
Goldmann-Verlag liefert Mochenwange Papier.

1. Auflage
Taschenbuchausgabe Oktober 2005
Wilhelm Goldmann Verlag, München,
in der Verlagsgruppe Random House GmbH

Umschlaggestaltung: Design Team München
Umschlagfoto: Photonica/Veer
Satz: deutsch-türkischer fotosatz, Berlin
Druck und Einband: GGP Media GmbH, Pößneck
An · Herstellung: AW
Made in Germany
ISBN 3-442-45955-9
ISBN 978-3-442-45955-1

www.goldmann-verlag.de

Wir sind alles, was da ist,
was den Leuten gefällt,
was sich verkauft wie warme Semmeln,
was als Erstes vergriffen ist.
Wir sind das Größte.

Manolín, El Médico de la Salsa

Unterentwicklung ist die Unfähigkeit,
Erfahrung zu sammeln.

Edmundo Desnoes

Führ mich nicht an der Nase herum,
sonst verbrennst du dir die Finger.

Kubanisches Lied

Das Stück Dachterrasse war der größte Schweinestall vom ganzen Gebäude. Als 1990 die Krise begann, verlor sie ihren Job als Putzfrau. Daraufhin machte sie es wie viele: Sie schaffte sich Hühner, ein Schwein und ein paar Tauben an. Aus vermoderten Brettern, Blechstücken, Resten von Eisendrähten und Drahtgitter baute sie ein paar Käfige. Einige Tiere aßen sie selbst, andere verkauften sie. Inmitten von Scheiße und Tiergestank überlebte sie. Manchmal gab es im ganzen Haus viele Tage lang kein Wasser. Dann kreischte sie die Jungs an, weckte sie frühmorgens und trieb sie mit Schlägen und Rippenstößen an, die vier Stockwerke runterzulaufen und von einem Brunnen, der sich, so unglaublich es war, an der Straßenecke befand und mit einem Kanaldeckel abgedeckt war, ein paar Eimer Wasser die Treppen hochzuholen.

Die Jungen waren zu der Zeit neun und zehn Jahre alt. Reynaldo, der Jüngere, war still und schweigsam. Nelson war hitziger und widersprach ständig, und manchmal schnauzte er sie wütend an:

»Hör auf, mich so anzuschreien, Mann. Was willst du?« Sie hinkte auf dem rechten Fuß und war ein bisschen beschränkt oder blöde. Irgendwas war nicht ganz richtig in ihrem Kopf. Von Kindheit an, vielleicht schon von Geburt an. Auch ihre

Mutter lebte bei ihnen. Sie musste an die hundert Jahre alt sein oder älter, niemand wusste es. Zusammen hausten sie in einem heruntergekommenen Raum von drei mal vier Metern und auf einem Stück Dachterrasse unter freiem Himmel. Die Alte hatte schon seit Jahren nicht mehr gebadet. Sie war ganz dünn vom vielen Hunger. Ein ungeheuer langes Leben aus Hunger und ständigem Elend. Sie hatte sich eingeigelt und redete nicht. Sie wirkte wie eine Mumie, abgemagert bis aufs Skelett und starrend vor Dreck. Sie bewegte sich wenig oder gar nicht. Und nie ein Wort. Sie sah nur ihrer blöden Tochter und ihren beiden Enkeln zu, wie sie sich gegenseitig auf den Kopf schlugen und unter Hühnergegacker und Hundegebell beschimpften. »Die sind verrückt«, sagten die Nachbarn, und niemand griff in diese dauernden Streitereien ein.

Manchmal steckte sie sich eine Zigarette an und setzte sich auf den Mauersims der Dachterrasse, um auf die Straße zu schauen, an Adalberto zu denken. Als junges Mädchen hatte sie zig Männer gehabt. Es gefiel ihr, sie anzumachen, egal welchen Alters. Einige sagten zu ihr:

»Los, Dummerchen, komm her und blas mir einen. Ich gebe dir zwei Pesos dafür«, und sie ging hin und blies ihnen einen. Einige gaben ihr Geld, andere nicht. Sie spritzten ab und sagten zu ihr: »Warte hier auf mich, ich bin gleich wieder da, rühr dich nicht vom Fleck«, und weg waren sie. Mit Adalberto lief alles ganz anders. Die beiden Jungs waren von ihm, aber der alte Bock wollte nie bei ihnen oben auf dem Dach leben, und als er sah, dass sie zum zweiten Mal schwanger war, verschwand er für immer. Jetzt wurde sie langsam alt, senil, widerlich, lahmte auf einem Bein und verhungerte. Sie zog Bilanz und kam zu dem Schluss: »Welcher Idiot kann noch was von mir wollen? Alles, was ich noch habe, ist Lust, mich umzubringen.« So dachte sie und wurde wütend auf sich selbst. Sie schnippte den Zigarettenstummel auf die Straße und schrie verzweifelt die Jungs an:

»Rey, Nelson, lauft runter und holt Wassaaaa! Los, dalli, dalli, lauft runter und holt Wassaaaa!«

Die Jungen gehorchten. Zähneknirschend zwar, aber sie gehorchten. Immerhin schloss sie keinen von ihnen mehr tagelang in eine dunkle, winzige Kammer ein. Von klein an, bis sie sieben waren, hatte sie sie in dieses feuchte Loch voller Leitungsrohre und Kakerlaken gesteckt. Einfach so. Nur, um sie aus den Augen zu haben. Den Jungen grauste davor, denn wenn sie in dem Kabuff eingesperrt waren, konnte es passieren, dass sie zwei, drei Tage nichts zu essen bekamen und die Feuchtigkeit von den Leitungsrohren lecken mussten. Bei anderer Gelegenheit stieß sie die beiden plötzlich in einen Wassertank und kreischte, sie sollten den Mund halten und aufhören zu zanken. Vor Schreck sagten die Jungs keinen Ton mehr. Manchmal tauchte sie die beiden unter Wasser und zog sie erst wieder heraus, wenn sie halb ertrunken verzweifelt um ihr Leben strampelten. Jetzt, da sie älter und stärker waren, wehrten sie sich und ließen sich solche Strafen nicht mehr gefallen. Sie trieben sich rum, besuchten aber auch hin und wieder die Schule an der Ecke San Lázaro und Belascoaín. Mehr, um ihr zu entkommen, als um etwas zu lernen. Die Lehrer machten kaum Unterricht, denn ihre Schüler waren der reinste Abschaum. Mit dreizehn schleppten die Mädchen voll aufgetakelt auf dem Malecón Touristen ab. Die Jungs verkloppten Marihuana und dies und das, um sich den ein oder andern Dollar am Tag zu verdienen. Ihre Väter und Mütter glänzten durch Abwesenheit. Niemanden interessierte Mathematik oder andere komplizierte und unnütze Dinge. Und die Lehrer hatten genug von diesen kleinen Bestien. So gingen Nelson und Rey drei, vier Tage in der Woche zur Schule, und die übrige Zeit spielten sie auf der Dachterrasse mit den Tauben und Hunden. Sie hatten sich fünf streunende Hunde von der Straße geholt.

Oft bestand ihre tägliche Nahrung nur aus einem Stück Brot und einem Krug Zuckerwasser, aber sie wuchsen heran. Sie fanden heraus, dass sich fremde Tauben auf ihrer Dachterrasse niederließen und dass es nicht schwer war, sie lebend zu fangen. Sie hatten die Idee, sich einen Lockvogel heranzuziehen, einen herrlichen Täuberich, männlich und verführerisch, der hoch über alle Häuser hinwegflog. Immer wieder kam irgendein unvorsichtiges Täubchen, angezogen von dem schönen Galan, und schon war es um sie geschehen. Er führte sie zu seinem Taubenschlag, um sie dort genüsslich zu vögeln. Schnapp, schnell schlossen Rey und Nelson die Käfigtür hinter ihnen. Auf dem Markt von Cuatro Caminos wurden vierzig, fünfzig Pesos für ein Täubchen bezahlt. Bis zu hundert Pesos, wenn es weiß war. Durch die Krise und den Hunger und den Auswanderungswahn machten alle in Santería, und Tauben, Zicklein und Hühner erzielten gute Preise. Ebenso schwarze Hennen, die gut für Säuberungen waren, um das Böse von oben abzuwenden. Wenn die Jungen eine Taube losgeschlagen hatten, wurde alles gleich besser: Sie aßen ein paar Pizzas und tranken ein Glas frischen Saft. Und sie brachten der Mutter und der Großmutter Pizzas mit.

Trotz alledem schrie sie sie weiter an wie eine Verrückte. Dabei hatten die beiden schon Haare zwischen den Beinen, am Arsch und unter den Achseln, ihr Schwanz war gewachsen und dick geworden, sie verströmten den strengen Schweißgeruch von Männern, und ihre Stimmen wurden tief und rau. Versteckt zwischen den Hühnerkäfigen, beobachteten sie die junge Nachbarin von der Dachterrasse nebenan und holten sich dabei einen runter. In Wirklichkeit war es dieselbe Dachterrasse auf demselben Gebäude, aber vor Jahren hatte sie jemand mit einem Mäuerchen von fast einem Meter Höhe unterteilt. Das war die Grenze zu den Nachbarn: einer dicken, vollbusigen Alten mit einer etwa zwanzigjährigen Tochter und vielen anderen Kindern, die dort wohnten und nie daran dachten, dass sie ihre Mutter war. Das Mädchen war ein Honigtöpfchen: eine zuckersüße, wunderschöne, schlanke Mulattin, die auf den Strich ging. Elegant und aufreizend zurechtgemacht, ging sie nur nachts aus und kehrte erst am frühen Morgen zurück. Tagsüber lief sie auf ihrem Teil der Dachterrasse in winzigen, engen Shorts und einem knappen Blüschen herum, ohne BH und mit schön sich abzeichnenden Brüsten, und ahhh! Eine Versuchung. Reynaldo war jetzt dreizehn, Nelson vierzehn. Sie gingen schon lange nicht mehr zur Schule. Sie waren es leid, immer in der siebten Klasse zu sitzen. Drei Mal hatten sie schon wiederholt, bis sie schließlich das Handtuch warfen.

Sie hielten sich für Männer. Sie machten weiter mit den Tauben. Sie wurden täglich besser im Taubenklauen, und jeden Tag verkauften sie eine oder zwei. Es lief nicht schlecht. Sie waren Männer und sorgten für den Unterhalt der Ihren. Doch die Mutter blieb auch weiterhin bescheuert. Sie hassten sie wegen ihres Gezänks und ihrer Wutanfälle vor allen Leuten. Sie fühlten sich gedemütigt und entgegneten ihr:

»Jetzt sei nicht so hirnverbrannt! Halt verdammt noch mal endlich den Mund!«

Jeden Tag wurde es auf der Dachterrasse schweinischer, und der Gestank nach Tierscheiße nahm zu. Die Großmutter rührte sich kaum, saß nur noch auf einer halb vermoderten Kiste oder in irgendeiner Ecke, stundenlang, in praller Sonne. Die beiden mussten sie ins Haus tragen und zu Bett bringen. Sie war wie eine lebende Tote. Außerdem mussten sie ihre Mutter überwachen, die von Tag zu Tag mehr verblödete. Sie war nicht einmal mehr imstande, die Treppen hinunterzugehen. Sie schubsten sie und schrien sie an, sie solle die Klappe halten, aber sie keifte nur noch mehr, griff nach einem Knüppel und verpasste ihnen eine saubere Tracht Prügel, um ihr Revier zu verteidigen. Die Jungen nahmen ihr den Knüppel ab und brachten sie mit ein paar Ohrfeigen mitten ins Gesicht wieder zu sich. Sie heulte vor Wut, kreischte, schluchzte, steckte sich eine Zigarette an und war auf einmal still und ruhig, rauchte, an die gemauerte Umrandung der Dachterrasse gelehnt, und sah den Autos, Fahrrädern und Leuten zu, die unten auf der San Lázaro hin und her wuselten. Kein Gedanke mehr an Adalberto.

Eines Morgens gegen elf stand sie da und sah hinunter auf die Straße. Nelson hatte ihr eine kräftige Ohrfeige versetzt, und ihre Oberlippe war angeschwollen und auf der Innenseite aufgeplatzt. Sie leckte mit der Zunge darüber und schmeckte das Eisen des Blutes. Sie war außer sich, warf ihre Kippe hinunter auf die Straße, spuckte blutigen Rotz, wobei sie sich heimlich wünschte, er möge jemanden auf den Kopf treffen, und drehte sich dann um, um wieder in ihr Zimmer zu gehen. Die Sonne stach, und ihr tat der Kopf weh. Versteckt hinter dem Hühnerstall, sahen die Jungs der nuttigen Nachbarin zu. Verträumt, mit zu Schlitzen zusammengekniffenen Augen wichsten sie sich rhythmisch den Schwanz. Die kleine Mulattin war halb nackt und gerade dabei, ein Handtuch und ein paar winzige Slips aus roter Spitze aufzuhängen. Es gefiel ihr, dass die Jungen sie angafften und sich dabei einen runterholten. Das Handtuch war tropfnass, und sie drückte es aus, um sich in der Sonne zu erfrischen. Am liebsten hätte sie die beiden ganz gesehen, wie sie vor ihr standen und wie die Besessenen abspritzten, aber sie waren noch zu jung, um sich so was zu trauen. Wenn sie erst etwas größer waren, würden sie gute »Schießer« abgeben und ihre Schwänze in den Hauseingängen auf dem Malecón für alle Frauen, die sie sehen wollten, zur Schau stellen. Aber jetzt versteckten sie sich noch dabei.

Als die Alte sah, was da vor sich ging, regte sie sich noch mehr auf. Sie führte sich auf wie ein Rumpelstilzchen:

»Wichst nur weiter! Wichst nur weiter, ihr schamlosen Kerle! Ihr werdet noch tot umfallen! Raus mit euch! Alle beide! Raus da!«

Sie griff nach einem Knüppel, um die beiden zu schlagen, doch plötzlich drehte sie sich der aufreizenden Nachbarin zu:

»Und du Drecksschlampe hast an allem deinen Spaß, was? Weil du eine Nutte bist! Dass du sie mir nie wieder anmachst! Die holen sich den Tod! Ohne Essen und dann den ganzen Tag wichsen! Du bringst sie noch um! Du bringst sie noch um!«

»Hör zu, du beschränkte Kuh, lass mich bloß in Ruhe! Ich bin hier bei mir und tue, was mir gefällt.«

»Eine Nutte bist du, nichts weiter!«

»Ja, aber mit meiner eigenen Muschi! Und ich lebe zwanzig Mal besser als du, denn du hast nicht alle Tassen im Schrank und bist eine dreckige Sau!«

Die Hunde fingen an zu bellen, und auch die Hühner gackerten aufgescheucht. Bei all dem Wahnsinnsrabatz versuchte sie über das Mäuerchen zu steigen, das die beiden Terrassen voneinander trennte, den Knüppel drohend in der Hand, um der jungen Nachbarin damit eins überzuziehen, aber schon war Nelson bei ihr und entriss ihr den Knüppel. Außer sich vor Wut, versuchte sie dennoch auf die Nachbarterrasse überzusetzen und schrie dabei:

»Du Nutte, du! Und du Wichser! Nimm sofort deine Hände von mir! Lass mich los, du Scheißwichser!«

»Hör auf, mich zu beleidigen! Hör sofort auf!«

Nelson ist außer sich, hat völlig die Fassung verloren. Er ist ein junger Mann von vierzehn, und eine solche Demütigung tut weh. Obendrein zieht ihn jetzt auch noch die Nachbarin auf und provoziert ihn erst recht:

»Los, du schamloser Wichser, du wirst noch verrückt bei all der Wichserei! Such dir lieber eine Frau!«

Mit diesen Worten dreht sie sich um und geht zurück in ihr Zimmer, völlig gelassen, den Hintern hin und her schwenkend. In dieser ganzen Auseinandersetzung verletzt ihn das Gespött der kleinen Hure am meisten. Er versetzt seiner Mutter einen kräftigen Stoß und schleudert sie mit dem Rücken gegen den Hühnerstall. An einer Kante des Käfigs steht ein dicker Stahlstift hervor und bohrt sich durch ihren Nacken bis zum Gehirn. Die Frau schreit nicht mal. Entsetzt reißt sie die Augen auf und greift mit beiden Händen nach der Stelle, an der der Stahlstift eingedrungen ist. Und stirbt schreckensstarr. Innerhalb von Sekunden bildete sich eine Lache aus dickem Blut und anderen zähen Flüssigkeiten. Sie war offenen Auges gestorben, das nackte Grauen im Blick. Nelson sah die Bescherung, und im Handumdrehen verschwand der Hass, den er seiner Mutter gegenüber empfunden hatte. Schmerz und Panik überwältigten ihn.

»Gütige Mutter Gottes! Was ist passiert? Was habe ich getan?«

Er umfasste seine Mutter und versuchte sie hochzuheben, aber es gelang ihm nicht. Ihr Nacken hing wie festgenagelt an dem Stahlstift.

»Ich habe sie umgebracht! Ich habe sie umgebracht!«

Wie ein Irrer schreiend, rannte er zum Geländer der Dachterrasse und stürzte sich hinunter auf die Straße. Er spürte nicht, wie sein Schädel vier Stockwerke tiefer beim Aufschlag auf dem Asphalt zerschmettert wurde. Genau wie seine Mutter starb er mit dem erloschenen Ausdruck von Krampf und Entsetzen.

Das Großmütterchen sah alles reglos mit an, rührte sich nicht von ihrer vermoderten Holzkiste. Ohne jede Bewegung schloss sie die Augen. Sie wollte nicht mehr leben. Das alles war zu viel. Ihr blieb das Herz stehen, und sie sackte zurück gegen die Wand, kaltblütig wie eine Mumie.

Rey war nicht aus seinem Versteck hinter dem Hühnerstall gekommen. Alles war sehr schnell gegangen, und sein Schwanz war immer noch knüppelhart. Um ihn unter Kontrolle zu haben und damit die Hose nicht ausbeulte, klemmte er ihn, so gut er konnte, zwischen die Oberschenkel, bis er sich von allein wieder gesenkt hatte. Stumm verharrte er. Dann ging er zur Brüstung der Dachterrasse und sah hinunter. Da lag sein Bruder zerschmettert mitten auf der Straße, umringt von Polizei und Schaulustigen, der Verkehr auf der San Lázaro in beiden Richtungen gestoppt.

Einen Moment später kamen die Polizisten herauf aufs Dach. Sie waren ziemlich streitlustig.

»Was ist hier passiert?«

Rey vermochte keine Antwort zu geben. Er zuckte die Achseln und bedachte die Polizisten mit einem Lächeln. Den beiden Beamten blieb der Mund offen stehen.

»Da lachst du noch? Was hast du getan? Los, sag schon, was hast du getan?«

Er musste wieder ein bisschen lachen, sein Verstand war leer, aber schließlich brachte er doch heraus:

»Nichts, gar nichts. Ich weiß nicht.«

Sie legten ihm Handschellen an und nahmen ihn mit die Treppen hinunter. Sie ließen ihn in den Streifenwagen steigen und nahmen ihn ein paar Häuserblocks weiter mit aufs Revier. Dort sperrten sie ihn in eine Kellerzelle zu drei anderen Straftätern. Und da blieb er. Ohne an etwas zu denken, todmüde.

Die Spurensicherer brauchten drei Stunden, um zur San Lázaro zu kommen. Den ganzen Nachmittag über arbeiteten sie peinlich genau. Um fünf Uhr nachmittags hoben sie Nelsons Leichnam vom Asphalt auf und brachten ihn zusammen mit dem der Großmutter ins Leichenschauhaus. Mit ihr hielten sie sich etwas länger auf. Es war schon dunkel, als sie beschlossen, sie von dem Stahlstift loszuhaken und ins Leichenschauhaus zu schicken. Es lag auf der Hand, dass jemand den Jungen brutal von der Dachterrasse und die Frau gegen den Hühnerstall gestoßen hatte. Das alte Mütterchen war einem Herzinfarkt erlegen, ohne jede Gewalt. Es gab nur keine Zeugen. Niemand hatte etwas gesehen. Immer dasselbe in dieser Gegend. Nie wollte jemand etwas gesehen haben. Nie gab es Zeugen.

Drei Tage lang wurde Rey verhört. Er war wie betäubt und wiederholte ein ums andere Mal dasselbe:

»Ich weiß nicht, ich habe nichts gesehen.«

»Wo warst du? Was haben sie dir getan? Warum hast du sie umgebracht?«

»Ich weiß nicht, ich habe nichts gesehen.«

Rey war dreizehn. Man konnte ihn nicht vor Gericht stellen. Er kam in eine Besserungsanstalt außerhalb von Havanna. Immerhin war es dort sehr sauber, mit polierten Fußböden, und alle trugen makellose Uniformen. Er wurde von einem Arzt, einem Zahnarzt, einem Psychologen, einem betreuenden Polizisten und einem Professor untersucht. All diesen Leuten gegenüber gefror Rey zu Eis. Er verbarg all seine Gefühle und suchte systematisch nach einem Fluchtweg.

Er ertrug diese Scheiße nicht, dauernd um Erlaubnis zu ersuchen, frühmorgens körperlicher Ertüchtigung nachzukommen und immer wieder in einer Aula zu sitzen und sich Dinge anzuhören, die er nicht verstand und auch nicht verstehen wollte. Nachdem er drei, vier Tage dort zugebracht hatte, zeigte ihm ein großer, kräftiger, zwei Jahre älterer Schwarzer unter der Dusche seinen Schwanz. Ein Riesendödel. Er trat an ihn heran und pumpte sich dabei mit der rechten Hand das Mordsviech.

»Na, mein Kleiner, gefällt dir mein Biest? Du hast einen wirklich süßen Hintern.«

Rey ließ ihn nicht weiterreden. Er versetzte ihm ein paar saubere Kinnhaken. Aber der schwarze Bock war eingeseift, und die Kinnhaken glitten an ihm ab. Die anderen umringten sie und begannen zu wetteifern:

»Ich setze fünf auf den Schwarzen! Der kleine Mulatte ist am Arsch!«

»Ich drei auf den Mulatten! Drei auf den Mulatten!«

Sofort kamen vier Wächter gelaufen, teilten Knüppelschläge nach allen Seiten aus und trennten die beiden. Sie befahlen ihnen, nur die Hosen anzuziehen, und brachten sie in den Strafkerker. Totale Finsternis, kaum Platz, sich zu bewegen, anhaltende Feuchtigkeit und Mäuse und Kakerlaken. Er verlor alles Zeitgefühl, wusste nicht, ob Tag oder Nacht war. Als er es vor Hunger und Durst kaum noch aushielt, brachte man ihm einen kleinen Krug Wasser und ein Aluminiumtablett mit etwas Reis und ausgelassenem Speck in Brühe. Diese magere Diät bekam er noch vier, fünf Mal. Schließlich holten sie ihn heraus und gliederten ihn erneut in die Gruppe ein. Langsam fühlte er sich wieder als Mensch, denn in dem Kerker hatte er schon nach Kakerlaken gerochen und schon gedacht und gefühlt wie eine Kakerlake. Der für ihn zuständige Betreuungsbeamte holte ihn in sein Büro, setzte sich hinter einen Schreibtisch und ließ ihn vor sich stehen.

»Was ist passiert?«

»Der Schwarze wollte mich in den Arsch ficken.«

»Drück dich gefälligst korrekt aus! Hier ist niemand schwarz oder weiß oder Mulatte. Alle hier sind Internierte.«

»Na gut … also dann ersetzen Sie Schwarzer durch Internierter.«

»Hältst du dich für witzig?«

»…«

»Ich habe dir eine Frage gestellt. Antworte!«

»Nein. Ich halte mich nicht für witzig.«

»Ich möchte dich auf etwas hinweisen: Ich bin Betreuungsbeamter. Ich bin derjenige, der entscheidet, wie lange du hier bleiben wirst. Du bist dreizehn. Wenn du weiter so aufsässig bist und Unruhe stiftest, bleibst du hier drinnen, bis du achtzehn bist, und wirst automatisch an deinem achtzehnten Geburtstag ins Gefängnis überführt … Ist das klar? Automatisch wird man dich den Kaimanen vorwerfen … damit sie dich fressen. Ich sage dir das nur ein einziges Mal. Ich werde es nicht mehr wiederholen: Bemüh dich, uns entgegenzukommen, und benimm dich, vielleicht können wir dann etwas für dich tun.«

Und stand auf. Und mit kriegslüsterner Miene:

»Weggetreten! Schließ dich wieder deiner Gruppe an!«

Rey machte eine Kehrtwendung und verließ den Raum. Er ging in den Innenhof der Besserungsanstalt und setzte sich auf eine Bank. Ohne lange über die ganze Angelegenheit nachzudenken, überlegte er, wie die Spielregel lautete: »Es heißt hier also knallhart sein, damit einem niemand in den Arsch fickt, aber ohne dass es der Typ mitbekommt. Okay. Also dann.«

Er erhob sich von der Bank und begab sich in die Unterkünfte. Von da an amüsierte er sich mit niemandem mehr und hatte keine Freunde. Er lernte Tätowierungen zu machen, indem er einem weißen Dummkopf zusah, der zeichnen konnte. Glücklicherweise trat ihm der Schwarze nie wieder zu nahe. Er war nicht so hartgesotten, wie es den Anschein hatte. Für alle Fälle schliff er sich eine Zahnbürste spitz und scharf und versteckte sie gut in seiner Matratze. Gelegentlich holte er sie hervor und prüfte ihre Spitze. Damit konnte er jedem das Herz durchbohren, der kam, um ihn zu missbrauchen. Er hatte nicht übel Lust, sie dem Schwarzen in den Hals zu stechen und ihm die Adern aufzuschlitzen, bis er völlig ausgeblutet war. Er hasste ihn. Hielt der ihn etwa für einen Schwulen, den er einfach in den Hintern ficken und vor allen anderen demütigen konnte? Von wegen. Er war ein knallharter Kerl. Nie würde er den Kerker vergessen, wo er wegen dieses schwarzen Kinderschänders gelandet war, aber er würde alles ohne weitere Probleme überstehen. Nachts dachte er an die kleine Mulattennutte und holte sich dabei einen runter, und wenn er seinen Saft verspritzte, sagte er sich: »Ich werde dich in die Muschi ficken, du Hure, eines Tages werde ich dich ficken. Irgendwann komme ich hier raus.«

Jeden Morgen nahm er am Unterricht teil. Für nichts und wieder nichts. Er hörte den Lehrern überhaupt nicht zu. Nachmittags arbeitete er auf der riesigen Zitrusplantage, deren Orangen- und Zitronenbäume die Anstalt umgaben. Danach duschte er. Er war es nicht gewohnt, jeden Tag ein Bad zu nehmen, und Wasser und Seife behagten ihm nicht, aber man zwang ihn dazu. Er verschlang das bisschen Fraß, das man ihm zuteilte. Fast immer waren es ein paar Löffel Reis mit Bohnen und einem Stückchen Kartoffel oder Süßkartoffel. Anschließend sah er ein bisschen fern. Um neun gingen alle schlafen, und er widmete sich seinem Schwanz. Einige nutzten die Dunkelheit, um einander etwas halbherzig zu vögeln. Er hörte sie stöhnen. Einer hielt den Arsch hin, der andere verspritzte seinen Saft. Ein paar Mal steckte er ihn dem einen oder anderen Schwulen rein, aber er fand keinen Gefallen daran. Ihm gefielen Frauen. In der Schule war er mit zwei jungen Mädchen zusammen gewesen. Beide ließen ihn aus demselben Grund im Stich: »Du stinkst nach Schweiß, weil du dich nie wäschst. Du bist ein echtes Schwein!« Er konnte die beiden nicht vergessen; die festen Brüste, die behaarte Muschi, die Schenkel, das hübsche Gesicht, das lange Haar, die sanfte Stimme, die Küsse … Er musste unbedingt hier raus. Nur die Ruhe bewahren. Bis jetzt war alles ganz gut verlaufen. Er sprach mit niemandem. Er dachte an seine schweigsame Großmutter und sagte sich: »Das Beste ist, mit niemandem zu sprechen. Dann lassen sie mich in Ruhe.«

Der Einzige, dem er sich anschloss, war der Typ mit den Tätowierungen. Er führte sie mit einer Stecknadel aus. Aus Seife und Ruß von einem Kerosinbrenner stellte er Tinte her. Tagelang fertigte er eine Zeichnung an, heimlich, damit die Wärter nichts mitbekamen. Punkt für Punkt, mit unendlich viel Geduld. Rey sah genau zu, wie alles vor sich ging. Der Typ kassierte zwei, drei Päckchen Zigaretten, ein Hemd oder einen Kugelschreiber. Alles Mögliche, irgendetwas. Es war kein schlechtes Geschäft. Er lieh sich einen Kugelschreiber und zeichnete sich eine fliegende Taube auf die Innenseite des Unterarms über dem Handgelenk. Dort würden es die Wärter nicht sehen und keine Fragen stellen. Er bat den Typen, ihm die Stecknadel zu leihen, aber der wollte nicht. Er packte ihn bei den Ohren und warf ihn zu Boden. Der Typ gab ihm die Nadel, ohne den Mund aufzumachen. Dann nahm er sich den Brenner und die Seife und begann sich seine Taube zu tätowieren. Die Stiche taten weh, aber das gefiel ihm. Sie gelang ihm gut, schwarz und klar. Wären da nicht die Wärter gewesen, hätte er sich den ganzen Körper bemalt, aber er wollte keine weiteren Scherereien mit dem Betreuungsbeamten.

Am darauf folgenden Tag erklärte ihm ein Mulatte, er wolle genau so eine Taube auftätowiert haben.

»Was gibst du mir dafür?«

»Ein Päckchen Zigaretten.«

»Nein. Eine Taube ist eine Mordsarbeit.«

»Ein Päckchen gleich und ein weiteres in vierzehn Tagen.«

»Einverstanden.«

Einen Monat später hatte er drei Tätowierungen angefertigt, darunter eine Virgen de la Caridad del Cobre, und war Herr des Geschäfts. Alles wurde für ihn ein wenig leichter. Man respektierte ihn. Niemand trat ihm mehr zu nahe, um Schwachsinn zu reden. Feste Gewohnheiten sind das Beste, um die Zeit totzuschlagen. Er entwickelte eine Vorliebe für Marihuana. Manchmal rauchte er in den Orangenhainen schnell einen kleinen Joint, wenn die Aufseher weit genug entfernt waren. Ihm gefiel diese Lethargie. Den Schulunterricht am Morgen hasste er eigentlich. Und noch mehr hasste er die Arbeit am Nachmittag und das ständige Baden und das Essen und Zubettgehen jeden Tag um dieselbe Zeit. Wie ein dämliches Tier. Einmal ließ er im Speisesaal beim Essen einen Furz fahren und stand schon wieder mit einem Fuß im Kerker. Sogar das war hier verboten! Verdammt, das war doch kein Leben!

Eine Zeit lang dachte er, er könne über die Orangenhaine ausbrechen. Ohne zu jemandem ein Wort zu sagen, kundschaftete er das Terrain aus. Monatelang trug er sich mit diesem Gedanken. Bis er dann von ihm abließ. Dort, wo er es am wenigsten erwartet hatte, kontrollierte ein Wachtposten ein gutes Stück Terrain. Dann noch die Hunde. Nein, er musste die Idee aufgeben.

Nachdem er von seinen Fluchtplänen Abstand genommen hatte, interessierte er sich für Perlen im Penis. Auf der Krankenstation lag immer einer mit infizierter Wunde. Die hatten wirklich Pech: Man behandelte die Infektion und operierte sie obendrein und holte die Perlen wieder heraus. Bei vielen anderen hingegen heilte es gut ab, und niemand merkte etwas. Manche ließen sich bis zu drei Perlen einsetzen. Eigentlich waren es keine richtigen Perlen, sondern Stahlkügelchen aus Kugellagern von Fahrrädern. Zwei Typen hatten sich darauf spezialisiert. Eines Sonntagnachmittags sah er, wie sie es machten: Sie packten den Schwanz des »Patienten«, desinfizierten ihn mit Alkohol und nahmen oben an der Vorhaut einen kleinen Schnitt vor. In diesen Schnitt versenkten sie ein, zwei, drei Kügelchen, streiften die Vorhaut wieder über die Eichel und klebten ein Pflaster darüber, bis alles abgeheilt war. Täglich wurde die Wunde mit Alkohol desinfiziert. Sie benutzten ein Plastikmesser, angefertigt aus einer Zahnbürste. Nach einer Woche war alles fertig: verheilt oder infiziert. Alle, die auf die Krankenstation mussten, sagten, sie hätten es sich selbst gemacht.

Man erzählte ihm Geschichten, wie die Frauen bei diesen Perlen schier durchdrehten.

»Wenn man mit ihnen umzugehen weiß, geraten die Weiber in Ekstase, Kumpel«, erklärte ihm einer der Typen, die die Perlen einsetzten.

»Wie viel nimmst du dafür?«, fragte Rey ihn.

»Wie viele willst du haben?«

»Zwei.«

»Was hältst du davon? Du machst mir eine Tätowierung

von Santa Bárbara auf den Rücken. Eine große, die den ganzen Rücken bedeckt. Und fertig.«

»Okay. Du setzt mir erst die Perlen ein, und wenn alles verheilt ist, mach ich dir die Tätowierung.«

Rey war ein schlanker Mulatte von normaler Statur, weder hässlich noch hübsch, und konnte sich nicht daran erinnern, jemals Fleisch gegessen zu haben. Nicht einmal vom Schwein. Falls er je davon gekostet hatte, dann höchstens, als er ganz klein war, und daran erinnerte er sich nicht. Trotzdem war er ziemlich gesund. Sie setzten ihm die Stahlkügelchen ein, die sie beharrlich »Perlen« nannten. Er vergoss nicht viel Blut. Um den Schmerz besser auszuhalten, nahm er einen Schluck Alkohol. Schon vier Tage darauf war die Wunde verheilt. Wenn er wieder entlassen wurde, konnte er den Weibern erzählen, er sei Seemann und man habe ihm die Perlen in China eingesetzt. Das sagten alle Knastis mit Perlen an der Eichel. Niemand erzählte, er habe im »Bau« gesessen. Niemand sagte die Wahrheit. »Auf dieser Welt sagt niemand die Wahrheit. Alles ist Lüge. Warum soll ich also die Wahrheit sagen? Nichts da. Seemann. Und Seeleute haben auch immer Geld in der Tasche, und die Weiber kleben an ihnen wie die Fliegen am Zucker«, dachte er.

Alles Übrige in der Besserungsanstalt war langweilig. Von Zeit zu Zeit holte ihn der zuständige Betreuer in sein Büro und versuchte in Erfahrung zu bringen, was an jenem Morgen auf der Dachterrasse geschehen war.

»Nun sag schon, was passiert ist. Hilf mir, deinen Fall aufzuklären.«

Er brachte kein Wort heraus, konnte nicht. Jedes Mal, wenn sich die Geschehnisse jenes Tages endlich in seinem Kopf zu verwischen begannen, kam dieser Kerl mit seiner Litanei und wollte, dass er sich erinnerte.

»Ich weiß es nicht, wirklich nicht.«

»Was heißt hier, du weißt es nicht?«

»Weil ich es nicht weiß.«

Die Monate vergingen mit derselben Eintönigkeit wie immer. Drei Jahre waren um, und er war jetzt sechzehn. In aller Stille, ohne jeden Besuch. Er hatte niemanden. Wegen seines verbitterten und misstrauischen Wesens hatte er auch keine Freunde. Immer war er allein. Eines Tages erklärte die Anstaltsdirektion, die Orangenbäume seien nicht gut gepflegt. Die Arbeitsgruppen wurden neu organisiert. Der Gruppe mit den besten Resultaten stand ein Ausflug zum Strand in Aussicht. Ein Ausflug zum Strand? Wozu? Er konnte gar nicht schwimmen. Dieser Ausflug an den Strand war ihm schnuppe, und er machte im selben Rhythmus weiter wie vorher: war träge, machte nur, was unbedingt getan werden musste, tätowierte und rauchte einen Joint, wann immer er konnte. Eines Morgens wurden alle zusammengetrommelt, und man gratulierte der Gruppe, der Rey angehörte: Sie waren die Besten, und der Preis bestand darin, den Samstagabend in Guanabacoa zu verbringen. Ein echter Luxus. Im Kulturhaus sollte ein Salsa-Orchester auftreten. Der Gruppenführer bat um das Wort:

»Der Preis war ein ganzer Tag am Strand. Das haben Sie gesagt.«

»Nein. Ein anderes Mal.«

»Verstanden. Bitte, mich setzen zu dürfen.«

»Bitte.«

Rey war beides egal. Er konnte nicht schwimmen, nicht tanzen, und er mochte weder Musik noch Wasser, also was soll's. Dieser affige Trostpreis schlug ihm auf die Laune. Er würde mitgehen müssen, weil es Pflicht war, aber er würde sich in eine Ecke setzen und warten, bis diese ganze Scheiße vorüber war. Tagelang war er schlecht drauf. Am Samstag war er noch verdrossener als sonst, aber er wollte nicht um Erlaubnis bitten, in der Unterkunft bleiben zu dürfen, weil man ihm das ohnehin nicht gewähren würde, außer er hätte Durchfall oder vierzig Grad Fieber. Schweigend stieg er in den Bus. Vier Aufseher begleiteten sie. Sie kamen zum Kulturhaus. Alle wurden zusammengesetzt, die Aufseher blieben in den Gängen stehen. Kurz darauf trat das Orchester auf, und das Konzert begann. Sie spielten gut. Gute Salsa. Das Lokal war bald gerammelt voll mit jungen Leuten. Alle, bis auf die Insassen, tanzten. Sie waren dreiundzwanzig, alle in Grau gekleidet. Jungs im Alter zwischen dreizehn und achtzehn Jahren. Im Takt der Musik bewegten sie sich auf ihren Stühlen hin und her und sahen den tanzenden Mädchen zu, die in ihren kurzen Röcken, die den Bauchnabel freigaben, provozierend ihre Hüften bewegten. Es war jetzt Mode, den Bauchnabel zu zeigen. Inzwischen hatten sich auch die Aufseher entspannt und tanzten ein wenig, aber nur leicht, ohne die Kontrolle zu verlieren und ohne sich von ihrem Posten zu rühren. Die Erotik des Tanzes durchflutete den Saal, und die unablässige Musik stimulierte die Sinne, aber Reys schlechte Laune hielt sich, und außerdem musste er unbedingt pinkeln. Dringend. Hinten, auf der rechten Seite des Saals, war das Männerklo. Er bat um Erlaubnis, es aufsuchen zu dürfen.

»Mach schon, und beeil dich.«

Rey ging aufs Klo. Pinkelte. Ging zurück in den Saal. Seine Gruppe und die Aufseher waren im vorderen Teil, etwa vierzig Meter entfernt. Der Saal war gerammelt voll mit lärmenden, schwitzenden Leuten. Alle tanzten. Niemand sah hinüber zum Klo. Ohne nachzudenken, ging Rey ruhig zum Haupteingang hinaus. Niemand sah zu ihm hin, niemand stellte ihm Fragen, und er ging einfach weiter den Bürgersteig hinunter, aufs Geratewohl. Er hatte keine Ahnung, wohin er marschierte und warum er das tat. Er ließ das Dorf hinter sich, überquerte vor einem Friedhof die Straße. Die Nacht war stockdunkel. Das gefiel ihm. Er ging ganz langsam, schlenderte ohne jede Eile. Hinter dem Friedhof standen zu beiden Seiten der Straße ein paar Häuser. Auf einer Wäscheleine hingen ein paar Hemden, Shorts und ein Unterhemd zum Trocknen. Die Leute hier gingen früh zu Bett. »Mensch, wenn das kein Geschenk für mich ist.« Er riss die Kleidungsstücke ab und ging weiter. Kurz darauf zog er sich um und warf die graue Uniform in den Straßengraben. Jetzt trug er Zivilklamotten. Zwar war sein Kopf noch geschoren, aber Glatze trugen jetzt viele Männer. Gemächlich spazierte er weiter die dunkle Straße hinunter. In der Ferne waren links die Leuchtfeuer der Raffinerie und dahinter die Lichter der Stadt zu sehen. Ob sie ihn wohl schon suchten? Na gut, wenn man ihn schnappte, würde er kopfüber im Kerker landen. Das wäre schon schlimm. Aber nein, sie durften ihn einfach nicht finden. Doch letzten Endes war ihm auch das egal. »Alles in allem«, dachte er, »habe ich hier draußen nichts zu tun und drinnen auch nicht. Warum werden Leute überhaupt geboren? Nur, um kurz darauf zu sterben? Wo es doch nichts zu tun gibt. Ich verstehe nicht, wozu all diese Umstände. Man muss leben, sich mit fast allen schlagen, damit sie einen nicht verarschen, und am Ende ist alles Scheiße. Ach, mir doch egal, ob ich da drinnen oder hier draußen bin.«

Er ging weiter, bis er müde war. Er kam bereits in die Nähe des Hafens. Weiter hinten sah man die hell erleuchteten Schiffe in der Mitte der Bucht. Es war eine Zone mit lauten Fabriken, Lagerhäusern, riesigen Flächen, bedeckt mit Alteisen, von Gestrüpp überwuchert, überall verbeulte Autokarosserien, verrostete Metallcontainer; alles verlassen und desolat.

Und nirgends eine Seele. Er war müde und kroch zwischen rostiges Eisen und Gebüsch an diesem dunklen, stillen Ort, machte es sich in einem alten Container bequem, weitab von der Landstraße. Hier würde ihn niemand sehen können. Dann schlief er ein. Als er aufwachte, stand die Sonne hoch und brannte heiß. Er blieb still, lauschte, aufmerksam und reglos. Er identifizierte die Geräusche: Lastwagen, die auf der Landstraße hin und her fuhren, das Brummen der Fabriken, das sich darunter mischte, ein Presslufthammer, ein paar Rufe. Alles in weiter Ferne. Näher dran das Zwitschern verschiedener Vogelarten. Vielleicht saßen sie in den wenigen üppig belaubten Bäumen, die in ein paar Meter Entfernung standen. Eine frische Brise riss ihn aus seiner Schläfrigkeit. Er streckte sich, gähnte und stand auf. Vorsichtig sah er sich nach allen Seiten um, und ihm gefiel, was er da sah: ein Meer aus rostigem, verbogenem Schrott, Gestrüpp, ein paar Bäume, Ruhe und Stille. In der Ferne waren ein paar kleine Fabriken zu erkennen, und vor ihm führte ein sanfter Abhang hinunter zur Bucht mit einigen vor Anker liegenden Schiffen, die auf ihren Einsatz warteten. Das gleißende Sonnenlicht blendete ihn, aber mit etwas Anstrengung konnte er Leute sehen, die auf einer Müllhalde wühlten, Kinder und Erwachsene. Er hatte Hunger und dachte sich, er könne vielleicht auf der Müllhalde etwas finden. Er wollte abwarten, bis sie gegangen waren, aber waren die einen weg, kamen andere. Es wurde Nacht, und er entdeckte in Richtung Müllhalde ein kleines Licht. Vielleicht war da jemand, der etwas zu essen für ihn hatte. Verstohlen näherte er sich, völlig geräuschlos. Es waren drei Männer und eine Frau, alle sehr schmutzig. Wahrscheinlich die Leute, die er tagsüber auf der Müllhalde beobachtet hatte. Sie sahen freundlich aus. Alle schwiegen. In der Dunkelheit brannte ein Kerosinbrenner und warf sein Licht auf sie. Erst traute er sich nicht, überwand sich aber schließlich doch, trat näher und grüßte.

»Guten Abend.«

Alle sahen ihn an und antworteten nicht. Sie waren sehr schmutzig, verharrten erwartungsvoll und angespannt.

»Haben Sie vielleicht etwas zu essen für mich …?«

»Nein!«, schnitt ihm einer der Männer das Wort ab.

Ein anderer, mit einem Stück Brett in der Hand, stand auf. Drohend rief er:

»Los, sieh zu, dass du weiterkommst!«

Rey wich ein paar Schritte zurück, ohne dem drohenden Mann den Rücken zuzukehren, und blieb hartnäckig:

»Ich hab bloß Hunger.«

»Wir auch. Los, kusch dich, weg hier!«

»Das sagt man zu einem Hund.«

»Und genau das bist du. Los, los, weg hier!« Er ging hinunter zur Landstraße. Zwei Laster, die auf der Müllhalde entladen wollten, fuhren an ihm vorbei und wirbelten ihm Staub ins Gesicht. Sie hatten es ziemlich eilig. Dahinter tauchte ein Streifenwagen der Polizei auf. Er sah ihn erst, als es zu spät war, sich zu verstecken. Vor Schreck wollte er sich schon in die Hose machen, aber der Wagen fuhr schnell an ihm vorbei. Erleichtert atmete er auf. Zwei Sekunden später schnitt der Streifenwagen den Lastern den Weg ab und stoppte sie. Er schlug sich ins Gebüsch, um zu scheißen. Er hatte Verstopfung, und das Scheißen tat ihm weh. Seit Tagen hatte er nicht mehr gekackt, also kam ihm der Schreck wie gerufen. Mit einem Hemdzipfel wischte er sich ab. Dann kehrte er in sein Versteck zurück und beobachtete alles. Ein paar Minuten später kamen zwei weitere Streifenwagen angefahren. Die Polizisten inspizierten die Laster, sprachen miteinander, überprüften Papiere, warteten, sagten wieder etwas. Schließlich fuhren sie davon. Jeder in seine Richtung. Was mochte da geschehen sein? Kurz darauf schlief Rey ein. Als er wieder aufwachte, war er hungrig wie ein Wolf. Es war noch dunkel. Er stand auf und ging langsam aus seinem Versteck heraus. Er beeilte sich nie. Wozu auch?

Als der Morgen dämmerte, sah er die ersten Häuser von Regla. Nie zuvor war er in diesem Dörfchen auf der anderen Seite der Bucht gewesen. Als er noch in San Lázaro gelebt hatte, war er nie über die paar Wohnblocks hinausgekommen. Er hörte, wie die Leute von Cerro, Luyanó, Regla und Guanabacoa sprachen, aber nie rührten sie sich vom Fleck. Danach war er über drei Jahre eingesperrt gewesen.

Ob man ihn wohl suchte? Und wenn schon, ihm war's egal. Er setzte sich auf eine Türschwelle und wartete, dass es hell wurde. Er war an Hunger gewöhnt. Sein Leben lang. Wie lange hatte er jetzt nichts gegessen und kein Wasser getrunken? Zwei Nächte und einen Tag. Halb betäubt lehnte er sich an die Wand. Kurz darauf machte ein paar Schritte von ihm entfernt ein kleiner Imbissstand auf. Die ersten Leute waren unterwegs. Sie traten heran, um einen Kaffee zu trinken. Einige aßen eine Empanada. Hunger und Durst und der Fußmarsch hatten ihn erschöpft, und ihm war schwindlig, aber er riss sich zusammen und schleppte sich hinüber. Er streckte die Hand aus:»Helfen Sie mir, ich muss etwas essen.« Angewidert sahen ihn die Leute an wie einen räudigen Hund. Der Besitzer des Imbissstands verscheuchte ihn:»Los, mach, dass du wegkommst.« Er entfernte sich ein paar Schritte, hielt seine Hand aber noch immer ausgestreckt:»Helfen Sie mir, etwas zum Essen.« Ein alter Schwarzer blieb vor ihm stehen und sah ihn an. Er war ärmlich gekleidet und trug drei farbige Halsbänder.

»Was ist mit dir?«

»Geben Sie mir etwas zu essen, Señor.«

»Warum arbeitest du nicht, mein Junge, in deinem Alter?«

»Helfen Sie mir, Señor, ich habe Hunger.«

Der Mann gab ihm ein bisschen Kleingeld und ging weiter. Rey kaufte sich eine Empanada. Bedächtig kaute er. Für etwas zu trinken reichte es nicht mehr. Er legte die restlichen Münzen auf den Tresen.

»Geben Sie mir etwas zu trinken.«

»Nein, das macht einen Peso, und was du da hast, sind nur zwanzig Centavos. Los, hau ab. Das hab ich dir schon einmal gesagt.«

»Geben Sie mir etwas Wasser.«

»Ich habe kein Wasser. Verschwinde jetzt, hörst du nicht?«

Er trat wieder etwas zurück und bettelte weiter. Niemand gab ihm mehr eine Münze. Die Sonne stand jetzt hoch. Gegenüber entdeckte er eine Bar-Cafeteria. Dort gab es Brot mit Fleischkroketten, Erfrischungsgetränke, Rum, Zigarren. Er setzte sich auf die Bordsteinkante und wartete ab, was passierte. Kurz darauf kamen zwei Bettler und inspizierten den Müllcontainer neben der Bar. Sie wühlten darin herum, durchsuchten ihn bis auf den Grund. Mit leeren Händen zogen sie ab. In dem schmalen Gang zwischen der Bar und dem angrenzenden Gebäude leerte einer der Angestellten Reste in einen Eimer für die Schweine. Es stank nach vergammeltem Essen. Aus dem ekligen Brei stachen ein paar Brotstücke, Fleischreste und Mangoschalen hervor. Er holte sich alles, ging zurück auf die Straße und verschlang den Schweinkram. Ein Junge sah das und rief dem Barkeeper zu: »Onkel, sieh nur, da klaut einer die Reste für die Schweine.« Der Mann hinter dem Tresen rief ihm daraufhin zu: »He, verschwinde, mach, dass du wegkommst. Lass dich hier nicht wieder blicken!« Ungeachtet des Geschreis lächelte Rey ihn an und bat ihn um ein Glas Wasser. »Hier gibt's weder Wasser noch sonst was. Ich habe gesagt, du sollst verschwinden, sonst rufe ich die Polizei.«

Rey entfernte sich eilig in Richtung Hafenmolen. Er kauerte sich in eine Ecke und sah zum Anleger von der Fähre Havanna-Regla. Auf der gegenüberliegenden Seite befand sich ein weiter Platz mit der Kirche Virgen de Regla. Er wusste nichts über Kirchen und Religion. Weder seine Mutter noch seine Großmutter oder sonst jemand hatte mit ihm je über solche Dinge gesprochen. In der Nachbarschaft trugen viele Leute Halsbänder, es gab Trommeln und Altäre. Das alles hatte er von Kindheit an mitbekommen, aber es hatte nichts mit ihm zu tun. Warum taten die Leute all solche Dinge? Sie gingen in Kirchen rein und wieder raus. Was sie wohl darin taten? Er setzte sich auf die Mauer. Sein Leben verstrich immer langsam. Stundenlanges Warten, ohne irgendwas zu tun. Tage, Wochen, Monate. So verging die Zeit nach und nach. Zum Glück dachte er nicht viel. Eigentlich dachte er fast nichts. Er saß da und beobachtete seine Umgebung, vor allem die Frauen. In aller Ruhe. Es gab nichts, woran er denken konnte.

Ein paar alte Säufer kamen den Bürgersteig hinuntergetorkelt und ließen eine Flasche Rum kreisen. Sie waren sehr mager, schmutzig, bärtig, nur mit ein paar Lumpen bekleidet, aber sehr aufgekratzt, alle drei redeten sie gleichzeitig, einer nahm dem anderen das Wort aus dem Mund. Sie setzten sich in Reys Nähe und führten ihr Berufssäufer-Gesabbel fort. Einer von ihnen sah herüber, und Rey streckte ihm – automatisch – die Hand hin.

»Gebt mir etwas zu essen.«

Der Säufer sah ihn ernst an. Er ging etwas auf Abstand, um ihn besser zu fokussieren, und streckte – sehr pompös, fest davon überzeugt, dass er da etwas Unvergängliches von sich gab – die rechte Hand aus, um das Ganze noch zu unterstreichen. Lallend rief er aus:

»Zum ersten Mal in der Geschichte der Menschheit, zum ersten Mal, stellen Sie sich vor, bittet ein Hungerleider einen anderen Hungerleider um Almosen.«

»Um etwas zu essen, Señior.«

»Wo hast du denn deine Augen? Am Arsch?«

»Ich hab Hunger.«

»Aha, der Hunger hat dich wohl schon erwischt. Du siehst schlecht und weißt nichts. Jetzt hör mir mal gut zu ...« Kameradschaftlich legte er ihm einen Arm um die Schultern. »Nimm dir einen Schluck. Zu essen gibt's nichts. Was man machen muss, ist trinken und allen Kummer vergessen. Liebeskummer, Sorgen um Geld und Gesundheit. Wir sind auf diese Welt gekommen, um zu leiden. In dieses Tal der Tränen.«

»Ich habe keinen Kummer, sondern Hunger.«

»Wir alle haben Hunger, aber man muss trinken. Willst du eine Zigarette?«

»Ich rauche nicht.«

»Ein Schluck. Trink.«

»Nein.«

»Trink.«

»Nein.«

»Nimm schon, Jungchen, nimm einen Schluck. Sei nicht ungezogen.«

Rey nahm die Flasche und trank einen winzigen Schluck. Es war pures Rattengift und explodierte in seinem Bauch wie eine Bombe.

»So ist's richtig. Nimm jetzt eine Zigarette.«

»Nein, nein. Gib mir etwas zu essen.«

»Hör jetzt auf mit deiner Nerverei vom Essen. Es gibt kein Essen. Rum und Zigaretten gibt's.«

Rey stand auf und entfernte sich etwas. Unter dieser Sonne wollte er sich keine Litaneien von Trunkenbolden anhören. »Komm her, komm schon«, riefen sie ihn abermals. Dann durchwühlten die drei Suffköpfe ihre Hosentaschen. Sie sammelten ein paar Münzen und gaben sie ihm. Er nahm sie an. »Danke.«

»Nein, nein. Nicht danke. Hör genau zu, was ich dir sage: Männer trinken Rum. Man bettelt nicht um Geld für Essen. Man muss trinken, trinken, trinken ...«

»Ja, es reicht, hör jetzt auf.«

Rey spazierte hinüber zur Cafeteria und dachte bei sich:

»Die sind schlimmer dran als ich. Immer gibt es einen, der schlimmer dran ist als man selbst. Wenigstens bin ich kein Säufer.« Er kaufte sich eine Limonade und ein paar Brote mit Fleischkroketten. Eine Pizza kostete fünf Pesos. Dafür reichte es nicht.

An dem Abend hatte er nicht die Kraft, zum Schrottplatz zurückzukehren. Er lehnte sich an einen Baum im Kirchgarten. Und schlief ein. Um Mitternacht wurde er von Schüssen geweckt. Durch den Nebel seiner Schläfrigkeit hindurch sah er, wie zwei Polizisten einem mageren Schwarzen nachsetzten. Sie verloren sich in einer Seitengasse; schwerfällig kam ein dicker, sehr weißer Mann hinter ihnen hergelaufen, der wie ein Ausländer aussah. Rey schlief wieder ein und erwachte am Morgen. Kurz darauf tauchten ein paar Polizisten auf. Er sah zu, dass er wegkam, und suchte sich ein besseres Versteck. Ohne weiter darüber nachzudenken, betrat er die Kirche. Dort war es dunkel, und hier und da waren ein paar große Puppen aufgestellt. Die Leute taten nichts. Sie knieten nieder, setzten sich, zündeten Kerzen an, sprachen leise. Ein junges schwarzes Mädchen, ganz in Blau gekleidet, kam herein, zog sich die Schuhe aus, kniete nieder und rutschte so auf die schwarze Puppe und das Kreuz zu, um ein paar Blumen niederzulegen. Dort verharrte es dann eine ganze Weile. Kurzum, gähnende Langeweile. Das gefiel ihm nicht. Er verstand absolut gar nichts. Ihm fiel nur ein, wie seine Mutter immer wütend geschnaubt hatte: »Ich scheiße auf Gott, verdammt noch mal, ich scheiße auf Gott!«

Er verließ die Kirche wieder. Die Polizisten waren immer noch da, schenkten ihm aber keine Beachtung. Ein alter Mann saß auf der Schwelle des Portals und bat um Almosen. Er hatte auch so eine Puppe wie die in der Kirche, nur kleiner, und eine Pappschachtel. Fast jeder, der in die Kirche eintrat oder herauskam, warf ihm ein paar Münzen und sogar Scheine in die Schachtel. Dem Alten fehlten beide Beine. Neben ihm stand ein Rollstuhl. Nachdem er ihn eine ganze Weile beobachtet hatte, gab Rey sich einen Ruck und trat an ihn heran.

»Sagen Sie, Señor, wo bekommt man diese Puppen?«

»Was für Puppen, Junge?«

»Solche, wie Sie hier haben.«

»Das ist San Lázaro, mein Kleiner.«

»Aber … San Lázaro heißt die Straße, in der ich gewohnt habe.«

»Nein, nein … na ja, okay, aber … bring mich nicht durcheinander. Ich erfülle ein Gelübde an San Lázaro.«

Der Alte ging weiter seinen Geschäften nach und beachtete ihn nicht mehr. Rey blieb neben ihm stehen und ließ die Schachtel nicht aus den Augen. Sie enthielt eine Unmenge Geld. Wenn er ihm die Schachtel entriss und davonlief, würde ihn niemand schnappen können. Die beiden Hohlköpfe von Polizisten waren immer noch mit ihren eigenen Angelegenheiten beschäftigt. Der Alte erriet die Absichten des Jungen und zog ein dickes Elektrokabel mit einer Schraube an der Spitze hervor. Es war ziemlich hart. Er hatte es unter sich versteckt. Er griff nach dem Kabel, brachte die Schachtel in Sicherheit und sah den Jungen an. Jetzt konnte Rey sehen, was für eine miese Fresse er hatte. Keinen Ton sagte der Alte. Aber er packte sein Kabel noch fester.

»Ich werde Ihnen nichts tun.«

»Verschwinde.«

»Leihen Sie mir den San Lázaro, wenn Sie mit ihm durch sind.«

»Jetzt tu nicht so scheinheilig und verschwinde.«

»Sie wollen ihn mir nicht leihen.«

»Heilige verleiht man nicht. Hau ab.«

Rey kehrte ihm den Rücken zu und entfernte sich. Er roch seine Achseln. Er stank am ganzen Körper nach Schweiß und Schmutz. Ihm gefiel der Geruch. Er erinnerte ihn an zu Hause. Aber er wollte an nichts und niemanden ein Andenken. Er löschte es aus dem Gedächtnis. Leute verkauften Blumen und Kerzen. Eine sehr dicke Alte verkaufte Mangos. Alles gegenüber der Kirche. Ein Stückchen weiter waren die Polizisten zugange. Er hatte wieder Hunger. Was für eine Nerverei dieses Essen auftreiben, Essen auftreiben und wieder Essen auftreiben. Die Sonne brannte auf den Platz zwischen der Kirche und den Molen. Die Fähre legte an und spie eine Meute hektischer Leute aus. »Warum sind die nur so in Eile, wo sie doch einmal sterben müssen?«, ging es ihm durch den Kopf.

Eine ältere Frau, tiefschwarz und sehr dick, löste sich aus der Gruppe. Sie trug einen langen Rock, eine weite Bluse und ein Tuch. Alles in Blau und Weiß, genau wie ihre Halsbänder. Sie kam direkt auf ihn zu, ganz nahe an ihn heran, kniete sich neben einen üppigen Korallenstrauch, bekreuzigte sich, betete ein Weilchen, holte aus einer Tasche ein paar Früchte, gerösteten Mais, eine Kokosnuss, Bananen, einen Heiligen mit abgeschlagenem Kopf, Münzen, Nägel und bunte Stoffbänder hervor und beträufelte alles mit Bienenhonig. Dann murmelte sie noch etwas, bekreuzigte sich erneut, stand auf und betrat die Kirche.

»Scheiße, das ist nicht schlecht«, dachte Rey. Sobald die Alte in der Kirche verschwunden war, ging er hin und schnappte sich alles. Er verschlang die Früchte, obwohl sie halb verfault waren. Die Münzen behielt er und machte dann den Heiligen mit den bunten Bändern in einer kleinen Schachtel zurecht, die er ebenfalls dort fand. Er postierte sich in gewisser Entfernung zum Kirchenportal. Jedes Mal, wenn jemand vorüberging, schüttelte er die Schachtel mit den Münzen und den Nägeln und murmelte eine Bettellitanei.

So vergingen die Tage. Der Trick mit der Puppe war Klasse. Münze um Münze nahm er jeden Tag zig Pesos ein, und niemand behelligte ihn. Er aß eine heiße Pizza und mehrere Brote mit Fleischkroketten. Mit jedem Tag wurde er schmutziger. Zum Glück war er fast bartlos und musste sich nicht rasieren. Gelegentlich kamen andere Bettler. Sie traten an ihn heran und wollten sich unterhalten. Er sah sie nur an und gab keine Antwort. Besser so. Sie glaubten, er sei taubstumm. Wenn sie zu hartnäckig waren, ging er woandershin. Die Leute nervten ihn. Er wollte niemanden hören. Es langweilte ihn, den ganzen Tag mit dieser Puppe und der Schachtel in der Hand zuzubringen. Ziellos brach er auf, folgte der Landstraße und kam zum Schrottplatz mit dem Alteisen. Ein Sommergewitter braute sich zusammen, mit viel Wind und Donner. Nur wenige Leute unterwegs. Niemand sah, wie er sich in die Büsche schlug. Unter wütenden Böen, Wirbelwinden und Blitzen setzte der Regen ein. Er kroch in den alten Container. Da drinnen gefiel es ihm sofort gut, hatte er doch alles unter Kontrolle. Er zog sich ganz aus und stellte die Schachtel mit dem Heiligen, dem Geld und ein paar Stücken Brot ins Trockene. Nackt sprang er hinaus in den Regen. Es war ein wahrer Wolkenbruch. Er wusch sich ein wenig. Zumindest war der Regen erfrischend. Wasser hatte er nie gemocht. Offenbar war das was Erbliches in seiner Familie. Aber dieses kalte Wasser regte ihn an. Er rieb sich den Schwanz, die Eier, wusch sich, so gut er konnte, bis er eine Erektion hatte. Die erste in vielen Tagen. Er hatte schon nicht mehr daran gedacht, dass er überhaupt einen Schwanz hatte und dass der steif werden konnte. Der anhaltende Regen war wie ein Vorhang, der ihn von der Umgebung abschirmte. Er war ganz allein inmitten von Schrotteisen und Gestrüpp. Sein Schwanz wollte sich gar nicht wieder senken. Er rieb ihn und … genoss es. Im Regen spielend, masturbierte er. Genau wie damals als kleiner Junge, wenn er mit seinem Bruder im Regen auf der Dachterrasse gespielt hatte. Während er masturbierte, musste er lachen und daran denken, wie es seinerzeit auf der Dachterrasse gewesen war. Dann verspritzte er seinen Samen. Viel Samen. Ah, das war's. Jetzt war er viel ruhiger, wusch sich im Regen und hing seinen Erinnerungen nach. Seit Jahren hatte er sich nicht mehr erinnert.

»Verdammt, ich darf mich nicht erinnern, an gar nichts!«, rief er ganz laut unter dem schützenden Dach des strömenden Regens.

Dann wusch er ein wenig seine Kleidung und setzte sich nackt in den Container. Als der Regen nachließ, war er frisch und ausgeglichen. Nach und nach wurde es Abend, und das gefiel ihm. Er verließ den Container, und vor ihm, Richtung Stadt, breitete sich ein herrliches Abendrot aus. Er betrachtete es einen Augenblick lang und hatte ein gutes Gefühl von

Wohlsein und Frieden. Doch es hielt nur ein paar Sekunden. Dann sah er sich um. Er wurde die Angst nicht los, dass man hinter ihm her war. Doch da war niemand weit und breit. Kurz darauf schlief er ein.

☆☆☆

Am nächsten Morgen stand er auf und zog seine zerlumpte, immer noch feuchte Kleidung an. Ziellos brach er auf, den Heiligen in der Hand. Er hatte keine Eile und vertrieb sich die Zeit damit, den Arbeitern, die in der Fabrik ein- und ausgingen, den Frauen und einigen Staplern, die Kisten mit tiefgefrorenem Fisch ausluden, seelenruhig zuzusehen. Mit seinem Heiligen in der Hand trat er näher heran. Niemand gab ihm einen Centavo. Der eine oder andere raunte ihm verschmitzt zu: »Los, beweg deinen Arsch und steh nicht blöd rum.« Einer der schwarzen Stapler kam auf ihn zu und befühlte seine Armmuskeln.

»Du hast zwar kaum was auf den Rippen, aber Kraft. Los, hier werden Stapler gesucht. Lass das mit dem Heiligen.« Rey ging weg und antwortete nicht. Der schwarze Hüne spottete weiter.

»Ist das nun ein Idiot, oder tut der nur so?«, wandte er sich an einen seiner Kollegen.

Rey ging weiter seiner Wege. »Was für eine Scheißarbeit, die kann er sich sonst wohin stecken. Ich werde nie wieder in meinem Leben arbeiten«, dachte er.

Eine Stunde später kam er nach Regla. Am Anleger blieb er vor der kleinen Fähre stehen, und ohne darüber nachzudenken, aus einem Impuls heraus, bezahlte er mit einem Geldstück und ging an Bord. Zum ersten Mal fuhr er Boot. Das machte ihm ein wenig Angst. Die Fähre füllte sich mit Passagieren. Rey dachte, sie würde direkt nach Havanna fahren. Aber nein, sie fuhr bis zur Ausfahrt der Bucht, drehte nach rechts ab und hielt in Casablanca. Dort stieg Rey aus. Ein paar wenige stiegen aus, andere stiegen ein, und die Fähre legte erneut ab, überquerte die Bucht und legte drüben in Havanna an. Rey folgte ihr mit den Augen. Das Bootfahren gefiel ihm. Er hatte Angst davor, nach Havanna zu fahren. Er war vor vielen Tagen aus der Besserungsanstalt geflohen. Sie würden ihn schon nicht suchen, aber verlassen konnte er sich darauf nicht. In Casablanca gab man ihm Almosen. Viele Leute warteten dort auf die elektrische Bahn aus Hersey. In dem Moment traf die alte Lokomotive mit ihren rustikalen Waggons ein. Sie unternahm eine sehr langsame Reise nach Matanzas. Eine Frau sagte zu einem kleinen Mädchen: »Du wirst sehen, was für eine schöne Fahrt über Land wir machen.« Das einzige Land, das Rey kannte, waren die Orangenhaine der Besserungsanstalt, und die gefielen ihm überhaupt nicht. Für ihn bedeuteten sie Sonne, Arbeit, wilde Ameisen, Dornen und Schrammen, Hunger den ganzen Tag. »Sollte es etwa noch eine andere Art Land geben? Das glaube ich nicht«, dachte er. Er war versucht, in den Zug einzusteigen und nach Matanzas zu fahren. Nein. Er verwarf die Idee wieder. Er ging mit seinem Heiligen weiter, überquerte ein paar Straßen, erklomm einen Abhang, schlug einen zugewucherten Lehmpfad ein und gelangte zu der riesigen weißen Statue des Cristo de Casablanca. »Die Leute bauen Puppen und stellen sie überall auf. Wie haben sie die bloß so groß hingekriegt?«, überlegte er.

Im näheren Umkreis war niemand zu sehen. Man konnte von hier aus die ganze Bucht herrlich überblicken. Die Höhe war genau richtig. Es gefiel ihm, alles unter sich zu haben, jedenfalls so. Ganz allein stand er hier oben und war der große

Beobachter. Er fühlte sich mächtig. Mit dem Auge umfasste er alle Molen, die Schiffe, die winzigen Menschen, die hin und her liefen, die Lastwagen, die kleinen Fischerboote, die vielen Spaziergänger auf dem Malecón und die Stadt dahinter. Die riesige Stadt, die sich in der Ferne zwischen feuchtem Dunst und blendendem Sonnenlicht verlor. Zur Rechten die hohen, verfallenen Gebäude des Viertels, in dem er aufgewachsen war. Zentral-Havanna war immer noch so schön und welk und wartete darauf, geschminkt zu werden. Unbewusst suchte sein Blick ein bestimmtes Gebäude, einen Punkt ein Stückchen weiter landeinwärts. Etwa hundert Meter vom Malecón. Dort war seine Dachterrasse. Noch war sie nicht eingestürzt. Das Herz schlug ihm immer heftiger und drohte ihm fast die Brust zu sprengen. Plötzlich kamen ihm alle Erinnerungen auf einmal: an seine dumme, verblödete Mutter; aber sie war seine Mutter, und er liebte sie trotz allem. An seinen Bruder, der außer sich geraten war und sich blindlings auf die Straße gestürzt hatte, an seine Großmutter, die all das nicht ertragen hatte, und an sich selbst, wie er dagestanden hatte, hinter dem Hühnerstall, ohne zu wissen, was tun. Seine Augen füllten sich mit Tränen. »Wie entsetzlich! Wie geschieht mir? Warum ist mir das passiert? Ich will sie vergessen und kann nicht. Ich scheiße auf Gott, verdammt noch mal! Ich will vergessen und kann nicht. Meine Dachterrasse da hinten und ich hier als Vagabund und weiß nicht, wohin. Was mag wohl aus den Tauben, den Hunden und den Hühnern geworden sein?« Die Tränen brachen mit aller Kraft hervor, und er konnte nicht aufhören zu weinen, wie ein Kind. Dort blieb er mehrere Stunden, deprimiert, kraftlos, und dachte an seine Familie, die mit einem Schlag ausgelöscht worden war. Er saß da und hielt den Heiligen ohne Kopf in der Hand. Zum ersten Mal in seinem Leben fühlte er sich hilflos, verlassen, einsam. Und das machte ihn sehr wütend. Seine Tränen versiegten. Selbstzerstörerisch schlug er sich an den Kopf und ins Gesicht. Er will sich nicht mehr erinnern. Er kann es sich nicht erlauben. Und er fährt fort, sich voller Erbitterung zu schlagen. Er greift nach einem Stein und schlägt noch härter zu. Es tut ihm sehr weh, er verliert alle Kontrolle. Die Wut darüber, dass er geweint hat, dass er sich erinnert hat, bringt ihn dazu, sich zu schlagen, bis Blut kommt.

Erschöpft, verwundet, blutüberströmt und schmerzerfüllt hört er auf. Er ist noch immer voller Wut und Hass und denkt an seine Mutter, die ihn geprügelt und angeschrien hatte: »Hör auf zu flennen, verdammt noch mal! Hör auf zu flennen! Männer heulen nicht!«, ihn aber windelweich schlug. »Beim nächsten Mal haue ich mir den Kopf gegen eine Mauer, bis ich tot bin. Ich muss einfach alles vergessen«, dachte er. Warum war nur so viel Scheiße über ihn hereingebrochen? Er konnte es nicht verstehen. Zum ersten Mal dachte er über alles nach. Er konnte nicht heulen und sich gehen lassen wie ein kleiner Junge. Er war ein Mann, und Männer dürfen keine Schwäche zeigen. Männer müssen entweder hart sein oder sterben.

Der Abend brach an, als er endlich aufstehen konnte, aber er hatte weder Hunger noch Durst. Und er stieg nicht von der Anhöhe herunter, sondern blieb dort, zu Füßen der Statue. Er sah zu, wie die spärlichen Lichter der Stadt angingen. Es war eine schöne Stadt. Um seine Dachterrasse herum war nur Dunkelheit. Er konnte sie nicht mehr sehen. Immerhin hatten die Tränen aufgehört. Er hatte viel geweint, während er sich erinnerte. Und es gab nichts, was er tun konnte. Gar nichts. Er konnte nur weiterleben, bis die Reihe an ihm war.

In der Nacht schlief er dort oben. Er schlief schlecht, wachte mehrmals auf und sah immer auf die Stadt hinunter. Ein ums andere Mal. Sein Blick wanderte immer wieder zu dem

Fleckchen, das einmal sein Viertel gewesen war. Am nächsten Tag ging er hinunter zur Endstation und spazierte ein wenig durchs Dorf. Er aß ein paar Essensreste, die er in einer Cafeteria geschenkt bekam. Er sah furchtbar aus: abgemagert durch den dauernden Hunger, mit großen Rändern unter den Augen, das krause Mulattenhaar wild wuchernd, zerschlagen, voll blauer Flecken und Schrammen, verwundet an Wangen, Lippen und Stirn. Getrocknetes Blut überall und obendrein verdreckt und zerlumpt. Er war völlig kaputt. Die Leute sahen ihn mit einer Mischung aus Ekel und Mitleid an, ließen ihn aber nicht zu nahe an sich heran.

Als es Nacht wurde, stieg er wieder hinauf zum Christus. Jetzt weinte er nicht mehr. Mit wachen Augen sah er hinüber zu seinem Haus, und ihm kam die Idee, rüberzufahren und nachzuschauen, was aus allem geworden war. Als sie ihn abgeholt hatten, war er dreizehn gewesen. Jetzt war er sechzehn. Er erinnerte sich, dass die Nachbarin sehr nett gewesen war, die Mutter der kleinen Nutte, vielleicht würde sie ihm helfen können.

Er beschloss, die Bucht zu überqueren und seine ehemalige Wohnung aufzusuchen. In über drei Jahren hatte er sich sehr verändert. Man würde ihn nicht leicht wiedererkennen. Auch nicht seine Freunde aus der Nachbarschaft. Ob sie wohl noch immer Tauben züchteten? Die Zeit der Armen ist anders. Sie haben kein Geld und deswegen auch kein Auto, können nicht rumfahren oder reisen, haben keine guten Stereoanlagen, kein Schwimmbecken, können samstags weder ins Hippodrom noch ins Casino. Ein Armer in einem armen Land kann nur warten, dass die Zeit vergeht und ihm einmal die Stunde schlägt. Und in der Zwischenzeit, von seiner Geburt bis zu seinem Tod, versucht er am besten, sich keine Probleme einzuhandeln. Aber manchmal kommen die Probleme von selbst. Sie fallen geradezu vom Himmel. Einfach so, ohne jeden Grund. Ohne dass man sie gesucht hat.

Auf alle Fälle beschloss er hinüberzufahren. Doch es ist eine Sache, zu beschließen, über die Bucht zu fahren, und eine andere, es wirklich zu tun. Er kehrte in seinen alten Container zurück, wo er sich sicher und von der Einsamkeit geschützt fühlte.

Dort verbrachte er mehrere Tage und Nächte. Zum ersten Mal in seinem Leben konnte er sich nicht entscheiden. Bis jetzt hatten immer andere für ihn entschieden. Eines Abends ging er hinunter an die Mole. Er legte dem Kassierer das Kleingeld auf die Hand und bestieg die Fähre. Ein anderer Kerl machte ihm Konkurrenz: Ein alter, magerer Schwarzer mit geschorenem Kopf und voller Tätowierungen spielte unablässig auf einer kleinen Trommel. Es war eine durchgehende Show. Der Typ machte keine Pause. Für das Geld hatte er eine Mütze hingelegt, und ein paar Touristen schossen Fotos von ihm. Einige von ihnen traten näher heran, um sich die hundert Tätowierungen auf seinem Körper anzusehen. Er zog sich das Hemd aus und hob die Hosen ein wenig an, damit man sie sehen konnte. Er war ein netter Schwarzer. Lächelnd schlug er die Trommel, zog Grimassen und lächelte wieder. Die Leute schauten ihm zu und amüsierten sich, aber niemand gab ihm auch nur einen Centavo. In wenigen Minuten hatten sie die Bucht überquert, und ehe er sichs versah, ging Rey die Avenida del Puerto entlang.

☆☆☆

Es war sieben Uhr abends, doch die Sonne war noch hoch und stark. Er schlenderte langsam vor sich hin, kam vor dem Hotel Deauville an und setzte sich einen Moment auf die Mauer, um auszuruhen. Es waren nur wenig Leute unterwegs. Abends war hier alles voll mit Nutten und Zuhältern, Transvestiten, Marihuanadealern, Leuten vom Land, die von nichts etwas mitbekamen. Wichser, Erdnussverkäufer, Stricher mit verschnittenem Rum und Tabak, echtem Kokain, junge, frisch aus den Provinzen importierte Huren, Straßenmusikanten mit Gitarren und Rasseln, Blumenverkäuferinnen, dreirädrige Fuhrwerke mit ihren vielfältigen Taxi-Transport-Aufgaben, Polizisten, Emigrantenanwärter. Zudem ein paar unglückliche Frauen, ein paar Alte, ein paar Kinder, die Ärmsten der Armen, die Tag für Tag unablässig um Kleingeld bitten. Wenn ein unvorsichtiger, melancholischer Tourist inmitten dieser nicht aggressiven, aber gerissenen und talentierten Fauna landet, tappt er im Allgemeinen fasziniert in die Falle. Schließlich kauft er beschissenen Rum oder Tabak und hält sich für originell, einen besonders gewitzten Typen und einen Glückspilz. Manchmal heiratet er Monate darauf eines der schönen jungen Mädchen oder hat eine Beziehung mit einem Stricher. Nach diesen Heldentaten versichert der Tourist seinen Freunden, er sei jetzt glücklich, das Leben in den Tropen herrlich, und er würde am liebsten sein Geld hier anlegen, ein Häuschen am Meer haben, zusammen mit seiner ergebenen, attraktiven kleinen Schwarzen, und Kälte, Schnee und die gebildeten, vorsichtigen, berechnenden und schweigsamen Menschen seines Landes hinter sich lassen. Kurz, er fällt in eine hypnotische Trance und tritt aus der Wirklichkeit heraus.

Jetzt hingegen waren nur zwei Schnapsbrüder da, die sich professionell unter der Sonne betranken. Er sah sie an und hielt ihnen den Heiligen entgegen:

»Eine kleine Unterstützung für den Heiligen.«

»Weißt du was, ich werde dir geben, was ich in der Tasche

habe. Mir ist sowieso alles egal. Das ist doch San Lázaro, oder? Ja, er ist's.«

Der Säufer war ein Mann von ungefähr sechzig, übermäßig mager und trug ein fadenscheiniges, schmutziges Hemd, hatte aber immer noch etwas von einem anständigen, gebildeten Menschen an sich. Im Moment war er zu berauscht und konnte nicht gut sehen. Er zog ein paar Scheine aus der Tasche, ein paar Münzen, einen Schlüsselanhänger ohne Schlüssel und ließ alles in die Schachtel fallen.

Rey sagte kein Wort. Er hatte vor, so schnell wie möglich zu verschwinden, ehe der alte Säufer sein Geld wieder an sich nahm. Aber der andere Schnapsbruder packte ihn beim Arm und ließ ihn nicht gehen. Er war ein schmieriger, vulgärer Typ:

»He, nicht so schnell, warte mal ... Wohin gehst du? Und wovon sollen wir denn die nächste Flasche kaufen? Hast du ihm das ganze Geld gegeben?«

»Ja, aber es ist mein Geld. Was geht dich das an?«

»Schon gut ... stimmt, es ist dein Geld.«

»Ich kann nichts mehr trinken. Ich bin voll bis obenhin.«

»Was soll das heißen, du kannst nicht mehr? So was sagt man nicht ... ein Mann sagt so was niemals.«

»Okay, wenn ich kann, aber ich muss etwas tun ... du bist mein Freund ... jawohl, du bist mein Freund.«

Und er umarmte ihn ganz fest.

»Was soll das? Warum umarmst du mich?«

»Weil du mein Freund bist ... bis später.«

Der Alte packte Rey am Arm und ging davon. Der andere Säufer blieb sitzen und starrte ins Leere. Der Alte lehnte sich in Reys Arme und sprach weiter, jedes Wort lallend. Er war ziemlich breit und schwankte von einer Seite zur anderen, immer kurz davor, hinzufallen. Ohne Unterlass schwatzte er weiter.

»Du bist jung. Ich kann nicht mehr. Hilf mir ...«

»Wohin willst du?«

»Sieh mal, ich habe dir mein ganzes Geld gegeben ... alle haben mich verlassen ... alle. Meine Töchter, die Enkel, meine Frau, die Männer meiner Töchter. Alle sind weg ... und ich kann nicht mehr ...«

Er fing an zu schluchzen und umklammerte mit aller Kraft Reys Arm. Er führte ihn durch die Portale von Galiano.

»Jetzt habe ich sogar mein Zimmer verloren, seit Tagen liege ich auf der Straße ... also, ich habe alles verkauft, nach und nach, für Rum und Zigaretten. Man muss die Sorgen vergessen ... aber ich kann nicht eine einzige vergessen. Weder haben sie je angerufen noch einen Brief geschrieben. Was habe ich Schlechtes getan? Hier und da mal ein Gläschen. Bin ich deshalb schon ein schlechter Vater, den man einfach zur Seite schiebt? Ich ... ein schlechter Vater? Ich mag Rum. Was soll ich tun?«

»Wohin sind sie alle?«, fragte Rey.

»Weg, mein Junge, weg. Da, wohin alle gehen.«

»Warum bist du nicht mit ihnen gegangen?«

»Nee ... ich muss nicht weg. Ich bin in Kuba geboren und werde in Kuba sterben.«

Aus seiner hinteren Hosentasche zog er eine Flasche mit genügend Rum. Er hörte auf zu schluchzen und sagte mit einem bitteren Lächeln zu Rey:

»Das ist meine spezielle Reserve aus meiner Privatkellerei.«

»Aus was?«

»Du bist ignorant und unkultiviert. Mit Ignoranten kann man nicht reden. Kannst du lesen?«

»Ach, komm schon, Alter, lass die Sprüche. Ich hau jetzt ab.«

Der Alte hielt ihn zurück.

»Nein, du kannst jetzt nicht gehen! Mein ganzes Geld habe ich dir gegeben ... warte einen Moment ... du kannst jetzt nicht gehen. Hilf mir hoch in meine Wohnung auf dem Dach.«

»Hast du nicht gesagt, du hättest deine Wohnung verloren?«

»Ja, aber irgendwie lebe ich da immer noch ... Komm, gehen wir hinauf aufs Dach.«

»Wo ist das?«

»An der nächsten Ecke. Komm schon, ich schaffe die Treppen nicht allein.«

Sie gingen weiter und betraten ein altes, heruntergekommenes Gebäude, das einstmals elegant und herrschaftlich gewesen war. Jetzt war da eine Grube in der Mitte der Eingangshalle, aus der Scheiße sickerte, und eine schöne weiße Marmortreppe, schmutzig und verfallen wie alles andere. In der Luft hing der Geruch von Marihuana. Rey schnupperte, und das gefiel ihm. In einer dunklen Ecke hockten ein Schwarzer und eine Schwarze, beide sehr jung, rauchten und küssten sich und leckten einander genüsslich. Der Alte sah über alles hinweg. Rey sah zu und war sogleich erregt. Dann stiegen sie langsam die Treppen hinauf. Rey schob den Alten an den Schultern, so dass er nicht hinfiel. Unter großer Anstrengung kamen sie oben an. Fünf Stockwerke. Der Alte begann zu schluchzen.

»Warum heulst du? Wohnst du nicht hier oben?«

»Nein, wir müssen weiter aufs Dach.«

Durch ein Türchen traten sie hinaus auf die Dachterrasse. Nach all den Mühen war Rey erfreut über die frische Luft. Es war bereits stockfinstere Nacht und merklich kühler geworden. Interessiert sah er sich die Umgebung aus dieser Höhe an. Der Alte schluchzte immer weiter. Er ergriff erneut die Flasche und nahm einen tiefen Schluck. Dann hielt er sie Rey hin:

»Hier, nimm, behalte sie und bete zu San Lázaro für mich.«

Er stieg mit einem Bein über die Brüstung und stürzte sich kopfüber hinunter.

»Um Himmels willen! Aber ...«

Rey wollte sich gerade vorbeugen und hinunter auf die Straße sehen. Aber nein. Er dachte nur noch an Flucht. Zitternd vor Angst stieg er die Treppen hinunter, so schnell er konnte. Der Hunger und die Anstrengung hatten an seinen Kräften gezehrt. Unten angekommen machte er das Gesicht des halb verschlafenen Idioten, das er zum Betteln aufsetzte. Da lag der Alte. Er war mit dem Kopf zuerst aufgeprallt, und sein Schädel war zertrümmert. Er lag da in grotesker Pose, als hätte er keine Knochen und wäre aus Gummi. Die Nachbarn und Passanten sahen aus sicherer Entfernung zu. Noch war keine Polizei da. Rey entfernte sich die Galiano hoch. Zwei Polizisten kamen angelaufen. Jemand hatte sie gerufen. Er ging nur wenige Schritte, dann setzte er sich im Park an der Ecke Galiano und San Rafael auf eine Bank. Er zog das Geld, das ihm der Alte gegeben hatte, hervor und zählte es. Dreiundachtzig Pesos. Er war reich. Nie zuvor in seinem Leben hatte er so viel besessen. Als ihm das klar wurde, kehrte der Appetit zurück. Er ging den Boulevard San Rafael hinunter. Er wollte etwas Warmes essen. Eine Frau verkaufte Pappschachteln mit Reis, Bohnen, Räucherfleisch und frittierter Süßkartoffel zu zwanzig Pesos.

Auf dem Bürgersteig sitzend, hatte er in wenigen Minuten eine Schachtel voll verschlungen und drei Limonaden heruntergeschüttet. Uff. Er hatte einen starken Schwindelanfall und lehnte sich an die Wand. All das Essen plötzlich in seinem Bauch. Kurz darauf konnte er seinen Weg den Boulevard hinab fortsetzen. Er bog in die Águila ein und ging weiter bis zum Fraternidad-Park. Es war sehr dunkel. Als seine Augen sich daran gewöhnt hatten, entdeckte er, dass Leute auf den Bänken saßen. Schwule. Sie küssten sich, tuschelten, leckten sich, stöhnten, jammerten. Ein Autoscheinwerfer gab ein paar Sekunden lang Licht, und er sah einen von ihnen auf allen vieren im Gras, mit Schwanz im Arsch. Müde, wie er war, machte er es sich auf dem Boden bequem und schlief, gegen einen dicken Baum gelehnt, ein.

Eine Weile später weckte ihn der Regen. Ein Platzregen mit Wind und Donner. Er wurde nass bis auf die Haut. Um ihn herum war keine Menschenseele. Alle hatten sich unter das Portal gegenüber geflüchtet. Verschlafen stand er auf, ging hinüber zum Portal, warf sich in eine Ecke und schlief wieder ein.

Am Morgen war er immer noch klamm. Da fiel ihm der alte Säufer vom Vorabend ein. Vielleicht musste er eines Tages denselben Entschluss fassen und sich kopfüber hinunterstürzen, wenn er nicht mehr konnte. Er stand vom Boden auf und ging zurück über die Águila. In dieser Straße standen zwischen Dragones und San Rafael noch mehrere heruntergekommene, verlassene Gebäude. Darin konnte man gut übernachten. Er ging weiter die Águila hinunter und kehrte gegenüber vom Deauville zum Malecón zurück. Einen Moment lang setzte er sich auf die Brüstungsmauer, um auszuruhen, und nahm kurz darauf seinen Marsch wieder auf. Wenig später gelangte er an die Ecke, zu dem Haus, in dem er einmal gewohnt hatte. Wieder setzte er sich auf die Mauer am Malecón und konzentrierte sich auf das Treiben um ihn herum.

☆☆☆

Nichts hatte sich verändert. Alles schmutzig, heruntergekommen. Die Leute saßen auf dem Bürgersteig an der frischen

Luft, schwatzten, tranken Rum, hörten Musik. Niemand arbeitete. Jedes kleine Geschäft brachte mehr ein. Da musste man sich nicht für vier Pesos am Tag den Arsch aufreißen. Rey überquerte die Avenida und setzte sich in den kleinen Park an der Ecke, den man an der Stelle angelegt hatte, wo vor Jahren ein Gebäude eingestürzt war. Alle, die vorübergingen, bettelte er um etwas Kleingeld an. Niemand erkannte ihn wieder. Von der Stelle aus hatte er sein Haus und die Nachbarin gut im Auge. Er blieb eine ganze Weile. Nichts geschah. Niemand lehnte sich über die Brüstung. Ohne es noch einmal zu überdenken, verließ er seinen Beobachtungsposten und ging gelassen hinüber zur Eingangstür des Gebäudes. Er stieg die vier Stockwerke bis zum Dach hinauf und klopfte an die Tür. Die alte Nachbarin öffnete ihm. Er erkannte sie wieder, aber sie war unglaublich mager geworden. Diese einstmals dicke Frau mit prallem Busen war jetzt nur noch ein Sack Knochen. Als sie ihn sah, sagte sie zu ihm:

»Ach, da sind Sie die ganzen Treppen hochgestiegen, um ein bisschen Geld zu erbetteln? Warten Sie.«

Sie verschwand, kam gleich darauf mit ein bisschen Kleingeld zurück, tat es in die kleine Schachtel und wollte die Tür wieder schließen. Rey hielt sie mit einer Geste davon ab:

»Fredesbinda, erinnern Sie sich nicht mehr an mich?« Die Frau sah ihn genauer an, nahm sich aber nicht viel Zeit.

»Ich kann mich nicht erinnern.«

»Ich bin Reynaldo, der von nebenan.«

»Oh, mein Junge, bei deiner Mutter, komm rein ...«

Und sie trat zur Seite, um ihn einzulassen. Die Tür ging auf die Dachterrasse. Sie überquerte sie, vorbei an verrostetem Gerumpel, Hühnerställen und anderem Müll, der sich im Laufe der Jahre angesammelt hatte. Sie kamen in ein kleines Zimmer von drei mal vier Metern, genau wie das, in dem er vor langer Zeit einmal gewohnt hatte. Gleich nebenan. Er musste Fredesbinda erzählen, was ihm in den letzten Jahren widerfahren war. Er fasste alles in zwei Minuten zusammen und verschwieg ihr, dass er ausgebrochen war.

»Und was haben sie mit meiner Mutter, meinem Bruder und meiner Großmutter gemacht?«

»Ich weiß nicht, mein Junge. Sie werden sie wohl ins Leichenschauhaus gebracht haben, was weiß ich.«

»Ist das Zimmer abgeschlossen?«

»Nein. Gleich darauf kam eine Familie aus Oriente und zog ein. Es sind nette Leute, wirklich. Sie stören kaum.«

»Und wer hat ihnen den Raum gegeben?«

»Sie kamen, zogen ein und wohnen jetzt da. Sieben sind's. Keine Ahnung, wie sie alle in das winzige Loch passen.«

Rey war's egal. Einen Moment lang schwieg er. Das war dann alles? Als er gerade gehen wollte, fiel ihm die kleine Mulattin ein, die Tochter von Fredesbinda, die immer anschaffen ging, und er fragte:

»Und Ihre Tochter?«

»Ach, reden wir nicht davon.«

»Warum denn?«

»Hm … Sie ist in Italien.«

»Ach ja?«

»Sie hat einen Italiener geheiratet.«

»Na ja, sie hat hier ja auch ganz schön anschaffen müssen, wissen Sie noch? Immerhin geht's ihr jetzt gut.«

»Red nicht so! Sie ging nicht anschaffen, aber sie war sehr fröhlich. Immer war sie mit den Ausländern auf irgendeiner Party … sie war sehr lustig.«

»Hat sie Ihnen Geld geschickt?«

»Anfangs ja, zwei Mal. Aber seit über einem Jahr habe ich jetzt nichts mehr von ihr gehört.«

»Ach, na ja, wahrscheinlich schreibt sie nicht gerne.«

»Nein, Rey, ich kenne doch mein Töchterchen. Ihr ist etwas zugestoßen … ach, ich will gar nicht daran denken.« Und sie begann zu schluchzen.

»Befürchten Sie nicht gleich das Schlimmste, Fredesbinda.«

»Das tue ich auch nicht, aber ich bin ganz verzweifelt. Ich ahne, dass etwas Schlimmes geschehen ist. Das Kind liebt mich viel zu sehr, um ein Jahr nichts von sich hören zu lassen, ohne zu schreiben …«

»Sie war klug.«

»Ich weiß, was ich dir sage.« Fredesbinda zog die Nase hoch und wischte ihre Tränen fort.

»Und was befürchten Sie? Dass sie tot ist?«

»Junge, so etwas sagt man nicht! Um Gottes willen … Man munkelt, dass viele Frauen gezwungen werden … also, du weißt schon … als Huren in Nachtclubs … o Mutter Gottes!«

Rey verharrte schweigend. Er war drauf und dran zu gehen. Fredesbinda war erst zweiundfünfzig, aber verhärmt, mager und traurig. Von den herrlichen, großen Brüsten, die er so sehr bewundert hatte, wenn er sich auf der Dachterrasse einen runterholte, waren nur noch ein paar große, schlaffe Schläuche übrig geblieben, die unter ihrer Bluse bis zur Hüfte herabhingen. Voller Pein blickte sie zu Boden und hatte Rey für einen Moment vergessen. Dann schien sie sich seiner wieder zu erinnern.

»Du bist ganz schön schlimm dran … schlimmer als zu der Zeit, als du hier gewohnt hast.«

Rey erwiderte nichts. Er hatte keine Lust mehr zu reden.
»Ich werde dir etwas zu essen aufwärmen. Aber dusch erst mal und zieh diese verdreckten Lumpen aus. Ich hab ein paar saubere Sachen, die könnten dir passen.«

Die Alte hatte ein mikroskopisch kleines Bad in ihrem Zimmer. Sie gab ihm einen Eimer mit kaltem Wasser, ein Stück Seife und einen Hausmantel. Er rieb sich gemächlich ab. Zwar wusch er sich nicht gern, aber manchmal tat es doch ganz gut.

»Wasch dir schön den Kopf, damit du dir heute Nachmittag die Haare schneiden lassen kannst.«

Rey antwortete nicht. Er dachte: »Glaubt sie etwa, ich bleibe hier?«

Die Alte fuhr fort:

»Denn … du musst nicht gleich wieder gehen. Du kannst bleiben, und morgen sehen wir dann mal, wie du dein Häuschen wiederbekommst. Ich denke, du hast ein Recht darauf.«

»Nein. Ich habe kein Interesse daran.«

»Na gut, aber lass dir ruhig Zeit. Du kannst ein paar Tage bleiben.«

»Aha, die Alte will ein dickes Rohr in den Arsch, aber das hier ist eine Falle, ich kann unmöglich tagelang hier bleiben.«

In dem Moment zog Fredesbinda den winzigen Duschvorhang aus Plastik zurück und hielt ihm eine Hose hin, die zwar verwaschen, aber in gutem Zustand war. Zugleich wanderte ihr Blick hin zu Reys Geschlecht.

»Siehst du, gewaschen und sauber ist alles gleich ganz anders. Da, nimm ein bisschen Kölnisch Wasser … Warte, ich reib dich damit ab.«

Unter Fredesbindas Blick spürte Rey, wie ihm der Schwanz anschwoll. Als sie ihm Brust und Hals mit dem Kölnisch Wasser einrieb, wurde er knüppelhart. Der Alten glänzten die Augen, ihre Miene hellte sich auf, und sie schien einen Moment lang aus ihren zweiundfünfzig Jahren heraus in ihre glorreichen Zwanziger zurückzuschweifen.

»Was für ein herrlicher Schwanz!«

Sie packte ihn mit beiden Händen und drückte ihn. Dann befummelte sie seine Eier. Es war ein wunderschöner dicker Schwanz von zweiundzwanzig Zentimeter Länge, in der Farbe dunklen Zimts, mit einem schwarzen Glanz. Es war lange her, seit er Sex gehabt hatte. In der Besserungsanstalt hatte er ein paar Schwule in den Arsch gefickt. Aber viele Schwule hatte es nicht gegeben, und man balgte sich um sie, sehr zum Vergnügen der Tunten. Sie genossen es, mit anzusehen, wie sich die Jungs um sie prügelten. Er war zwei Mal in Prügeleien verwickelt gewesen, aber dann fand er, dass das alles nicht die Mühe wert war. Von da an masturbierte er jede Nacht, aber nichts gegen einen guten, fachmännischen Blowjob, gefolgt von einer feuchten, duftenden Muschi, den beiden dazugehörenden Möpsen, einem hübschen Gesicht mit langem Haar sowie dem Arsch als Option, falls man mal das Loch wechseln wollte.

Fredesbinda war die Königin des Blasens. Sie war stolz auf ihre Saugkünste. Ganz kurz zog sie ihn aus dem Mund. Gerade die Zeit, die sie brauchte, um die Tür zu schließen, sich nackt auszuziehen, ihn aufs Bett zu werfen und sich auf ihn zu stürzen. Um gleich weiterzusaugen. Dann führte sie ihn sich selbst ein, ganz vorsichtig. Ihre Möse war dunkel, aber genauso saugstark, muskulös, kraftvoll. Rey kam drei Mal hintereinander, ohne seine Erektion zu verlieren, und sie verlangte nach mehr. Schließlich kamen sie zum Ende, verschwitzt und erschöpft, und schliefen ein Weilchen. Die Hitze war unerträglich, und sie standen verquollen auf. Sie aßen ein wenig Reis mit Bohnen. Fredesbinda gab ihm zwei Pesos, und er ging und ließ sich das Haar schneiden. Er fühlte sich wohl und hatte wieder Vertrauen in sich selbst gewonnen. Ein guter Fick und eine befriedigte Frau geben immer Auftrieb. Rey fühlte sich ganz als Mann. Kernig wie nie zuvor.

Als er vom Friseur zurückkam, schien er wie ausgewechselt. Rasiert, das Haar kurz geschnitten, mit sauberer Kleidung und fast neuen Gummilatschen. Trotz allem wirkte er älter als sechzehn. Er hätte leicht als Zweiundzwanzigjähriger und sogar Vierundzwanzigjähriger durchgehen können. Er hatte einen harten Ausdruck im Gesicht und Hunger, großen Hunger. So verging eine Woche. Weder er noch Fredesbinda arbeiteten. Sie schlossen sich ein, vögelten, aßen und tranken. Reys Perlen machten sie schier verrückt.

»Hör mal, Schätzchen, woher kommen denn die Perlen in deinem Schwanz? So was habe ich ja noch nie gesehen. Du bist ja ganz schön durchgedreht!«

Rey hatte bald den Bogen raus, wie er die Perlen an Fredesbindas Klitoris reiben musste. Und die Perlen machten aus Rey endgültig den Mann mit dem goldenen Schwanz. Der Alten gingen Geld und Essen aus. Sie vögelten drei, vier Mal am Tag, und die Alte wurde zusehends magerer. Sie bekam immer mehr Falten, und ihr Hals war voll violetter Knutschflecken. Rum, Zigaretten, Sex und Musik aus dem Radio. Gute Salsa-Musik. Das war das Leben! So musste es sein! Für immer und ewig. Was konnte man mehr verlangen?

Fredesbinda ahnte etwas und hütete sich, jemandem zu erzählen, wer der junge Mann war. Manchmal ging Rey nachts raus auf die Dachterrasse, sah nach nebenan zu seinem ehemaligen Zuhause und fühlte absolut nichts. Weder Sehnsucht noch Erinnerungen, nichts. Er war ein harter Bursche. Wenn er so nachdachte, bekam er Lust, zu boxen, einem kräftigen Schwarzen die Fresse zu polieren, ein paar Schläge einzustecken und noch härter zurückzuschlagen. Hart, härter, bis es ihm gelang, der Leber einen Haken zu verpassen und den Kerl auf die Matte zu schmettern.

In der Nacht war er im Bett etwas brutal. Er gab Fredesbinda ein paar Ohrfeigen, dass es krachte. Nur so. Um sich zu motivieren. Er packte ihre schlauchigen Brüste und verdrehte sie mit Gewalt. Ihr gefiel das.

»Oh, ja, Schätzchen, schlag mich, dass es wehtut ... quetsch mir die Brüste ... ja, komm, nimm meinen Saft, du geiler Hund ... du bist ja gemeingefährlich ...«

Das erregte ihn noch mehr, und am Ende waren beide völlig ermattet, schliefen tief und fest wie zwei Steine. Am darauf folgenden Tag gab es weder Kaffee noch einen Peso. Mit leerem Magen stieg er die Treppen hinunter. Er hatte sich schon überlegt, dass er im Gemüsemarkt von Ánimas eine Beschäftigung finden konnte. Er hasste es, zu arbeiten, aber er wollte nicht wieder Müllhaufen durchwühlen und verfaultes Zeug voller Maden essen.

☆☆☆

Er trieb sich ein wenig auf dem Markt herum, fragte an und durfte helfen, einen Laster mit Bananen zu beladen, und dann noch einen. Er hatte Arbeit bis mittags. Zwanzig Pesos verdiente er. Er klaute ein paar überreife Bananen, ein paar fast verfaulte Mangos und eine Hand voll Zitronen. Als er mit alldem zurück zu Fredesbinda kam, rief sie erfreut:

»Schätzchen, du bist Rey, der König von Havanna!«

»Hehehe«, kicherte er zufrieden, stolz auf seine Leistung.

»Der König von Havanna«, rief Fredesbinda noch einmal und verschluckte sich an den Bananen und Mangos.

So verstrichen die Tage. Ganz diszipliniert stand er auf, wenn es noch dunkel war, und ging zum Markt, LKWs ausladen. Er mochte den Geruch von reifem, fauligem Obst und Gemüse, die rohen Scherze der anderen Be- und Entlader, die verschüchterten Bauern, die mit ihren Lastern kamen, mochte es, sich mit roter Erde von Yuccas und Süßkartoffeln voll zu schmieren. Er wurde immer besser im Klauen. Er stellte jetzt in einer dunklen Ecke einen Sack auf und füllte ihn nach und nach. Bevor es hell wurde, packte er den Sack, schlüpfte durch die Hintertür und brachte ihn Fredesbinda, die schon auf ihn wartete. »Hier kommt Rey, der König von Havanna!«

»Reynaldo reicht …«

»Nein, Schätzchen, du bist Rey, der König von Havanna.«

Manchmal enthielt der Sack nichts weiter als Gurken und Knoblauch, dann wieder Melonen und Kürbisse. Jedenfalls verkaufte Fredesbinda sie, und so hatten sie ein paar Pesos mehr. Rey wurde täglich geschickter. Das Fest hielt ein paar Wochen an. Er war jetzt stärker, besser ernährt, muskulös und ein bisschen fröhlicher. Zwei, drei Mal am Tag entlud er seinen Samen in Fredesbinda. Auch die Alte hatte das mögliche Drama ihrer Tochter in Italien vergessen. Verführt und sitzen gelassen? Oder verführt und ausgenutzt?

Alles hat einmal ein Ende. Eines frühen Morgens erschien am Markttor ein Polizist, gerade als Rey mit seinem Sack voller Gemüse hinausgehen wollte. Man hatte ihn denunziert. Raschen Schrittes trat der Polizist auf ihn zu und forderte ihn auf:

»Bürger, bleiben Sie stehen und zeigen Sie mir Ihren Personalausweis.«

Rey war so bestürzt, dass er nicht wusste, was er tat. Er schleuderte den Sack gegen den Polizisten. Der warf ihn zu Boden, und Rey lief in die entgegengesetzte Richtung davon. Er rannte wie der Teufel, kam nach San Lázaro und lief weiter durch den Park Maceo bis zum Malecón. Zu Tode erschrocken, setzte er sich einen Moment, um zu sehen, ob man ihm gefolgt war. Nein, da war niemand. Langsam wurde es hell. Ein paar Minuten darauf spazierten schon die ersten Wichser des Tages vorüber. Sie lauerten auf Frauen, die ohne Begleitung zu ihren Arbeitsplätzen hasteten, zeigten ihren Schwanz und masturbierten. Immer postierten sie sich an einer Säule oder in der Unterführung der Avenida del Malecón. Sie wussten, wie sie's machen mussten. Sie waren Experten. Sie heizten sich auf, bis eine ganz Besondere vorbeikam, und vor ihr verspritzten sie dann ihren Samen. Dann wischten sie sich sauber und gingen ihrer Wege oder fuhren auf dem Fahrrad davon.

Als die Sonne zu stechen begann, ging Rey weiter. Er wusste nicht, wohin. Zum Markt konnte er nicht zurück. Die Milagrosa-Kapelle war offen. Auf den Stufen zum Eingangsportal bettelten ein paar mit Heiligenfiguren in den Händen um Almosen. Rey setzte sich hin, um zu beobachten. »Ich glaube, ich werde mir wieder einen Heiligen besorgen.« Die Schlange an der Bushaltestelle war endlos. In schnellem Takt fuhren Busse vor, alle zehn Minuten. In jedem davon ungefähr zweihundert Leute, schwitzend und schimpfend, einer über den anderen. Sex, Gewalt und Erwachsenensprache. Aber die Schlange riss nicht ab. Eine Menschenlawine nach der anderen. Er beobachtete zwei junge Schwarze, die das Durcheinander bei Ankunft der Busse nutzten, um Handtaschen zu klauen. Alle drängelten beim Einsteigen und stießen sich gegenseitig unter Einsatz der Ellbogen. Die schwarzen Jungs steckten die Hände in Taschen und Hosentaschen, und die Leute merkten es nicht. Sie räumten gut ab, erbeuteten mindestens sechs Handtaschen und machten sich aus dem Staub. Sie waren sehr geschickt. Rey gefiel das, und er dachte: »Das sieht so leicht aus, aber ich bin zu dämlich für einen Handtaschendieb. Dabei ist die Sache ein Spaziergang, denn man muss sich nicht mit schweren Säcken abrackern, aber ...«

»Erdnüsse gefällig?«

Eine sanfte Stimme riss ihn aus seinen Gedanken. Die Frau hielt ihm eine Hand voll mit Erdnusstüten hin. Er sah sie an, und sie gefiel ihm. Sie war schön dunkel, hatte einen vollen Mund, ein hübsches Gesicht, langes, blond gefärbtes Haar mit herausgewachsenem schwarzen Ansatz und war groß und sehr schlank. Trotz ihres Lächelns sah sie aus, als würde sie Hunger leiden. Und sie war sehr schmutzig. Es war klar, dass sie sich nicht gerne wusch. Sie trug alte, schäbige, Ekel erregende Kleidung und zeigte provokativ ihren Bauchnabel, obwohl der völlig rußverschmiert war.

»Ich habe kein Geld.«

»Ich gebe dir eine. Und du bezahlst sie, wenn du kannst. Für keinen anderen würde ich das tun, aber für dich ja.«

»Gib her.«

Rey nahm die Tüte und begann auf den Erdnüssen zu kauen. Sie setzte sich neben ihn. Hinter ihnen stand auf einem großen Schild an der Kirche in roten Buchstaben: »Und er ging in den Tempel und begann die Verkäufer hinauszutreiben. Lukas 19–45.« Darunter stand in schwarzen Buchstaben:»Auf den Stufen sitzen verboten. Durchgang frei lassen.«

»Und warum nur für mich und keinen anderen?«

»Ach«, erwiderte sie ohne Lächeln und machte eine harte Bewegung.

»Ach?«

»Hör auf. Ich hatte einfach Lust dazu.«

Darauf erwiderte Rey nichts. Gegenüber im Park Maceo ließen zwei Kerle gerade Drachen steigen, schöne, große japanische Drachen mit herrlichen, bunten Zeichnungen.

»Sieh nur, wie schön«, sagte er zu ihr.

»Ja.«

»Hast du das schon mal gesehen?«

»Ja. Manchmal sind es zehn oder zwölf gleichzeitig.«

»Ah.«

Sie verkaufte ein paar Tüten. Eine ganze Weile schwiegen sie. Das Mädchen gefiel Rey, aber er wusste nicht, wie er es anfangen sollte. Beide waren wortkarg. Sie verkaufte Erdnüsse. Es hätte ihr gefallen, dass alle sagten: »Oh, sie singt Boleros.« Aber nein. Sie verkaufte Erdnüsse. Kokett sah sie ihn von der Seite an, und beide mussten lächeln. Sie gefielen einander, das war alles. Zwei, drei Stunden später hatte sie alle Erdnüsse verkauft. Es war Mittag. Sie ergriff die Initiative:

»Kommst du mit, oder bleibst du hier?«

»Ich komme mit.«

Sie gingen die Belascoaín entlang.

»Willst du eine Pizza?«

»Ich habe kein Geld.«

»Das weiß ich, du brauchst es nicht dauernd zu wiederholen.«

Sie kaufte zwei Pizzas. Ein Stück weiter oben kaufte sie in einer Bar eine Flasche Fusel-Rum und eine Schachtel Zigaretten. Beide nahmen einen Schluck. Rey verzog das Gesicht.

»Ahhh, reinstes Zuckerrohr! Wie heißt du?«

»Magdalena. Man nennt mich Magda. Und du?«

»Rey. Man nennt mich Rey, den König von Havanna.«

»Hahaha. Das musst du beweisen.«

»Gar nichts muss ich beweisen. Man nennt mich so.«

Sie lachte, aber der Blick in ihren schönen, dunklen Augen unter den langen schwarzen Wimpern blieb hart. Sie wirkte wie eine wunderschöne Zigeunerin, schlank, angespannt und vibrierend wie eine Gerte.

»Wie alt bist du, Bursche?«

»Zwanzig. Und du?«

»Nein, auf keinen Fall. Du bist noch keine zwanzig, Mann!«

»Sechzehn.«

»Dann bist du ja noch ein Kind.«

Rey sah sie ganz ernst an und erwiderte:

»Ja, ein Kind, aber mit einem solchen Riesenschwanz ...« Und er zeigte ihr mit beiden Händen ein beachtliches Ausmaß.

»Lass die Witze, ich glaube dir sowieso kein Wort.«

»Das ist kein Witz, sondern die Wahrheit.«

Schweigend setzten sie ihren Weg fort, nahmen einen neuen Schluck aus der Flasche. Rey ergriff wieder das Wort:

»Und du?«

»Ich, was?«

»Wie alt bist du?«

»Ach, für dich bin ich schon alt.«

»Du musst so um die dreißig sein.«

»Achtundzwanzig.«

Sie gingen weiter die Belascoaín hinauf, die Reina hinunter, nach Factoría hinein bis hin zum Viertel Jesús María. Vor einem fast völlig zerstörten Gebäude wies ihn Magdalena an:

»Komm hier rein.«

Sie betraten die Ruinen und stiegen die Treppe ohne Geländer hinauf. Es war früher ein schönes Gebäude gewesen. Hier und da sah man an den Wänden noch Reste andalusischer Kacheln und große Marmorplatten sowie Reste des schmiedeeisernen Geländers. Jetzt war das Haus völlig zerstört. Mehr als die Hälfte war eingestürzt. In dem Teil, der noch aufrecht stand, waren drei Zimmer übrig geblieben, jedes mit einer Tür und einem Vorhängeschloss. Eines davon gehörte Magdalena. Darin befand sich nur eine auf den Boden geworfene Matratze. In einer Ecke lagen eine Pfanne, ein Krug, ein Löffel, eine Blechdose mit Wasser, daneben standen ein kleiner Kohleherd und drei Pappkartons. Einer davon war voll alter, abgetragener Kleidung, in einem anderen waren ein paar Tüten mit Reis, Bohnen, Zucker, im dritten ein Sack roher Erdnüsse sowie ein Vorrat an weißen Papierbogen, um daraus Tüten zu drehen.

Magda trank Rum und rauchte Zigaretten. Manchmal auch ein wenig Marihuana. Sie aß wenig. Die beiden sprachen nicht viel. Fast nichts. Eigentlich gar nichts. Sie schloss die Tür und öffnete ein Fensterchen, um das Zimmer etwas zu lüften. Sie sahen sich an und küssten sich. Da waren alle Worte überflüssig.

☆☆☆

Keinen von beiden störte der Schmutz des anderen. Sie hatte eine etwas säuerliche Möse, und ihr Arsch stank nach Scheiße. Sein Schwanz war zwischen Eichel und Vorhaut käseverschmiert. Beide rochen streng unter den Achseln, nach toten Ratten an den Füßen und schwitzten. All das erregte sie. Erschöpft und dehydriert ließen sie voneinander ab, als es dunkel wurde. Magda und die anderen wohnten hier illegal, denn das Gebäude konnte jeden Moment ganz einstürzen. Insofern gab es weder Gas noch Wasser oder Strom. Nicht einmal eine Kerze hatten sie. Es wurde Nacht, und die beiden lagen auf ihrem Lager in der Dunkelheit, halb betrunken und halb stumpfsinnig von all dem wilden Sex.

»Rey, mir brennt der Arsch; der Arsch und die Möse. Du hast mich fix und fertig gemacht.«

»Weil du ein altes Weib bist. Ich bin voll fit.«

»Ach, du bist also voll fit? Na warte … gleich kannst du unter Beweis stellen, ob du der König von Havanna bist oder eher der Arsch von Havanna.«

Sie kramte auf dem Boden eines Kartons. Zwischen all den schmutzigen Lumpen hatte sie ein halbes Kilo Marihuana versteckt. Sie drehte zwei Joints, verstaute das Paket wieder, und sie steckten sie sich an und sogen den Rauch tief ein, dass es ihnen fast die Lungen zerriss. Dann begann sie ihn anzuheizen. Sie ergriff seinen schlappen Schwanz und nahm ihn in den Mund. Das Kraut war gut und effektvoll. Das Tier entrollte sich geschmeidig auf der Suche nach Beute. Sie nahmen ihr Spiel wieder auf. Rey hatte keinen Saft mehr, sein Schwanz war trocken. Drei Stunden später schliefen sie dann ein. Am nächsten Morgen wachten sie spät auf. Sie entzündete den Kohleherd und röstete Erdnüsse. Hundert kleine Tütchen füllten sie. Es war schon Mittag, als Magda loszog, um sie zu verkaufen. Zuvor kackte sie in ein Stück Papier, knüllte es zusammen und warf es auf die Dachterrasse des Nachbarhauses. Dann gingen sie die Treppen hinunter.

»Was machst du heute, Rey?«

»In der Cafeteria Plastikflaschen aufsammeln. Der Müll ist voller Becher und Flaschen.«

»Die großen verkaufen sich für zwei Pesos.«

»Ich weiß.«

»Hier, nimm.« Sie gab ihm fünf Pesos. »Iss etwas, du hast es dir verdient. Letzte Nacht war ich tot.«

»Hahaha … Bin ich nun der König oder nicht?«

»Hmmm.«

»Ciao, dann also bis heute Abend.«

Rey sammelte leere Colaflaschen und Plastikbecher aus dem Müll. Er wollte sie im großen Stil bei einer Bierschenke verkaufen. Die Säufer hatten weder Becher noch Flaschen, aber da kam Rey und versorgte sie mit allem. Doch sein Äußeres war viel zu abstoßend, und niemand kaufte ihm was ab. Andere Penner, die etwas sauberer waren, verkauften ebenfalls Becher und Flaschen, die sie aus dem Müll der Dollar-Cafeterien gesammelt hatten. Es gab Konkurrenz in diesem kleinen Business.

Genervt und schlecht gelaunt kehrte Rey in das Gebäude zurück, in dem Magda wohnte. Es war fast neun Uhr abends. Er ging in der Dunkelheit hinauf, näherte sich der Tür und hörte Seufzer und Stöhnen. Da vögelte Magda mit einem anderen. Er rastete schier aus. »Diese Nutte macht sich lustig über mich«, dachte er und klopfte laut an die Tür. Das Stöhnen verebbte, es wurde still.

»Magdalena, mach auf!«

Sie öffnete die Tür und wollte ihm den Weg versperren, aber er fegte hinein wie ein Wirbelwind. Ein magerer, schmutziger, etwas zerlumpter alter Mann bemühte sich, rasch in seine Hosen zu kommen. Rey packte ihn am Kragen und gab ihm ein paar Ohrfeigen. Der Kerl war ziemlich mickrig.

»Was soll das hier mit dem, bist du eine Nutte oder was?«

Er zerrte den Kerl aus dem Zimmer. Der Unglückliche sagte keinen Ton und rannte schnell die Treppen hinunter. Magda rief ihm nach:

»Bis morgen, Robertico. Lass dich blicken! Hab keine Angst vor dem hier, der ist nur halb so wild, wie er aussieht!«

Als Rey das hörte, wurde er noch wütender. Sie baute sich vor ihm auf:

»Hör mal, du Schwanzaffe! Was zum Teufel tust du hier?! Hältst du dich für meinen Mann oder was?!«

»Ich bin dein Mann! Ich bin dein Mann, und du hast mich zu respektieren!«

»Du bist nichts als ein Scheißefresser und Hungerleider, der nicht mal eine Ecke hat zum Verrecken!«

»Und du? Bist du etwa Millionärin oder was?«

»Du hast wohl keine Ahnung, dass mir diese Alten zwanzig oder dreißig Pesos fürs Handanlegen bezahlen? Und dabei steht er ihnen noch nicht mal.«

»Er steht ihnen nicht? Ich habe dich aber stöhnen gehört wie eine Verrückte ...«

»Theater, Herzchen, reines Theater, um sie anzuheizen. Den Alten muss man allen viel Theater vorspielen. Außerdem ist es mir egal, ob er ihnen steht oder nicht, ob sie ihn mir reinstecken oder draußen lassen. Fünfhundert Schwänze habe ich mir reingezogen, seit ich acht war, und ehe ich sterbe, werde ich mir noch einmal fünfhundert reinholen. Markier also nicht den Starken noch sonst einen Scheiß.«

»Du bist nichts weiter als eine Nutte!«

Ganz plötzlich änderte Magda den Ton und wurde honigsüß und verführerisch:

»Schon gut, Schätzchen, schon gut. Reg dich nicht auf!«

»Scheiße, von wegen aufregen!«

»Schon gut, schon gut, mein Herzblättchen. Schau, was ich hier habe ...« Sie zog eine Flasche Rum hervor. »Ich habe auf dich gewartet, mein Süßer. Dieser Alte da ist mir dazwischengekommen, und ich will dir eins sagen, jetzt bleib mal schön mit den Füßen auf dem Boden; wenn ich mir mit einem dieser Alten zwanzig Pesos verdienen kann, dann tue ich das! Ich mache für sie die Beine breit, und dann sollen sie mal Zunge oder Finger spielen lassen ...«

»Okay, schon gut.«

»Ach, weißt du, du bist eigentlich ein kluger Kopf, nur manchmal führst du dich auf wie ein Idiot. Komm schon, gib mir ein Küsschen.«

Sie zogen sich aus und ließen sich auf die Matratze fallen. Über Rum und gutem Gras vergingen die Stunden. Stunden, Tage und Wochen. Rey gewöhnte sich an die alten Penner, die ein paar Pesos dafür zahlten, um ihre säuerlich stinkende Möse zu lecken, sie mit den Fingern zu reiben oder zu versuchen, ihn ihr reinzustecken. Manchmal ging er aus dem Zimmer und setzte sich auf die Treppe. Es gefiel ihm, ihr bei ihrem Theater aus Seufzen und Stöhnen zuzuhören. Manchmal heulte sie ein wenig auf, schnaubte, kreischte und schrie die Alten an: »Fang meinen Saft auf, steck mir den Finger rein, steck ihn ganz rein ... Ja, das verstehst du, du alte Sau, ja, das kannst du, los, fang meinen Saft auf.« Rey fand, dass das unmöglich alles Theater sein konnte, und wurde rasend eifersüchtig. Am liebsten wäre er hineingestürmt, hätte die beiden am Genick gepackt und mit dem Kopf gegen die Wand geschlagen.

Eines Tages traf er sie vor der La-Milagrosa-Kirche, als sie gerade einen Busfahrer beschwatzte. Er war ein großer, starker, sehr dunkler Schwarzer. Rey hielt sich vorsichtig im Hintergrund. Erst als der Bus abgefahren war, kam er näher.

»Der da war nicht alt, du Schlampe.«

»Ach, überwachst du mich neuerdings?«

»Er war kein Alter.«

»Nein, er ist ein wunderschöner, großer, charmanter Schwarzer. Und ich gefalle ihm.«

»Also was? Stehst du auf Schwarze?«

»Und auf Mulatten wie du, Schätzchen.«

»Nicht auf Weiße?«

»Weiße? Nein. Von klein an bin ich an Schwarze mit ihren schönen großen, dicken Schwänzen gewöhnt ... an solche wie dich, Schätzchen, du hast einen wirklich schönen Schwanz. Du bist wirklich der König von Havanna.«

»Ich bin kein Schwarzer, vergiss das nicht.«

»Aber du bist ein supersüßer Mulatte und gefällst mir sehr. Außerdem bist du total durchgedreht.«

»Hör auf, er wird mir schon ganz steif.«

»Uhh, wirklich? Wahnsinn … Los, komm, wir gehen auf den Malecón. Ich habe schon ewig nicht mehr auf der Mauer gevögelt.«

Sie durchquerten den Maceo-Park und setzten sich auf die Mauer. Magda lehnte sich an eine Säule und spreizte die Beine. Sie trug einen weiten, knöchellangen Rock. Rey setzte sich gegenüber und holte sein Tier heraus, das sofort steif wurde, kaum hatte er Magdas säuerlich stinkende Möse gerochen, und sie kopulierten auf der Stelle wie die Besessenen und bissen sich dabei gegenseitig in den Hals. Natürlich erschienen automatisch die Gewohnheitsspanner vom Maceo-Park. Sie zogen ihren Degen raus und wichsten wie verrückt, während sie sich an dem frenetischen Treiben Unbekannter ergötzten. Das gefiel Magda. Aus den Augenwinkeln sah sie all die sich aufbäumenden Schwänze um sich herum. Schon immer, von Kindheit an, war sie völlig versessen gewesen. Versessen auf Männer, die sich einen runterholten, auf diese manchmal Zaudernden und bei anderen Gelegenheiten Erschrockenen, Heimlichen, Abgerückten, die ihr Teil immer in Bewegung hielten.

Keinen Moment ließ sie die Hand voll Erdnusstütchen fallen. Wie immer kamen sie mehrmals hintereinander. Am Ende war sie schon halb eingeschlafen und ermattet, aber sie rief immer noch unablässig weiter aus:

»Erdnüsse, schöne Erdnüsse für die Kinderchen … Kauft Erdnüsse.« Auch die Spanner kamen zum Ende, schüttelten gut ab und entfernten sich, ohne sich zu zeigen, seitwärts wie Krebse. Keiner von ihnen kaufte Erdnüsse.

Sie zündeten sich Zigaretten an und ruhten sich einen Augenblick lang aus.

»Hör mal, Rey, um noch einmal darauf zurückzukommen …«

»Um worauf zurückzukommen?«

»Auf die Schwarzen.«

»Aha.«

»Ich habe einen Sohn von fünf Jahren ... von einem Schwarzen ... Ivancito ... er ist kohlrabenschwarz, genau wie sein Vater, von mir hat er nichts mitbekommen.«

»Und wo ist er?«

»Auf dem Land, bei einer meiner Schwestern.«

»Warum das?«

»Die Leute sagen, ich sei verrückt und das Kind würde verhungern. Was weiß ich. Sie kamen und nahmen ihn mit.«

»Schon lange her?«

»Ja. Schon über ein Jahr habe ich ihn nicht gesehen. Es geht ihm da besser.«

»Und? Bist du wirklich verrückt?«

»Ja, von der Gürtellinie an abwärts. Verrückt nach allen Schwänzen, die mir gefallen. Wenn du der König von Havanna bist, Schätzchen, bin ich die Königin. Die Königin von Havanna.«

☆☆☆

Das Geschäft mit den Flaschen und den Plastikbechern war eine Scheiße. Tagelang schlenderte Rey umher, ohne zu wissen, was er tun sollte. Magda hielt ihn aus. Rum, Marihuana, Zigaretten, viel Sex, ein paar Pesos am Tag. Rey war mager, ein mit Haut bedecktes Skelett, genau wie Magda. Ihr gefiel es, ihn auszuhalten.

»Das gefällt mir, Schätzchen. Ich mag es, deine Nutte zu sein und dir Geld zu geben ... Ach, könnte ich doch anschaffen gehen und Dollars verdienen und dich wie einen wahren

König halten. Sogar eine Kette aus Gold würde ich dir kaufen.«

»Ach, hör auf zu träumen.«

»Warum?«

»Weil du viel zu schmutzig und zu mager und zu zerlumpt bist für all diese alten geilen Böcke.«

»He, he, beschimpfen kannst du die Möse deiner Mutter.«

»Hör zu, meine Mutter ist tot!«

»Oh, entschuldige!«

»Ja, sie hat sich totgelacht, nachdem sie in die Möse deiner Mutter geschissen hatte.«

»Hahaha.«

Manchmal verschwand Magdalena eine ganze Nacht lang. Immer kehrte sie zu ihrem Lager zurück, aber es brachte Rey jedes Mal aus der Fassung. In solchen Nächten guckte er in die Röhre: kein Geld, kein Essen, weder Rum noch Marihuana. Nichts. Er kam nicht einmal in ihr Zimmer und musste auf einer Treppenstufe schlafen, wo Kakerlaken und Käfer über ihn hinwegkrabbelten. Die alte Hose, die Fredesbinda ihm geschenkt hatte, war zerrissen und zerlumpt. Durch einen Riss im Stoff hingen ihm zwischen den Beinen der Schwanz und die Eier heraus. Eines Abends hatte er sich auf der Treppenstufe ausgestreckt und wollte auf Magdas Rückkehr in den frühen Morgenstunden warten. Kurz darauf schlief er tief und fest wie ein Stein. Im Schlaf spürte er, wie ihn eine zarte Hand masturbierte. Er hatte einen riesigen Steifen, und irgendjemand masturbierte ihn durch das Loch in seiner Hose hindurch. Nein, das war kein Traum. Langsam wurde er wach. Er blinzelte ein wenig und sah, dass es Wirklichkeit war. Keine Spur von Traum, wiewohl das ganze Leben ein Traum ist. Dann war er völlig wach und rieb sich die Augen. Trotz der Dunkelheit erkannte er den Schwulen, der im Zimmer nebenan wohnte und ihn jetzt lächelnd masturbierte. Mit einer brüsken Bewegung stieß er den Kerl von sich, der sich feinfühlig, wie er war, zurückzog.

»Entschuldige, aber ich konnte der Versuchung nicht widerstehen. Er stand dir so stramm und sehnte sich danach, gestreichelt zu werden …«

»Nichts da mit Streicheln oder sonst was, verdammt noch mal, Bürschchen!«

Mit einem Satz war Rey auf den Beinen. Wie ein Tiger. Mager, aber Tiger. Er haute dem Schwulen ein paar hinter die Ohren, der jetzt um Hilfe schrie.

»Aua, aua, hör auf damit! Schlag dich lieber mit Männern wie dir!«

Rey packte ihn am Genick und wollte ihn gerade die Treppe hinunterwerfen, als er sah, dass der Kerl als Frau verkleidet war. Er hatte ein wunderschönes Gesicht und trug eine blonde Perücke. Und er beherrschte sich. Sie sahen einander in die Augen. Sie war schön. Eine zierliche Frau mit zarter Haut und parfümiert. Sie trug einen kurzen Rock. Beide sahen einander an und schwiegen. Der Transvestit massierte sich die geschlagenen Stellen. »Verdammt, du hast mich grün und blau geschlagen!«

»Ich bin ein Mann, verflucht noch mal! Wer hat dir gesagt, dass du mir einen runterholen sollst, verdammte Scheiße?«

»Kleiner, so schlimm ist's nun auch wieder nicht … er stand da aufrecht mitten auf der Treppe und wartete auf mich. Das Fleisch ist schwach.«

»Aber ich bin ein Mann, also mach mich nicht an!«

»Ja, schon gut, wir alle sind Männer … leider … wie langweilig.«

»Was heißt hier leider? Ich bin gerne ein Mann!«

»Komm, hab dich nicht so, hier sind doch alle ein bisschen schwul. Komm mit mir.«

»Wohin?«

»Komm einfach mit und stell keine Fragen. Was liegst du hier so? Diese Nutte behandelt dich wie einen Haufen Dreck. Komm mit.«

Voller Argwohn, diesem Wahnsinnsschwulen nicht über den Weg trauend, gehorchte Rey und ging hinter ihm her. Das war besser, als weiter auf der Treppe liegen zu bleiben. Und höchstwahrscheinlich würde Magda sowieso nicht zurückkommen.

Als Rey den Raum betrat, blieb er verblüfft stehen. Hier drinnen gab es alles. Angefangen von elektrischem Licht über Fernseher, Kühlschrank, Spitzengardinen, ein breites Bett voller Plüschtiere bis hin zu einer Frisierkommode voller Cremedosen und Parfümflakons. Alles makellos sauber, ohne ein Staubkörnchen, und an den weiß getünchten Wänden hingen große Farbposter von wunderschönen nackten Frauen. In einer Ecke, unter einem Kruzifix, stand ein Altar mit der unvermeidlichen Triade Kubas: San Lázaro, die Virgen de la Caridad del Cobre und Santa Bárbara. Und Blumen, viele Blumen. Überall Figürchen aus Plastik und Glas. Kleine Buddhas, Elefanten, Püppchen, Mambotänzerinnen, Indianer aus Gips. Alles durcheinander. Kitsch in seiner höchsten Vollendung.

Der Schwule zündete ein Räucherstäbchen an. Er nahm eine Hand voll Basilikum und andere Kräuter und ging hinüber zu einem kleinen Korb, der in einer Ecke stand. Er berührte das Holz, küsste die Krieger, legte die Kräuter hinein, begoss alles mit Parfüm und einem Schluck Schnaps und läutete ein Glöckchen. Dann wandte er sich wieder seinem Gast zu.

Rey sah ihn genau an, jetzt bei Licht. Er hatte ihn hart geschlagen. Auf jeder Backe war ein blauer Fleck. Und er war hübsch. Beziehungsweise *sie* war hübsch. Er war wirklich wunderschön, sah aus wie eine bildschöne Frau und zugleich wie ein bildschöner Mann. So etwas hatte Rey noch nie zuvor gesehen. Jedenfalls nicht aus der Nähe, in allen Einzelheiten. Er saß in seinen Lumpen auf dem einzigen Lehnstuhl im Raum und wusste nicht, was er sagen sollte.

»Bist du fasziniert?«

»He?«

»Ob du fasziniert bist von mir?«

»Was ist fasziniert?«

»Nichts, schon gut ... Willst du was essen?«

»Ja.«

»Willst du nicht vorher unter die Dusche?«

»Dusche? Hier gibt's kein Wasser. Woher kriegst du überhaupt Strom und alles?«

»Es gibt welchen, mein Junge, stell deine Ermittlungen ein! Kaum hast du mich kennen gelernt, da fängst du schon an, alles zu überprüfen ... um mich zu kontrollieren ... Junge, als Ehemann musst du ein Aas sein.«

»Hey, was soll das? Von wegen Ehemann!«

»Ich heiße Sandra. Sprich mir nach: Sandra, Sandra. Und nenn mich nicht wieder ›Hey‹. Ich mag keine vulgären Worte. Und ich mag es auch nicht, wenn man mich schlecht behandelt. So bin ich nun mal, wie eine Prinzessin.«

»Und mich nennt man Rey, König von Havanna.«

»Das musst du erst beweisen. König ist ein Adelstitel, und adlige Herkunft musst du erst mal unter Beweis stellen.«

»Dasselbe sagt Magda.«

»Um Himmels willen, erwähn bloß dieses Weib nicht mehr! Dieses Flittchen, diese Drecksschlampe, Nutte, diese klatschsüchtige, stumpfe Hungerleiderin. Sieh dir doch an, was sie mit dir macht. Und du nimmst alles hin. Und alles bloß für den Spaß, denn letzten Endes ...«

»Letzten Endes was?«

»Was hat sie letzten Endes, was ich nicht habe? Komm, sag schon! Ich bade immerhin jeden Tag, und wenn ich einen Mann habe, behandele ich ihn wie einen Prinzen. Ihm fehlt es an nichts, gar nichts. Ich kümmere mich wenigstens um meine Männer.«

Mit diesen Worten richtete Sandra sich auf und streckte ihre kleinen Brüste vor, auf die sie sehr stolz war. Sie waren zwar klein, aber echt. Kein Silikon. Sie hatte sie dank Medrone erworben, einer Pille zur Empfängnisverhütung und Menstruationsregulierung auf weiblicher Hormonbasis.

☆☆☆

Rey starrte auf Sandras Brüste und fand sie wunderschön, hütete aber seine Zunge. Sandra fing seinen Blick auf.

»Wie du siehst, fehlt mir nichts, gar nichts. Und zumindest bin ich witziger als diese Frau. Angustia sollte man sie nennen, Trübsal.«

»Schluss jetzt, lass Magda in Ruhe.«

»Und du verteidigst sie auch noch, du hübsches Dummerchen. Los, wasch dich jetzt und wirf bloß diese Klamotten weg. Arm darf man sein, Kleiner, aber nicht Not leidend.«

Rey antwortete nicht. Das »Not leidend« tat weh, aber er musste sofort daran denken, dass er von Geburt an nichts anderes als Not leidend gewesen war. »Diese Sandra ist eine Giftnatter. Die Schwulen in der Besserungsanstalt waren Milchbubis dagegen«, dachte er.

In einer Ecke des Zimmers war im Boden ein Abfluss. Hier musste einmal ein Waschbecken gewesen sein. Der Abdruck war noch zu sehen. Er wusch sich. Sandra gab ihm ein Handtuch und schenkte ihm eine Shorts und ein kurzärmeliges

Hemd. Dann bereitete sie ihm ein Bauernomelett, dazu gab's Brot und eine kalte Limo. Sandra saß dabei und sah ihn unverschämt an.

»Glaub ja nicht, dass du in meinem Bett schlafen darfst! Du bist bestimmt von oben bis unten voller Kopf- und Filzläuse!«

»Hey, was heißt hier Läuse, verdammte Scheiße?!«

»Sei still! Ich hab dir doch gesagt, ich hasse vulgäres Geschwätz! Nie lerne ich mal einen feinen, eleganten Kavalier kennen, der mir Blumen schenkt. Nie. Immer sind die Männer ungehobelt, schmutzig und obszön.«

»Hör schon auf mit den Schwuchteleien ...«

»Na schön. Du schläfst auf dem Boden, und morgen werde ich dich von Kopf bis Fuß unter die Lupe nehmen, denn ich will hier keine Läuse.«

Rey schwieg. Es war jetzt besser, nicht zu protestieren. Sandra gab ihm ein Kissen, und er schlief auf dem Boden. Tief und fest. Als er am nächsten Morgen aufwachte, hatte Sandra schon Kaffee gekocht. Sie öffnete ein Fenster, und gleißendes Licht strömte herein. Sie trug jetzt knappe Shorts, die einen Teil ihres Pos unbedeckt ließen. Oben herum verbarg ein winziges Baumwoll-Top ihre Brüste. Sandra war ein sehr heller Mulatte mit herrlicher zimtfarbener Haut. Er war schlank, hatte einen verführerischen, festen kleinen Arsch, das schwarze Haar kurz geschnitten, ein schönes Profil, fleischige Lippen, lange, schlanke Arme und Beine. Alles an ihm war zart und geschmeidig, verströmte eine verführerische feminine Sanftheit.

Sobald Rey die Augen aufschlug, reichte Sandra ihm Kaffee.

»Das hätte ich nicht mit dir machen dürfen, du armer Kerl.«

»Was mit mir machen?«

»Auf dem Boden schlafen lassen.«

»Ach, daran bin ich gewöhnt.«

»Trink deinen Kaffee.«

Sandra lehnte sich aus dem Fenster, rauchte anmutig eine Zigarette und bewunderte die bröckelige Schönheit des Jesús-María-Viertels: die sehr alten, heruntergekommenen Gebäude mit nur zwei oder drei Stockwerken, die riesigen Innenhöfe mit den großen Korallensträuchern und Mangobäumen, die Geräusche des Viertels, ohne jeden Verkehrslärm, das gleißende Morgenlicht, die erstickende Schwüle schon in der Frühe, die Sinnlichkeit der Gerüche. Dann ging sie zum Radio und stellte Musik ein. Sie fühlte sich wohl.

»Die reinste Vollkommenheit: ein Mann im Haus. Was arbeitest du, Reynaldito?«

»Nichts.«

»Hält dich Magda aus?«

»Nein.«

»Aber sie gibt dir Geld, sonst würdest du verhungern, soviel ich weiß.«

»Ja, stimmt.«

»Komm her. Komm ans Fenster, da ist mehr Licht.« Sandra packte seinen Kopf, legte ihn zwischen ihre kleinen Brüste und fing an, nach Läusen zu suchen. Rey protestierte schwach.

»Ich habe keine Läuse.«

»Das werden wir sehen. Und hinterher untersuche ich dich auf Filzläuse.«

»Hey, hey ...«

Rey spürte den Druck der kleinen Brüste, und das gefiel ihm. Sandra roch anders. Sie verströmte einen zarten Duft nach Sauberkeit. Magda roch immer schmutzig. Er bekam eine Erektion, die sich hartnäckig hielt. Ein paar Minuten darauf hielt Sandra ihn von sich weg.

»Komisch, du hast tatsächlich keine Läuse! Jetzt zu den Filzläusen, denn ... Ach du Schreck, was haben wir denn da?!

Dauernd steht er dir knüppelhart, und du spielst die beleidigte Leberwurst, wenn man hinguckt ... Ich werde die Männer nie verstehen!«

Rey versuchte seinen steifen Schwanz zu verstecken und ihn zwischen die Beine zu zwängen, aber es war zu spät. Sandra hatte ihn entdeckt – mit viel Aufhebens, wie bei allem, was sie tat.

»Hör auf jetzt, lass mich in Ruhe.«

»Ich werde dich überhaupt nicht in Ruhe lassen, denn ich bin sehr sauber und pflege mich. Und Filzläuse kommen überhaupt nicht in Frage.«

Sie zog ihm die Shorts runter. Das sich aufbäumende Tier wurde noch härter. Sandra bemühte sich im Schamhaar nach Filzläusen zu suchen, doch dann konnte sie der Versuchung nicht länger widerstehen.

»Rey, das halte ich nicht länger aus!«

Und sie schob ihn sich in den Mund. Rey wollte sie zurückweisen, aber es ist ja bekannt, wie hochgradig schwach und sündig das Fleisch ist. Und er ließ sie machen. Sandra kniete vor ihm, zog ihr kleines Oberteil aus und zeigte ihm ihre herrlichen, vollkommenen, festen Brüste. Rey berührte die Warzen, die sich gleich aufrichteten. Eine Weile ließ Sandra ihn gewähren. Dann erhob sie sich zu ihm und küsste ihn. Was für ein Luder! Was für ein Mund, was für ein Kuss – mit Zunge und allem! Sandra nahm wieder ihre Beschäftigung unten herum auf und legte zugleich ihre Shorts ab. Jetzt war sie nackt. Rey verlor fast den Verstand. Sandra drehte ihm den Rücken zu. Sie hatte einen wunderschönen, sehnsüchtigen Arsch. Sie selbst steuerte die ganze Unternehmung. Er drang in sie ein und kostete sie aus. Rey kam zum Ende, aber sie wollte mehr. Sie war gierig und ließ ihm keine Zeit, müde zu werden. Von neuem fing sie an, ihn zu küssen und zu masturbieren, und Rey stand er weiterhin. Sie holte einen feuchten Lappen, säuberte sein Tier ein wenig und steckte es wieder in den Mund.

»Nur keine Eile, Schätzchen, sachte, sachte. Genieß mich.«

Aber Rey konnte sich nicht mehr lange bremsen. In wenigen Minuten kam er zum Orgasmus. Sie wiederholten alles zum dritten Mal. Es gefiel Rey wirklich. Er genoss es. Sandra war Meisterin darin, sich zu bewegen und zu provozieren. In der dritten Runde sah Rey, dass auch sie ein schönes, sich aufbäumendes Tier zwischen den Beinen hatte. Fast so groß wie sein eigenes. Aber Rey war ein Mann, und das gefiel ihm ganz und gar nicht. Er wandte den Blick ab. Sandra masturbierte sich sanft, und seufzend und küssend kamen sie gemeinsam. Rey tat so, als habe er Sandras Orgasmus überhaupt nicht bemerkt, als sei da gar nichts gewesen. Er zog sich an und wollte gehen.

»Warum so eilig, mein Kleiner? Wohin willst du überhaupt? Kaum hast du deinen Saft abgespritzt, schon willst du weg, wie ein Tier. Ach, ihr Männer seid alle gleich ... darum gefallt ihr mir auch so ... hahaha.«

Rey musste lachen. Dieser Schwule war echt witzig ... Sandra ... *sie* war witzig.

»Hör zu, Rey, ich weiß nicht, warum, aber ich will dir helfen. So bin ich nun mal, du hättest es schlimmer treffen können.«

Sie zog aus einem Versteck fünf Schachteln Zigaretten bester Qualität.

»Da, nimm. Man kann sie für sieben Pesos pro Stück verkaufen. In Dollars sind sie teurer. Du schuldest mir nichts. Und hau nicht ab, Schätzchen, du kannst das und noch viel mehr.«

»Bist du heute Abend da?«

»Nein, mein Schatz, abends arbeite ich. Wenn ich nicht arbeite, verhungere ich. Mich unterstützt niemand … Ach, würde doch mal ein Millionär in mein Leben treten, wie in den Groschenromanen. Groß, elegant, mit grauen Schläfen und einem Schloss im Herzen Europas, der aus mir eine Lady Di-Sandra macht. Mit Yachten und Juwelen und Champagner. Und dieser Millionär müsste ganz wild nach mir sein und ich ganz hingerissen von ihm, während wir zusammen um die Welt reisen …«

»Jetzt bist du ganz durchgeknallt!«

»Ich war schon immer durchgeknallt. Seit meiner Geburt.«

»Das sehe ich. Ich gehe jetzt.«

»Wenn du am Tag kommst, gehöre ich dir. Zumindest bis der Millionär auftaucht. Aber nur tagsüber, denn nachts bin ich ein Vogel, ein Nachtschwärmer, eine Königin der Nacht, eine Söldnerin der Liebe …«

»Was redest du da für dummes Zeug, he?«

»Nichts, gar nichts, Reycito, mein süßer Rey, mein König, du verrückter König mit dem Riesenschwanz … Wenn du mich noch einmal so vögelst, verliebe ich mich für immer und ewig in dich, du Verrückter …«

»Okay, das reicht, werd jetzt nicht widerlich.«

»Widerlich?«

»Widerlich.«

Sie küssten sich auf den Mund. Es gefiel Rey. Und auch wieder nicht. Und eigentlich doch. Er schnappte seine Zigaretten und ging.

☆☆☆

Ohne Eile ging Rey die Reina runter, dann die Carlos Tercero und die Zapata. Als er das Friedhofsportal in Colón erreichte, hatte er nur noch zwei Schachteln. Einen Moment lang blieb er stehen. Mehrere Beerdigungszüge kamen an ihm vorbei. Mit wenigen Trauernden. Jeden Tag treten weniger Leute ans Sterbebett. Das ist normal, denn das Leben ist interessanter als der Tod. Als wäre nicht alles schon beschissen genug, um jetzt auch noch Tränen zu vergießen. Nie hatte Rey bislang einen Friedhof betreten. Er hatte keine Ahnung, was sich darinnen abspielte. Er bot allen Leuten seine Schachteln Zigaretten an und verkaufte sie. Als er gerade gehen wollte, kam ein potthässlicher, kleiner, etwas verwachsener Mann auf ihn zu, dem man die Wirbelsäule zerschlagen zu haben schien. Mit aufgebrachtem Gesichtsausdruck rief er ihm entgegen:

»Hey, junger Mann, hast du noch Zigaretten?«

»Nein. Alle verkauft.«

»Verdammt.«

»Arbeiten Sie hier?«

»Ja.«

»Ich kann welche holen und Ihnen bringen.«

»Geh nach La Pelota. Dort arbeite ich später ... halt Ausschau nach der Menschentraube am Grab, da findest du mich.«

Ein paar Minuten darauf kam Rey mit den Zigaretten zurück. Der Alte und ein anderer ließen einen Sarg auf den Boden eines Grabes hinab. Der Alte wirkte noch verbitterter. Fünf Leute sahen dem Vorgang zu. Ohne Tränen. Sobald die Kiste den Boden berührt hatte, gingen sie. Sie hatten es eilig. Einer stopfte dem Alten einen Geldschein in die Hand, bedankte sich und hastete dann den anderen hinterher. Ganz in der Nähe, etwa fünfzig Meter entfernt in der engen Straße, wartete schon ein anderer Toter. Auch er war von vier, fünf Trauernden umgeben. Die Totengräber gingen rasch und geschickt zu Werke. Sie versenkten drei Särge in jede Grabstätte und schütteten eine dicke Schicht Zement darauf. Dann öffneten sie die nächste Gruft. Drei Tote ins Loch, Zementschicht drauf, die nächste. Drei weitere unter die Erde. Und so den ganzen Tag. Manchmal hatten sie zwischen zwei Begräbnissen eine Verschnaufpause von zehn, fünfzehn Minuten. Und sie waren nur zu zweit. Das alles beobachtete Rey, nachdem er die Zigaretten geliefert und kassiert hatte, inklusive eines kleinen Trinkgelds.

»Willst du hier arbeiten?«, fragte ihn der Alte.

»Nein, nein.«

»Warum nicht?«

Er antwortete nicht, machte nur eine Bewegung, die besagte: »Ist doch egal.«

»Willst du nun oder nicht?«

»Na, ja … wie viel verdient man denn?«

»Je nach Vereinbarung und Trinkgeldern. Zehn bis zwanzig Pesos am Tag kannst du verdienen.«

»In Ordnung.«

»Setz dir die Mütze da auf, es kommen schon die Nächsten. Gegen Mittag lässt es etwas nach. Am Nachmittag geht's dann wieder richtig los, etwa bis sechs.«

Den ganzen Tag verbrachte Rey damit, Tote ins Loch zu versenken. Als es mittags etwas ruhiger wurde, aßen sie einen Happen und rauchten eine Zigarette. Keiner der drei sprach ein Wort. Jeder hing seinen Gedanken nach. Nur Rey überkam es zu sagen:

»Man sollte sie verbrennen. Insgesamt. So viele Tote … Ich würde sie verbrennen.«

»In anderen Ländern wird auf Wunsch eingeäschert«, entgegnete ihm der Alte.

»Ach ja? Woher wissen Sie das?«

»Neunundzwanzig Jahre hier. Von Montag bis Sonntag. Ohne einen Tag auszuruhen.«

»Scheiße! Ohne einen Tag Pause?«

»Keinen einzigen.«

»Na, also da müssen Sie die Toten mögen … Dann geht es Ihnen ja gut.«

»Nein, nein. Mir geht es nicht gut. Am Tag meiner Hochzeit war ich glücklich. Aber zwei Tage später haute meine Frau ab. Das war's dann. In meinem Leben hat's keinen anderen glücklichen Tag gegeben.«

Der andere Bursche hob nicht einmal den Blick vom Boden. Kurz darauf beerdigten sie weiter Tote. Um sechs waren keine Toten mehr da.

»Ihr könnt jetzt gehen.«

»Aber die Sargdeckel müssen doch noch mit Zement und Sand versiegelt werden. Und es sind so viele …«, erwiderte Rey.

»Ich kümmere mich darum. Los jetzt. Morgen um acht wieder hier«, sagte der Alte und reichte jedem von ihnen einen Zwanzig-Peso-Schein.

Sie gingen zusammen fort. Beide hatten dieselbe Idee:

»Ich lade dich auf ein Gläschen Rum ein.«

»Gehen wir nach La Pelota.«

Um diese Zeit trieb sich dort noch anderes Gesocks rum. Bald kamen zwei junge Frauchen an, beide gleichermaßen schmutzig, hässlich, betrunken und abgerissen. Sie ließen sich auf einen Schluck einladen. Zusammen tranken sie einen. Die Frauchen waren ausgelassen und vertrugen eine Menge. Innerhalb von zwei Stunden waren alle vier betrunken. Nicht sturzbetrunken, nur gut aufgetankt. Mit Fummeleien hatten sie sich schon ziemlich aufgegeilt. Also gingen sie vögeln. Hinter dem Friedhof verlief eine sehr dunkle

Straße, und es gab nur ein paar Häuser und Bäume. Der andere griff sich eine der beiden, drückte sie an einen Baum und vögelte sie. Sie lachte und er schnaubte. Rey tat dasselbe. Nichts Besonderes. Im Grunde genommen war's Scheiße. Rey stand er nicht mal richtig. Sie beendeten das Ganze. Die Frauchen bekamen ein paar Pesos und gingen lachend ihrer Wege. In der Flasche war noch etwas Rum. Sie setzten sich auf den Boden, mit dem Rücken an den Baum gelehnt, und tranken in der Dunkelheit den Rest. Der andere kam dann auf die Idee:

»Komm, wir springen über die Hecke und besuchen den Alten.«

»Es ist fast Mitternacht. Der verbitterte Alte schläft bestimmt.«

»Ich glaube ...«

»Was glaubst du?«

»Seit einer Woche bin ich jetzt sein Gehilfe ... Bei dem Alten ist irgendwas im Busch, von dem er mich ausschließt. Bestimmt hat er da noch kleine Geschäftchen laufen.«

»Was für Geschäftchen soll er denn auf einem Friedhof laufen haben? Was kann er schon tun? Leichen verkaufen?«

»Nein, nein. Ich weiß, was ich sage. Jeden Abend ist es dasselbe. Er bleibt allein zurück und will nicht, dass ich ihm helfe, die Grüfte zu versiegeln.«

Sie sprangen über die Umzäunung, gingen eine ganze Strecke zwischen den Gräbern entlang und näherten sich dem Bereich mit den frisch Beerdigten. Der Alte war noch immer da und leuchtete sich mit einer Laterne an. Es war ein kleines Licht. Vorsichtig näherten sie sich und beobachteten, was da vor sich ging. Der Alte öffnete die Särge und zog den Toten die Kleidung aus. Dann untersuchte er ihren Mund. Wenn sie Goldfüllungen in den Zähnen hatten, brach er diese mit einer

Zange heraus. Er hatte einen Sack dabei, in dem er Kleidung und Schuhe verwahrte. Einige wurden mit Anzug und Krawatte beerdigt. Aufmerksam sah sich Rey all die bleichen Toten an, die der Alte der Reihe nach nackt auszog. Seelenruhig. Kurz darauf sprang der Typ neben ihm plötzlich auf und stürzte sich schimpfend auf den Alten.

»Hör mal, du alter Sack, wo bleibe ich? Soll ich bei dem Geschäft leer ausgehen?«

Der Alte war völlig überrascht und wusste nicht, was er tun sollte. Im Halbdunkel entkleidete er gerade eine dieser fahlen Leichen. Doch dann reagierte er. Er hielt eine Schaufel in der Hand.

»Na los, komm doch!«

Mit erhobener Schaufel und dem wutverzerrten Gesichtsausdruck eines miesen Hundes ging er auf den anderen los. Rey wollte keine Toten mehr sehen. Sie sollten bleiben, wo sie waren. Er wollte sich schon zurückziehen, aber halb betrunken, wie er war, hielt es ihn noch etwas in seinem Versteck. Er wollte nichts verpassen.

Der Alte versetzte dem anderen einen ziemlichen Schlag auf den Kopf und warf ihn zu Boden. Ohne Zeit zu verlieren, schlug er immer weiter auf ihn ein. Mit der Schaufelkante. Immer auf den Kopf. Bis er ihm den Schädel eingeschlagen hatte. Er war ein kleiner, verwachsener alter Mann, aber kräftig. Ein Brei aus Blut und Gehirnmasse spritzte auf den Boden. Der Alte packte die Leiche, nahm seine ganze Kraft zusammen und warf sie sich wie einen Sack über die Schulter. Dann ließ er sie in das offene Grab fallen. Mit seinen großen Pranken kratzte er die breiige Masse zusammen und schmiss sie ebenfalls in das tiefe Loch. Mit einem Fuß und der Schaufel verwischte er alle verbliebenen Blutspuren auf der Erde. Fertig. Nichts war hier geschehen. Dann widmete er sich wieder seiner Aufgabe mit der Leiche, die geduldig darauf wartete, dass man ihr Hosen, Schuhe und Socken auszog.

Mit größter Vorsicht entfernte sich Rey geräuschlos und dachte bei sich, dass diesem Alten mit Vorsicht zu begegnen war. »Ein harter Kerl, dieser Alte, hmmm … echt knallhart.«

☆☆☆

Langsam schlenderte er zurück. Er hatte es nicht eilig. Er ging gerne am frühen Morgen spazieren, einfach so, ohne festes Ziel. Es war besser, die Sache auf dem Friedhof zu vergessen. Außerdem hatte er für zwanzig Pesos viel zu sehr schuften müssen. Es war noch sehr früh, als er zum Haus zurückkam. Er stieg die Treppen hoch und klopfte an Magdas Tür. Verschlafen öffnete sie ihm. »Ach, tauchst du auch mal wieder auf?!«

»Dasselbe könnte ich dich fragen.«

Magda ließ sich wieder auf den Strohsack fallen und er an ihre Seite. Augenblicklich waren sie eingeschlafen. Als sie aufwachten, war es schon nach zwölf. Wie immer erwachte er mit einer phänomenalen Erektion. Magda streckte die Hand aus. Sie tastete sich im Halbschlaf heran. Drückte ihn. Er steckte seine Hand in ihr Geschlecht. Und ohne die Augen zu öffnen, streichelten sie einander. Er zog sie zu sich heran. Das hier war Magda, die nach Schmutz roch, genau wie er. Er leckte ihren Hals, schmeckte den strengen Schweißgeruch ihrer Achselhöhlen. Das erregte ihn sehr. Er bestieg sie, drang in sie ein und fühlte sich wohl. Außerordentlich wohl sogar.

War das Liebe? An die Sauftour vorige Nacht konnte er sich schon gar nicht mehr erinnern. Auch nicht an Sandra. Sie vögelten gründlich, das heißt, sie spürten mit jeder Faser, was sie taten. Nach dem ersten Orgasmus machten sie weiter, wurden noch stürmischer. Wie gut das tat.

»Liebst du mich, Kleines?«

»Ja, Schätzchen, ich mag dich so sehr … ich fühl mich so wohl mit dir.«

Die beiden vereinten Körper tauschten Geflüster mit kleinen Sätzen der Liebe aus. Sie streichelten sich und begehrten einander mit jeder Faser ihres Körpers. Als dann die Sinnlichkeit abkühlte, schämten sie sich, so viel Liebe zu empfinden. Die Subtilität der Liebe ist ein Luxus. Sie zu genießen ist ein unschicklicher Exzess der Stoiker.

Um drei Uhr nachmittags erhoben sie sich von dem Strohsack. Magda bot ihm Rum an. In einer Flasche war noch ein kleiner Rest.

»Nein. Ich habe Hunger.«

»Ich habe weder zu essen noch Kaffee oder Zigaretten. Nichts, gar nichts. Nur den Rum.«

»Du bist eine Katastrophe.«

»Du bist eine noch größere Katastrophe als ich, Rey. Wenn ich keine Pesos auftreibe, verhungern wir.«

»Na gut, los dann, beweg dich. Besorg etwas!«

»Warte, Schätzchen, ich habe hier etwas Kleingeld.«

»Von den alten Säcken?«

»Von wem auch immer, Jungchen. Fang jetzt nicht wieder an zu nerven. Ich habe dir schon fünfzig Mal gesagt, dass die Alten mehr Geld einbringen als Erdnüsse. Komm, wir gehen raus und besorgen uns was zu essen.«

»Nein. Ich bleibe hier. Hol du was. Und beeil dich.«

»Du bist der größte Faulpelz der Welt. Von wegen König von Havanna – Faulpelz von Havanna!«

Magda zog los. Rey warf sich wieder auf den Strohsack und schlief ein. Als er aufwachte, war nichts da, keine Magda, kein

Essen. Er durchsuchte die Kiste mit den Lumpen und fand ein wenig Marihuana. Es wurde schon dunkel. Eine gute Zeit, um sich einen kleinen Joint zu drehen und sich einzustimmen. Aber er fand nirgendwo einen Fetzen Papier im Zimmer. Er ging hinüber zu Sandra. Sie freute sich, ihn zu sehen.

»Wieder da?! Wie schön. Ich hatte schon befürchtet, du hättest in den Apfel von Schneewittchens Hexe gebissen.«

»Wovon redest du, Mann? Wer ist Schneewittchen? Bei dir versteht man kein Wort.«

»Was bist du für ein Ignorant. Mit dir kann man sich nicht unterhalten. Aber das liegt halt daran, dass du so ungebildet bist … Ungebildet und grob. Du willst immer bloß den Schwanz reinstecken, abspritzen, und das war's! Mensch, wann wirst du mal etwas vernünftiger?!«

»Nie. Wir Männer sind so. Und wir reden nicht so viel Quatsch wie du. Wer's Maul nicht so weit aufsperrt, schluckt keine Fliegen.«

»Dir ist nicht zu helfen … Du leidest unter akutem Brutalo-Machismus, und an der Krankheit wirst du zugrunde gehen.«

In dem Moment kam Yamilé, eine bildschöne kleine Nutte von achtzehn. Sie trug ein langes schwarzes Kleid und weiße Schuhe mit Plateausohlen von zehn Zentimeter Höhe. Sie sah aus wie ein zierliches, elegantes, bezauberndes Model. Aber sobald sie den Mund aufmachte, sprudelte eine stinkende Kloake hervor. Und sie kannte kein Maß, egal, wo sie war. Unbesonnen kam sie an, schrill wie immer.

»Was zum Teufel ist hier los? Hatten wir nicht verabredet, dass du um acht fertig bist, verdammt noch mal?!«

»Ach, Yamilé, spiel dich nicht so auf. Schau, ich möchte dir einen Freund vorstellen.«

Yamilé sah ihn misstrauisch an. Man konnte von weitem sehen, dass er ein Hungerleider war. Zur Begrüßung schnitt sie ihm eine Grimasse.

»Begrüß ihn richtig, Mädchen, sei nicht ungezogen. Ich gebe mir alle Mühe, dir beizubringen, wie man sich in der Gesellschaft benimmt, aber du lernst es nie … Er ist mein Mann.«

»Dieses verdreckte Jüngelchen? Also ich kann dir nur sagen, du bewegst dich rückwärts wie ein Krebs.«

Rey sah sie nur an und sagte kein Wort. Sandra fing an, »El Pichi« zu trällern, und ging in die Ecke, um zu baden. »Rey, ich habe Maispastete gekocht, da im Topf. Bedien dich, mein Schöner, denn ich muss mich ziemlich beeilen, sonst schließen mich die Nutten aus.«

»Ach nee, sind wir jetzt Hausmütterchen und bekochen unseren süßen kleinen Mann? Sandra, du armes, armes Ding … Ich sehe dich schon vor mir, hochschwanger, mit vier Kindern, ins Haus verbannt, putzend und Scheiße aus den Windeln waschend und regelmäßig platt gewalzt von diesem Gorilla hier, hahaha …«

»Ach, Yamilé, was könnte ich mehr verlangen? Wäre Gott doch besser zu mir und ließe mich meinem Mann Kinder gebären … ach, wäre das schön … ich als Mutter und Hausfrau mit jemandem an meiner Seite.«

»So ist das Leben, Sandra. Gott schenkt dem einen Bart, der kein Kinn hat. Seit ich dreizehn bin, trage ich ein festes Pessar in mir herum. Und doch bin ich schon drei Mal geschwängert worden. Und diese drei Abtreibungen waren schlimmer als jede Niederkunft.«

»Ach, Yamilé, ich an deiner Stelle hätte sie zur Welt gebracht … Ein Kind ist immer …«

»Hör jetzt auf, Sandra! Kinder gebären … hier?! Damit sie zusammen mit dir schuften und Hunger schieben? Nein, danke, mein eigener Hunger ist mir mehr als genug. Wenn ich mal eines Tages ein Kind zur Welt bringen sollte, dann muss es schon von einem besonderen Mann sein und außerhalb von Kuba.«

Rey schenkte dem ganzen Geschwätz keine Beachtung. Er tat sich zwei Teller Maispastete auf und vertilgte sie gierig. Wenn Yamilé zufällig auf die Idee kommen sollte, auch etwas essen zu wollen, war es zu spät. Ah, voller Bauch, heiteres Herz. Sandra stand im Slip und mit nackten Brüsten da und fing an, sich zurechtzumachen. Zuerst rasierte sie sich gründlich Gesicht, Achselhöhlen und Beine. Dann trug sie Cremes gegen spröde Haut auf, Teintgrundierung, Puder, Lippenstift, Mascara, setzte eine blonde Perücke auf und klebte sich falsche Wimpern und Fingernägel an. Dafür brauchte sie über eine Stunde.

Der schöne, androgyne Mulatte verwandelte sich langsam in eine extrem attraktive Mulattin mit starker sexueller Anziehungskraft. Rey begnügte sich damit, zuzusehen, ohne ein Wort zu sagen. Es gefiel ihm. Er nahm eine Popular-Zigarette von Yamilé, entfernte den Tabak, tat das Gras hinein, rollte es zum Joint und zündete ihn an. Yamilé schnupperte und sagte zu ihm:

»Ganz schön stark. Du gehst gleich aufs Ganze, was?«

Rey bot ihr den Joint an, aber sie lehnte ab.

»Das ist ein Spielzeug für tagsüber. Unsereins braucht nachts was Härteres.«

Sie holte ein Briefchen mit Kokain heraus, wärmte einen Teller, bereitete es zu und formte vier Lines. Dann zog sie einen Zehndollarschein aus der Tasche und rollte ihn zu einem Röhrchen. Sie zog sich jeweils eine Line in jedes Nasenloch; Sandra tat es ihr nach. Und wie durch ein Wunder verwandelten sich die beiden in die fröhlichsten Stars von Havanna. Die reinste Euphorie. Kichernd und gackernd und unter lüsternem Kreischen führten sie Rey eine kleine Can-Can-Tanznummer à la Moulin Rouge vor, nach der sie sich selbst vorstellten:

»Bei Ihnen heute Abend zu Gast, Ladys and Gentlemen ... direkt aus der Karibik, direkt aus Havanna ... die Pfeffer-Mädels!«

»Reinster, gemahlener Pfeffer!«

»Feurig und sonnengereift!«

»Die Pepper-Girls!«

Yamilé deutete einen kleinen Strip an, indem sie kurz den Rock ein wenig anhob und den Schlüpfer so weit runterzog, dass ein paar Schamhaare zu sehen waren. Sandra widmete sich wieder ihrem Make-up. Rey wurde dreist. »Eine Frau bleibt eine Frau. Egal, wie sie tut. Dieser hier könnte man den Schwanz gut und gerne vierundzwanzig Stunden am Tag reinstecken«, dachte er und bekam eine fantastische Erektion. Er massierte ihn sich ein bisschen. Das Gras tat das Seine. Alle waren sie gut drauf. Er zog seinen großen Dödel hervor und begann sich vor Yamilé zu masturbieren.

»Sandra, sieh dir an, was dieser Wilde macht, hahaha! Superding! Du hast echt ein Näschen dafür, Sandrita, Gürkchen gibt's bei dir nie, hahaha.«

»Yamilé, lass die Schweinerei mit meinem Mann, der ist nicht fürs Vergnügen da!«

Rey baute sich vor Yamilé auf und masturbierte. Er wusste, dass sein Knüppel hypnotisch war. Er hatte die Augen zusammengekniffen, stierte high und dreist vor sich hin.

»Los, komm, Süße, zeig dich ganz.«

»Nein, nein. Schluss jetzt. Du bist ein echtes Ferkel!«

»Ja, aber mit einem Superschwanz.«

»Ach, wenn's nur das wäre ... Solche wie diesen hier findet

man überall, sogar noch größere … Außerdem mag ich sie nicht so … davon kriege ich jedes Mal eine Entzündung. Bleib du lieber bei Sandra.«

Sandra hatte inzwischen ihre letzten Retuschen beendet und lachte amüsiert:

»Sieh mal einer an, was für eine böse Zunge du hast, Yamilé. Jetzt hast du den armen Kerl ganz scharf gemacht … Komm, Schätzchen, nimm, was dir gehört.«

Und sie drehte ihm ihre Arschbacken hin. Dieser Scherz machte Rey wütend. Er packte Sandra und schlug sie mitten ins Gesicht.

»Los, gib mir deinen Arsch, verdammt, ich bin affengeil!« Schnell ließ Sandra Shorts und Slip herunter, dem Heulen nahe.

»Du brutaler Kerl … immer dasselbe … du machst mit mir, was du willst … Au, du Schwein, nicht so, das tut mir weh. Nicht so trocken. Spuck drauf, Schätzchen, richtig … nicht auf den Boden … los, du hattest ihn schon an der richtigen Stelle … dafür bin ich schließlich da, Süßer.«

Vom Fenster her sah Yamilé zu und lachte. Als die beiden fertig waren, war auch sie spitz und feucht geworden, und beim Anblick dieses Schauspiels lief ihr fast der Speichel aus dem Mund.

»Wenn du dich gewaschen hast, kriegst du meine Möse. Aber so komm mir bloß nicht zu nahe, du Ferkel!«

Da sprang Sandra dazwischen.

»Das darf doch wohl nicht wahr sein! Der Schwanz gehört mir! Ich teile ihn mit niemandem. Schluss jetzt, Rey, es reicht. Komm, Yamilé, lass uns gehen, ich bin fertig.«

Rey war befriedigt und insistierte nicht länger. Sandra trug eng anliegende, winzige Shorts und eine weiße Bluse mit Borte, alles aus glänzendem Satin, dazu Schuhe aus Naturleder und mit hohen Plateausohlen. Ihre Perücke war platinblond mit goldenen Highlights, der einladend fleischige Mund mit schwarzsilbernem Lippenstift betont. Sie war ganz Lebedame. Yamilé mit ihrem langen schwarzen Kleid war viel schlichter. Ein anständiges, reizendes junges Mädchen mit dunklem, langem Haar bis auf die Schultern. Kein Schmuck und nur wenig Make-up, ganz natürlich und süß. Sie wirkte wie eine unschuldige Abiturientin auf der Suche nach einem ordentlichen Verlobten, den sie dann in Weiß in der katholischen Kirche des Viertels heiraten wollte. Sandra gab Rey drei Dollar in die Hand und flüsterte ihm ins Ohr:

»Du gefällst mir mit jedem Tag besser. Ich glaube, ich werde dir morgen ein Geschäft vorschlagen. Hau nicht ab. Ich bin eine Tochter von Ochún, und mit mir wirst du weiterkommen.«

Dann gingen sie. Ruhig blieb Rey mit den drei Dollar in der Hand auf der Treppe sitzen.

☆☆☆

Als Magda heimkam, war er auf der Treppe eingeschlafen. Es war früh am Morgen. Sie kam mit einer Pizza in der Hand und weckte ihn. Sie sprachen kaum ein Wort. Er aß die Pizza. Dann legten sie sich auf den Strohsack und schliefen tief und fest. Offenbar hatte auch Magda ihre Freveltaten genossen und war ebenso erschöpft wie Rey.

So vergingen mehrere Tage. Magda verkaufte ihre Erdnüsse. Manchmal verschwand sie irgendwo mit ihren geilen Alten und tauchte dann kurz darauf wieder auf. Auch Sandra hatte ihre Geheimnisse. Tatenlos verbrachte Rey die Tage. Er saß an der Straßenecke und wartete darauf, dass ihm etwas in den Schoß fiel. Natürlich fiel ihm nichts in den Schoß. Er fühlte sich unbehaglich, denn er war gerne in Bewegung. In dem Spinnennetz zwischen Sandra und Magda war er jetzt mutterseelenallein. Er dachte daran, eine Runde hinterm Hafen zu drehen. Ein bisschen in seinem Container sitzen. Mal was anderes sehen. Während er noch hin und her überlegte, hielt vor ihm ein Wagen. Der Chauffeur sagte, er würde ihm zehn Pesos geben, wenn er den Wagen schön polierte. Der Wagen war ein einziger Lehmklumpen. Rey putzte ihn eine halbe Stunde lang, und als er fertig war, glänzte der Wagen. Rey blieb mit seiner Blechdose Wasser und dem Putzlappen sitzen und bot seine Dienste an. So vergeudete er zwei Tage. Niemand wollte ihm etwas dafür zahlen, dass er ihm das Auto säuberte. Die Leute sparten lieber ihr Geld und taten es selbst.

Magda und er vögelten jeden Tag besser. Mit mehr Zärtlichkeit vielleicht oder mehr Liebe. Sie mochten sich. Liebe und Geilheit auf dem Strohsack. Gleichgültigkeit und Distanz, wenn sie angezogen waren. Beide waren auf der Hut. Nur nicht zu sehr einlassen. Manchmal behandelten sie sich mit Verachtung, doch jeder von ihnen wusste, dass der andere bloß die Zähne zeigte.

Eines Morgens unternahm Rey einen Spaziergang in sein altes Stadtviertel San Lázaro. Was mochte wohl aus Fredesbinda geworden sein? Es war eine ganze Zeit her, seit er von dort abgehauen war. Alles war wie sonst. Fredesbinda öffnete ihm die Tür. Sie hatte ein kummervolles Gesicht.

»Rey! Ich hatte schon geglaubt, du wärst tot. Du bist gegangen, ohne dich zu verabschieden.«

Rey ging quer über die Dachterrasse zu ihrem Zimmer und erinnerte sich nicht einmal, dass sich seine Kindheit auf der Dachterrasse nebenan abgespielt hatte. Er sah nicht einmal mehr hinüber. Vergessen und vorbei. In Fredesbindas Zimmer saß ihre Tochter, die hübsche kleine Stricherin, vor der sein Bruder und er sich einen runtergeholt hatten. Sie war makellos, wunderschön und gut gekleidet inmitten all diesen Schmutzes und ewigem Gestank nach Hühnerscheiße. Sie trug eine dunkle Brille und hörte Musik. Als er eintrat, blickte sie nicht zu ihm auf.

»Tatiana, begrüß diesen jungen Mann. Es ist Reynaldito von nebenan. Weißt du nicht mehr?«

Das Mädchen streckte eine Hand aus und wartete, dass man sie drückte. Mit einem sanften Lächeln schüttelte ihr Rey die Hand.

»Guten Tag.«

»Tatiana, erinnerst du dich nicht an ihn? An den Unfall an dem Tag … Die Polizei hatte ihn mitgenommen … Erinnerst du dich nicht?«

»Doch, natürlich.«

Tatiana stierte weiter ins Leere. Rey begriff, dass etwas geschehen war. Auf seine fragende Geste gab Fredesbinda ihm zu verstehen, dass Tatiana nicht sehen konnte. Sie gingen wieder hinaus auf die Dachterrasse, um miteinander zu sprechen, ohne dass Tatiana sie hören konnte. Fredesbinda brach in Tränen aus.

»Ach, Rey, bei deiner Mutter selig, das ist die Strafe Gottes.«

»Was ist ihr geschehen?«

»Sie kam blind zurück, mit leeren Augen.« Erstickt schluchzte Fredesbinda.

»Beruhige dich, Frede. Wie ist das passiert?«

»Aber das werden sie mir bezahlen … ich werde ihnen jemanden auf den Hals hetzen, und wenn es mich das Leben kostet … meine Tochter so ins Unglück zu stürzen …«

»Beruhige dich, Frede, ich verstehe kein Wort.«

»Ach, Rey, bei deiner Mutter selig …«

Und noch mehr Weinen und Tränen und unterdrückte Schluchzer, damit Tatiana sie nicht hören konnte. Rey schwieg. Er würde, zum Teufel noch mal, gleich gehen. Wenn sie ihm nicht sagen wollte, was geschehen war, würde er eben gehen. Als er Anstalten machte aufzubrechen, packte ihn Fredesbinda am Arm.

»Bleib hier, Rey … Ach, lass mich mein Herz ausschütten … Ich weiß nicht mehr ein noch aus.«

Mit verschränkten Armen wartete Rey ab. Nach erneutem Schluchzen und noch mehr Tränen fing sich Fredesbinda etwas.

»Man hat sie ein Papier unterschreiben lassen und ihr die Augen herausgerissen.«

»Hat sie ihre Augen verkauft?«

»Nein, das Papier besagte, sie würde sie der Tochter dieses Mannes spenden. Das Papier war in einer anderen Sprache abgefasst, und sie wusste nicht einmal, was sie da unterschrieb … ach, was für ein Unglück. Dabei wirkte er so anständig, so gebildet und fein.«

»Wo ist das Papier? Geht damit zur Polizei.«

»Sie hat es da, aber man versteht nichts. Es ist in einer anderen Sprache.«

»Aber … ich finde, sie wirkt so ruhig.«

»Sie war halb verrückt, als sie kam. Man hat sie in ein Flugzeug gesetzt und heimgeschickt. Ach, Rey, dieser Kerl muss bezahlen … Er ist ein Mann mit Geld, warum hat er das bloß getan? Warum hat er mein Kindchen betrogen? Jetzt ist es blind.«

»Nimm eine Tablette, Frede, schon deine Nerven.«

»Ich habe ein paar Diazepan aufgetrieben, aber die gebe

ich lieber ihr, sie ist halb wahnsinnig. Ich kann nicht mehr schlafen, Rey. Seit sie angefangen hat ... seit sie mit diesen Ausländern ausgeht ... Ich habe ihr gesagt, sie solle vorsichtig sein, aber sie hat nicht auf mich gehört. Ach, die Jugend, Herrgott im Himmel!«

Fredesbinda weinte aus tiefster Verzweiflung. Eine Minute lang beruhigte sie sich, dann fing sie wieder an. Schweigend ging Rey hinüber zu Tatiana und sah sie genau an. Sie war unverändert bildschön. Hätte er Geld und ein Haus, würde er sich mit ihr zusammentun und sie sogar heiraten, mit Papieren und allem. Wenn er diesen Scheißkerl, der ihr das angetan hatte, in die Finger bekäme, würde er ihm die Augen mit der Messerspitze herausschneiden. Er ging zurück zu Fredesbinda.

»Es stimmt, Frede, die Leute mit Geld sind größere Arschlöcher als wir.«

Fredesbinda nickte. Ohne sich zu verabschieden, ging Rey zur Tür. Er ließ sie auf, um kein Geräusch zu machen, und stieg langsam die Treppen hinunter.

☆☆☆

Er schlenderte zum Malecón. Ein paar Bierfässer waren aufgestellt. Man bereitete sich auf den Karneval vor. Er kaufte etwas von dem billigen Bier. Es schmeckte nach Essig. Er trank, kaufte mehr, trank weiter. Bald hatte er einen sitzen. Als es Abend wurde, kamen langsam mehr Leute. Das Geld ging ihm aus. Er wollte weitertrinken. Um einen Ausschank herum bildete sich eine große Menschentraube, die für Bier anstand. Es reichte nicht für alle. Nichts reichte je. Sie wollten Bier um jeden Preis. Er mischte sich unter sie. Sie waren verschwitzt und rochen streng. Fast alle waren Schwarze, muskulös, mit intensivem Schweißgeruch. Aggressiv drückten sie sich aneinander, ließen ihren Energien freien Lauf, verströmten ihren Körpergeruch mit ihren roten Halstüchern und Santería-Halsbändern. Inmitten dieses Wirrwarrs Rey, den sie zerknautschten. Sie traten ihm auf die Füße, drückten ihn zusammen, wie beim Trommeln. Kraft und Ausdruck. Muskeln und Schweiß und Hitze. Ein herber Geruch. Die Schwarzen kämpften um ein Maß schlechten, billigen, sauren Biers. Neben dem Fass wurde gerade ein Tablett mit gebratenen Hühnerflügeln auf den Tresen gestellt. Nur Flügel. Mehr als hundert schwarze Frauen stürzten hin, um sie zu kaufen, außerdem vier, fünf weiße Flittchen. Sie kannten nichts. Die Männer bei ihrem kühlen Blonden, die Weiber bei den Hühnerflügeln. Natürlich veranstalteten die Frauen mehr Rabatz als die Männer. Eine dicke Schwarze packte eine andere am Haar und kreischte sie an:

»Weg hier! Verpiss dich!«

Die andere blieb hartnäckig. Da wurde die Dicke noch rabiater. Mit der linken Hand hielt sie die andere Frau am Nacken fest und versetzte ihr mit der Rechten einen harten Kinnhaken. Sie zerschlug ihr Lippen und Zähne. Blut floss. Niemand trat zur Seite. Alle wollten gebratene Hühnerflügel kaufen. Egal wie.

Inmitten des ganzen Gezeters drückte Rey dem Mann am Ausschank eine Plastikflasche in die Hand. Sie wurde gefüllt und zurückgereicht, zehn Pesos bitte. Er hatte nicht einen Centavo.

»Ich hab schon bezahlt!«, rief er dem Typen zu und entwischte nach hinten. Der Kerl rief ihm noch etwas nach. Die Schwarzen waren eine kompakte Masse. Rey kam nach hinten nicht weiter. Er duckte sich etwas und entkam eilig seitwärts.

Endlich hatte er sich aus diesem hartnäckigen und nach

Schweiß riechenden menschlichen Gefängnis befreit und beeilte sich wegzukommen. Es war schon dunkel. Schluck für Schluck trank er sein Bier. Es schmeckte nicht mehr nach Essig. So ist das. Der Mensch gewöhnt sich an alles. Gäbe man ihm täglich einen Löffel Scheiße zu essen, würde sich ihm erst der Magen sträuben, doch dann würde er von sich aus hungrig nach seinem Löffel Scheiße verlangen und alle möglichen Tricks ersinnen, damit er zwei und nicht nur einen bekäme. Irgendwo in der Ferne tanzten ein paar Faschingstrupps den Alacrán. Trommeln dröhnten, Trompeten erschallten. Alle lachten und hatten Spaß. *Panem et circenses* – Brot und Spiele, wie die Römer sagten. Und wenn man dazu noch einen kippen kann, umso besser. Rey war drauf und dran, über die Straße zu den Faschingstrupps und den bunten Lichtern rüberzutanzen, aber es gab auch Polizei und Eisenbarrieren und Streifenwagen. Er ging in die Richtung, doch dann dachte er, ohne Geld und Ausweis und obendrein das erbeutete Bier, lieber nicht. Das hier war kein Aufenthalt für ihn. Er trank den Rest Bier und schlug eine Straße Richtung Jesús María ein.

Als er in das Viertel kam, war alles dunkel und still. Die Leute waren bestimmt beim Karneval. Er ging weiter bis zum Bahnhof. Hier trieb er sich gerne herum. Es war das Einfallstor für die Leute vom Land. Sie kamen mit ihren Warenbündeln und waren gelegentlich unvorsichtig. Jetzt war kein Polizist in Sicht. Wahrscheinlich patrouillierten sie beim Karneval. In dieser Gegend gab es nur wenig Licht. Er konnte darauf warten, dass ein Zug ankam. In dem kleinen Park neben dem Bahnhof setzte er sich auf eine Bank. Noch immer hatte er einen sitzen. Er nickte ein und schreckte zwischendurch immer wieder auf, um zu sehen, ob nicht ein Zug käme. Nach und nach schlief er ein, von Müdigkeit übermannt.

Ein paar Pfiffe weckten ihn. Ein Zug fuhr ein. Er wurde

munter, sah sich um und unternahm eine kleine Runde durch den Park. Es waren keine Polizisten da. Und die Bauern kamen langsam durchs Bahnhofsportal herausgeströmt. Alle waren schwer beladen und verängstigt. Niemand kam nach Havanna, ohne Kisten voller Lebensmittel mitzubringen. Reis, Bohnen, Lebensmittel, Schweinefleisch. Es war eine einfache Sache. Früher hatte er das auch schon häufiger getan. Er mischte sich unter den Pulk von Bauern, um sein Opfer auszumachen. Er sah sie sofort. Eine unbegleitete Frau mit drei Kindern und sechs schweren Kisten. Sie war völlig überfordert und wirkte nervös und verzweifelt. Die Kinder heulten vor Müdigkeit. Fast zwanzig Stunden Fahrt von Santiago hierher in einem Zug vierter Klasse mit Holzbänken. Die Frau konnte unmöglich alles unter Kontrolle halten. Freundlich näherte Rey sich ihr.

»Warten Sie, Señora, ich helfe Ihnen. Ich habe hier draußen eine Schubkarre, das wird Sie nicht viel kosten. Sogar die Kinder passen noch in die Karre.«

»Ja, danke. Ich muss zur Cuba, Ecke Amistad.«

»Ach, das ist ganz in der Nähe. Macht nur fünf Pesos.«

»In Ordnung.«

»Geben Sie mir zwei Kisten ... mal sehen ... nein, nein, Sie nicht. Warten Sie hier mit Ihren Kindern auf mich, und ich trage die Kisten hinaus, immer zwei und zwei. Mein Partner passt auf die Karre auf, so gibt's keine Probleme.«

»Danke sehr, Sie kommen wie gerufen, ich wüsste gar nicht, was ich sonst tun sollte.«

Rey ergriff die beiden größten und schwersten Kisten. Sie waren fast zu schwer für ihn. Und immer noch scherzte er mit den Kindern:

»Und ihr drei fahrt auch auf dem Karren mit, eine Fahrt durch Havanna.«

Dann ging er mit den beiden Kisten hinaus auf die Straße … und adiós, Lolita meines Lebens. Leider kann ich mich an dich nicht mehr erinnern.

In wenigen Minuten war er bei Magdas Haus angelangt, völlig erschöpft von den schweren Kisten. Im Laufschritt stieg er die Treppen hoch, klopfte. Verschlafen öffnete ihm Magda die Tür.

»He, wach auf, ich bringe was zu essen.«

»Rey, verdammt noch mal, lass mich in Ruhe … Ich schlafe noch …«

»Wach auf, Schätzchen! Wollen wir doch mal sehen, was wir hier haben!«

»Woher hast du das alles?«

»Ist doch egal, woher.«

Wie berauscht öffnete Rey die Kisten. Eine enthielt Reis, die andere schwarze Bohnen.

»Mmmh, da haben wir zu mampfen für zwei Monate.«

»Wenn du kochst, denn erwarte bloß nicht von mir …«

Sie legten sich hin. Rey unternahm einen Versuch, aber Magda wies ihn zurück.

»He, was ist los?«

»Ich bin müde. Lass mich schlafen, du geiler Bock. Ewig hast du einen Ständer, und ich bin todmüde.«

»Ja, vom Vögeln mit diesen alten Schweinen.«

»Ja, schon gut, schon gut.«

»Nein, nicht schon gut, schon gut. Sieh nur, wie geil ich bin! Willst du, dass ich mir einen runterhole?«

»Ja, hol dir einen runter, steck dir den Finger in den Arsch, tu, was du willst.«

Magda schlief ein. Rey entblößte sich. Schließlich musste er sich doch einsam einen runterholen. Er griff mit der linken Hand nach Magdas Po, und das reichte, um sich ein wenig anzutörnen. Magda schlief mit dem Mund nach unten und merkte nichts. Kurz darauf kam Rey, hatte sich wieder unter Kontrolle und konnte schlafen.

Als er am nächsten Morgen erwachte, war Magda gegangen. Die Tür stand offen. »Was ist nur los mit dieser Verrückten? Ist sie in irgendwelche merkwürdigen Dinge verstrickt und will nicht, dass ich davon weiß?«, überlegte er. Er räkelte sich auf dem Strohsack, hungrig wie ein Wolf, wie immer. Das war seine Lieblingsbeschäftigung: nichts tun, sich von einer Seite auf die andere drehen, die Zeit vergehen lassen und den Hunger spüren.

»Der einzige Besitz des Armen ist der Hunger«, hatte seine Großmutter immer gesagt, als sie noch etwas sagte. Von klein an hatte man ihm beigebracht, diesem Besitz keine Bedeutung beizumessen, so zu tun, als existierte er nicht. »Vergiss deinen Hunger, es gibt sowieso nichts zu essen«, rief seine Mutter ständig, jeden Tag, zu jeder Stunde. Daran erinnerte er sich jetzt und sagte sich: »Verdammt noch mal, Rey, worüber beschwerst du dich eigentlich?«

Mit einem Satz war er auf den Beinen und suchte Sandra. Ihre Tür stand offen, aus dem Radio erklang Musik, und sie schrubbte, ganz treu sorgende Hausfrau, den Fußboden. »He, schöner junger Mann! Warte, komm nicht rein, ich schrubbe gerade den Boden mit Kerosin, und du könntest ausrutschen. Bleib da stehen.« Wenige Minuten später war der Boden trocken. »Rey, Schätzchen, komm rein, am Rand entlang. Mach mir den Boden nicht wieder schmutzig, Süßer, und setz dich aufs Bett. Willst du einen Kaffee?«

»Ja.«

Sandra gab ihm einen Kaffee und wirtschaftete weiter herum. Wischte Staub, säuberte die Figürchen und den Nippes, wusch Strümpfe und ein rosa Kleid. Das halbe Zimmer war durch dicke Balken abgestützt. Dahinter klafften das Dach und die Wand lebensgefährlich auseinander und ließen Regen ein. Es sah sehr böse aus. Sandra verbarg den Teil mit Plastikvorhängen und Gardinen und einem roten Lämpchen, das über einem merkwürdigen Tisch auf drei Füßen hing, der in Wirklichkeit eine Keksdose war, mit einem Tuch drüber. Am Ende war das Ganze die Inszenierung einer Puppenhaus-Idylle, die von den Trümmern ablenkte.

»Sandra, hast du keinen Hunger?«

»Ich koche uns gleich was zu Mittag, Schätzchen. Nur für dich und mich ganz allein. Du wirst sehen, wie gut das schmeckt … da, nimm …«

Sie gab ihm zwanzig Pesos. Rey holte Bier. Als er zurückkam, kochte Sandra bereits Huhn mit Reis.

»Stell das Bier kalt.«

»Du lebst wirklich gut, Sandrita. Du weißt zu leben.«

»O ja.«

»Gestern Abend habe ich etwas Reis und schwarze Bohnen aufgetrieben. Warte, ich hole dir etwas davon …«

»Nein, nein. Lass das alles bei der Hexe. Du musst mir hier nichts mitbringen, Schätzchen. Gar nichts. Ich halte dich aus, mein Geliebter … äh, warum gehst du dich nicht inzwischen waschen?«

»Nein, lass nur. Ich bin nicht schmutzig.«

»Rey, man muss jeden Tag baden und sich rasieren und Deodorant benutzen und frische Wäsche anziehen. Sei kein Ferkel. Sonst kriegst du die Krätze und überträgst sie auf mich.«

»Ah, du bist genau wie die Aufseher im …«

»Die Aufseher im was? Sprich dich aus!«

»Im nichts.«

»Hör zu, Jungchen, während du noch das Mehl holen

warst, hatte ich schon das Brot fertig. Die Taube da auf deinem Arm und die scharfe kleine Perle auf deiner Schwanzspitze ... stammen doch aus dem Zuchthaus. Du warst im Knast oder bist auf der Flucht.«

»Immer mit der Ruhe, Sandra! Spiel hier nicht den Hellseher und lass mich in Frieden!«

»Ich spiel hier nicht die Hellseherin, Schätzchen. Du bist für mich ein aufgeschlagenes Buch. Du musst mir nicht antworten, aber ich will dir etwas sagen: Du warst im Knast. Was weiß ich, wie du rausgekommen bist. Aber sieh mich an: Ich bin stockschwul und eine schrille Tunte, aber auf mich kannst du dich zigmal mehr verlassen als auf diese Drecksschlampe, die sich nie wäscht, die dich zugrunde richtet und der du aus der Hand frisst und die für zwanzig Pesos dem Polizisten an der Ecke einen runterholt, dich verpetzt und dafür sorgt, dass er dich wieder einlocht.«

»Mann, warum hast du bloß eine solche Wut auf Magda?«

»Einfach so, und nenn mich nicht Mann, sondern Frau – FRAU!«

Sie stellte Rey den Eimer Wasser in die Ecke, die als Bad diente. Und dann wusch sie selbst ihm den Rücken, die Füße, den Kopf, die Eier und rieb ihn gründlich ab. Ihm stand der Schwanz, als sie ihn mit dem Handtuch abrubbelte, und sie endeten im Bett. Sie begehrten einander und trieben es in allen vorstellbaren Stellungen. Sandra war eine Expertin, obwohl sie nie das Kamasutra gelesen hatte. Rey vermied, dass Sandra ihn am Po berührte, und weder berührte er Sandras erigierten Phallus, noch sah er hin, wenigstens nicht direkt.

»Ich bin ein Mann, fass meinen Po nicht an«, sagte er zu ihr.

Daran war Sandra gewöhnt. Sie gab sich noch weiblicher und brachte ihn schier aus dem Häuschen. Sie endeten ohne jeden Tropfen Saft im Körper, glücklich, und tranken etwas

Bier. Als sie wieder bei Kräften waren, wuschen sie sich erneut, um sich nach so viel Schweiß und Samen frisch zu machen. Sandra versprenkelte Alkohol und Kölnisch Wasser im Raum und zündete Räucherstäbchen an. Sie bekleidete sich provokativ mit einem Spitzenhöschen und einer winzigen, durchsichtigen Bluse, ganz in Weiß. Das zarte Spitzenhöschen beulte sich über den Eiern und dem großen Knüppel. Das ergab eine brutale Sinnlichkeit. Rey starrte darauf, und dieser attraktive Kontrast erregte ihn wahnsinnig, doch augenblicklich wurde ihm klar, dass er sich beherrschen musste, und er wies den Gedanken von sich. »Ich bin ein Mann«, dachte er.

Dann aßen sie Huhn mit Reis und tranken Bier. Alles war köstlich. Sandra machte Kaffee und brachte Rey eine herrliche Lancero-Zigarre.

»Hier, Schätzchen, ich bringe dir bei, Zigarren zu rauchen. Ich mag Männer, die Zigarren rauchen, Zigaretten haben kein Bouquet.«

»Sie haben kein was?«

»Nichts, schon gut. Komm, ich zünde sie dir an, und du genießt sie, und ich schaue dir dabei zu.«

Sie rauchten. Sandra ihre Mentholzigaretten mit goldenem Mundstück. Rey seine riesige Zigarre. Zufrieden schwiegen sie eine Weile. Aber Rey wollte dieser Hieb gegen Magda nicht aus dem Kopf.

»Du hast mir noch nicht geantwortet.«

»Worauf habe ich noch nicht geantwortet, Liebling?«

»Wegen Magda, warum du sie nicht magst.«

»Nur so.«

»Sag schon!«

»Nur so.«

»Was hat sie dir getan?«

»Nichts.«

»Sag schon!«

»Ach, Schätzchen, lass mich. Gar nichts werde ich dir sagen.«

»Doch, das wirst du!«

Abrupt stand Sandra auf, packte mit beiden Händen ihren fetten Schwanz und die Eier über den Rand des weißen Spitzenhöschens, ließ sie kreisen wie ein Macho und sagte:

»Deshalb! Sieh her, deshalb! Wenn ich könnte, würde ich sie mir abschneiden. Ich will kein Mann sein! Es ist mein größter Wunsch im Leben, eine Frau zu sein. Eine normale Frau. Mit allem Drum und Dran. Mit einer feuchten, duftenden Vagina und zwei herrlich großen Brüsten und einem schönen runden Arsch und einem Mann, der mich liebt und auf mich Acht gibt und mich schwängert und dem ich drei, vier Kinder schenke. Ich möchte eine schöne Mulattin sein, eine emsige Hausfrau. Und was habe ich stattdessen? Diesen Riesendödel und zwei Eier. Während diese Dreckschlampe Magda sich vergeudet. Hätte ich nicht diesen Knüppel, wäre ich eine Frau wie sie. Nur wäre ich sauber und wäre Mutter ... Verdammt noch mal, bei Yemayá und Ochún, wie ich sie beneide! Schafft sie mir aus dem Weg!«

Sandra wurde ein wenig hysterisch und fing an zu zittern, schnaubte leise mit geschlossenen Augen. Rey war erschrocken. Sandra öffnete die Augen. Die Pupille war verdreht, und das Weiß zuckte wild. Rey hatte noch nie zuvor gesehen, wie ein Toter in einen Menschen fuhr. Die Zuckungen verstärkten sich, und Sandra fiel zu Boden. Ihre Tote war eine sehr wonnige Schwarze von den Ufern des Kongo. Sandra verwandelte sich in eine alte Frau, aber mit sanftem, sympathischem Gesicht. In einem wirren, fast unverständlichen Gemisch aus Spanisch und Kongolesisch verlangte sie Schnaps und Tabak. Mit vorgestreckter Hängelippe machte sie Saugbewegungen. »Gluck, gluck, gluck.« Sie ging auf Rey zu, legte ihm einen Arm um die Schultern und bat ihn, er möge ihr helfen, in ihre Totengruft zu kommen. Dann wandte sie sich Sandras kleinem Altar zu, wo eine Flasche Schnaps und zwei Zigarren lagen, und trank. Mit zitternder Hand zündete sie eine Zigarre an und rauchte. Tief sog sie den Rauch ein. Sie nahm erneut einen tiefen Schluck und sagte:

»Tomasa wird für dich sprechen ... hmmm, gluck, gluck, gluck ... jetzt ja ... hmmm.«

Nach einem weiteren tiefen Schluck war die Flasche zur Hälfte geschafft. Tomasa hatte großen Durst mitgebracht. Und ehe sie weitersprach, rauchte sie erst noch ein wenig.

»Tomasa wird reden ... Tomasa kommt, um zu helfen ... Diese Weiße da liebt dich nicht. Sie hat einen anderen Mann, hat einen Sohn von einem anderen Mann. Du liebst sie, aber sie dich nicht. Sie ist Blut und Tod. Von Geburt an hinterlässt sie Blut und Tod. Und auch du wirst bei ihr auf der Strecke bleiben ... hmmm ... gluck, gluck, gluck ... hmmm.«

Mehr Schnaps, mehr Tabak. Sie nahm sich Zeit, die rüstige Alte, mit geschlossenen Augen. Dann fuhr sie fort:

»Hmmm ... Du wurdest mit einem großen Erbe geboren, dessen Ursprung weit zurückliegt, das aber dir zufiel. Es ist kein böser Geist, aber die Ernte einer dunklen Vergangenheit, deren schwere Kette du hinter dir herziehst. Jetzt ist es an dir. Eine sehr schwere Kette. Hmmm ... gluck, gluck, gluck ...«

Sie trank den Schnaps aus. Die Augen verengten sich zu Schlitzen. Und sie rauchte weiter.

»Hmmm ... Sandra? Hmmm ... sie muss sich in Acht nehmen. Vor der Justiz und einer weißen Freundin, die gar keine Freundin ist. Justiz ist involviert und Knast und Gitter. Da ist etwas Schlimmes im Gange gegen Sandra. Yemayá und Ochún waschen sich die Hände in Unschuld und wissen gar nichts ... o wie waschen sich beide ihre Hände ... und Sandra steht ganz allein da ... hmmm ... gluck, gluck, gluck, hmmm ...«

Wieder setzten die Zuckungen und das Schnauben ein. Auf sich selbst einschlagend, fiel sie zu Boden. Sie verletzte sich. Jetzt reagierte Rey und hielt sie an den Schultern. Sandra schwitzte. Nach und nach gewann sie ihren normalen Ausdruck zurück und öffnete die Augen. Rey streichelte ihr die Stirn. Als sie wieder sprechen konnte, bat sie um Wasser. Rey reichte ihr ein Glas. Sandra war zu Tode erschöpft. Unter größten Anstrengungen schaffte sie es, sich auf einen Stuhl zu setzen. Sie trank das Wasser. Schließlich erholte sie sich wieder.

»Rey, Himmel noch mal, was ist passiert?«

»Keine Ahnung.«

»Bestimmt war's Tomasa. Ach, sie kann wirklich nerven, diese schwarze Alte. Was hat sie gemacht?«

»Ich kapiere nichts ... Du hast gesagt: ›Tomasa wird sprechen‹ und dann hast du mir eine Menge über Magda erzählt.«

»Das war nicht ich. Ich habe dir gar nichts erzählt, ich weiß ja gar nichts. Das war Tomasa.«

»Wer ist Tomasa? Was bedeutet das alles?«

»Was hat sie gemacht? Bestimmt hat sie die ganze Flasche Schnaps getrunken, die alte Schlampe. Scheißsäuferin.«

»Ja. Bist du nicht betrunken? Du hast die Flasche Schnaps in fünf Minuten ausgetrunken und eine Zigarre geraucht.«

»Sie hat getrunken, nicht ich. Und eine Zigarre hat sie geraucht? Igitt, wie ekelhaft! Immer dasselbe mit dieser Tomasa. Ich will dir etwas erklären, damit du mir hilfst. Wenn du mich so mit Zuckungen siehst, dann ist das Tomasa. Aber ich kann sie nicht ablegen. Ich kann nicht, immer wenn sie Lust hat, einen Toten befördern, weil ich das nicht aushalte. Ich muss sie unter Kontrolle bekommen. Wenn ich mit dir zusammen bin und die Zuckungen anfangen und mir kalter Schweiß ausbricht, reib mir die Stirn mit Kölnisch Wasser oder Alkohol ab, lass mich daran riechen und sag leise einen anderen Namen zu mir, nur nicht Sandra. Irgendeinen anderen Namen.«

»Warum?«

»Um Tomasa zu verwirren. So glaubt sie, sie habe sich in der Materie geirrt … Himmel, bist du ignorant, mein Junge! Du willst Kubaner sein, noch dazu in Havanna geboren? Ich glaube, du bist hier geboren, in San Leopoldo, nicht mehr und nicht weniger, also sei ein bisschen auf Draht, Herzchen! Manchmal habe ich das Gefühl, du bist vom Mond gefallen. Gib mir noch etwas Wasser. Immer, wenn mich die alte Schlampe gepackt hat, bin ich hinterher völlig erledigt.«

Rey reichte ihr noch ein Glas Wasser.

»Übrigens hat Tomasa gesagt, du sollst dich vor der Justiz in Acht nehmen. Dahinter steht Gefängnis. Und auch vor einer weißen Freundin von dir hat sie gewarnt, denn sie ist keine Freundin.«

»Yamilé?«

»Sie hat keinen Namen genannt.«

»O je, mein Gott!«

»Ach ja, und Yemayá und Ochún waschen ihre Hände in Unschuld.«

»Das fehlte gerade noch, dass Yemayá und Ochún mir den Rücken zukehren! Jetzt nervt sie aber wirklich! Diese Tomasa kommt auch wirklich nur, um mir schlechte Nachrichten zu bringen. Unglaublich! Nie hat sie eine Lösung für mich parat, nie verrät sie mir die Lottozahlen, nie sucht sie mir den Millionär fürs Leben. Nichts, gar nichts.«

Sie erhob sich aus ihrem Sessel und sammelte die leere Flasche und den Zigarrenstummel auf. Wütend ging sie hinüber zum Altar, klopfte mit dem Knöchel gegen das Holz und sagte:

»Du kannst mich hören, das weiß ich! Trotz dem ganzen Besäufnis und allem kannst du mich hören. Streng dich an und hilf mir, denn ansonsten wird man den Stunk bis nach Guantánamo hören, und all die Schwarzen werden angelaufen kommen, und das wird dir nicht gut bekommen. Ich darf nicht ins Gefängnis gesteckt werden, und das weißt du! Hilf mir, denn sonst finden wir eine ganz einfache Lösung: Ich stelle dir keinen Schnaps, keinen Tabak und keinen Honig mehr hin – nichts, gar nichts! Nur Blumen und Wasser, bis du endlich einsichtig bist. Du wirst verhungern. So, jetzt weißt du's. Von wegen, dich noch mal auf meine Kosten besaufen und teuren Tabak rauchen! Weißt du, was du geraucht hast? Eine Lancero Especial! Eine echte. Pass bloß auf, Mädchen. Und dann noch sagen, du könntest mir nicht helfen. Hast du mich etwa schon mal Scheiße fressen sehen? Du scheinst Sandra La Cubana nicht zu kennen! Merk dir eins, Tomasa: Wenn du dich mit Sandra La Cubana anlegst, spielst du mit dem Feuer!«

Als Sandra fertig war, kochte sie noch einmal Kaffee. Sie setzten sich und tranken und rauchten. Sie suchte Musik im Radio, die übliche: Son und Salsa. Schweigend saßen sie da, lauschten und rauchten. Vergnügt fing Sandra an, ihre Fußnägel zu feilen und zu lackieren.

»Sandra, was für ein Geschäft wolltest du mir vorschlagen?«

»Ach, ja. Ich mach nur schnell fertig, dann gehen wir rüber zu Raúlito. Ist ganz in der Nähe.«

»Worum geht's?«

»Frag nicht. Es wird dir zusagen.«

Kurz darauf brachen sie auf. Sandra spielte die kleine Hure vom Viertel und trippelte voran, den kleinen Arsch rausgestreckt, in winzigen Shorts, die den unteren Teil des Pos zeigten, und lächelte allen Nachbarn zu, glücklich und anzüglich.

Rey war zunächst etwas gehemmt. Dann war's ihm egal. Raúlito war ein alter Haudegen mit Goldzähnen, Tätowierungen auf den Armen, Halsbändern von Oggún, ein kleiner Dickwanst mit Schweineschnäuzchen und einem dreckigen Lächeln. Rey machte nicht einmal den Mund auf. Dem Typen konnte man keinen Meter über den Weg trauen. Sandra wand sich, als wollte sie durch ein Nadelöhr. Kokett begrüßte sie Raúlito mit einem Kuss auf die Wange.

»Sieh nur, Raúlito, das hier ist der junge Mann.«

»Freut mich«, sagte Raúlito, ohne Rey anzusehen.

»Kann er gleich heute anfangen?«, fragte Sandra.

»Moment, Moment, Sandrita, so geht das nicht.«

»Also gut, dann sag.«

»Komm mal her.«

Und er nahm sie zur Seite.

»Wer ist der Kerl?«

»Mein Mann. Ich bürge für ihn. Willst du einen Vorschuss?«

»Natürlich. Du schießt mir tausend Pesos vor, und dann sind es hundert pro Tag.«

»Nein. Ich schieße dir fünfhundert vor, und danach sind's dann achtzig pro Tag. Spiel dich mir gegenüber nicht so auf!«

»Nein, nein, so nicht!«

»Doch, doch, Raúlito, genau so! Und du wirst mich auch nicht unter Druck setzen, denn ich habe schon mit all deinen Taxifahrern und mit denen von Roberto gesprochen, mit allen. Und es bleibt bei fünfhundert und achtzig.«

»Schon gut, du Nutte, schon gut.«

»Wann fängt er an?«

»Er soll morgen um sieben kommen und seinen Personalausweis mitbringen.«

»In Ordnung. Ich komme mit und bringe dir das Geld.« Sie gingen. Auf der Straße erklärte ihm Sandra:

»Es ist ein Dreirad-Taxi. Dieser Mann hat so zehn, zwölf Jungs, die für ihn arbeiten, zudem ein kleines Restaurant und drei Wohnungen, die er vermietet. Er ist ein Magnat ... ein Schlitzohr, weißt du ... alles unter der Hand.«

»Und was tue ich?«

»Du arbeitest ganz nach Belieben und zahlst ihm jeden Tag achtzig Pesos. Zudem fünfhundert Vorschuss, die morgen fällig sind.«

»Ich kann da nicht einsteigen.«

»Warum?«

»Woher soll ich fünfhundert Pesos nehmen?«

»Ich leihe sie dir, Schätzchen. Morgen kurz vor sieben sind wir hier. Bring deinen Personalausweis mit.«

»Nein, nein.«

»Was nein?«

»Äh ...«

»Was äh?«

»Ich habe keinen Ausweis.«

»Das habe ich mir gedacht.«

»Also vergiss das Ganze.«

»Nichts wird hier vergessen. Willst du den Job mit einem Dreirad-Vehikel oder nicht?«

»Ja.«

»Sicher?«

»Ganz sicher.«

»Dann machen wir jetzt erst mal ein Foto. Heute Nachmittag hast du dann einen schönen neuen Ausweis.«

Eine merkwürdige Wendung. Ein paar Pesos. Und um halb fünf nachmittags hatte Rey seinen neuen Ausweis, ausgestellt auf einen gewissen José Linares Correa, neunzehn Jahre alt, geboren in Sibanicú und wohnhaft in Havanna. Fertig.

Am nächsten Tag begann er als Fahrrad-Taxifahrer. Er verdiente hundertfünfzig Pesos. Nicht schlecht für den ersten Tag. Gegen Abend suchte er Sandra auf. Sie war ganz versunken in ihre ausgiebige Schminksitzung für ihren nächtlichen Auftritt in verschwenderischem Glanz. Yamilé wartete lustlos wie immer und rauchte verdrießlich. Wenn man in Zentral-Havanna dazugehören wollte, war man sich ein solches Gebaren von »Ich bin eine knallharte Frau, und alles ist mir egal« schuldig. Rey kam voller Enthusiasmus herein. Sandra hielt ihn zurück.

»Warte, bis wir fertig sind, und dann bringst du uns hin. Bist du sehr müde, Schätzchen? Wasch dich, iss etwas und ruh dich ein wenig aus. Da drüben steht etwas zu essen bereit … aber wasch dich vorher und zieh dir etwas Sauberes an. Da liegt dein Zeug. Ich habe es gewaschen und gebügelt.«

Rey zog eine Grimasse, aber ihm blieb nichts anderes übrig, als zu gehorchen. Er nutzte die Gelegenheit, sich vor Yamilés Augen zu waschen und ihr dabei seinen Schwanz zu zeigen. Er hatte die fixe Idee, es dieser kleinen Weißen einmal richtig zu besorgen. Er rieb ihn sich, damit er anschwoll und sich streckte. Er wollte Yamilé mit etwas blenden, zumal sie ihn so sehr verachtete. Yamilé ignorierte ihn völlig. Er trocknete sich ab, zog sich an. Sandra bediente ihn: Reis, schwarze Bohnen, Hackfleisch mit Bratkartoffeln, Avocadosalat, kaltes Wasser, Brot. Als Nachtisch Schokoladencreme, Kaffee und wieder eine dieser köstlichen Lancero-Zigarren. Yamilé sah alles aus den Augenwinkeln mit an, bis sie sich nicht länger beherrschen konnte und explodierte.

»Hör mal, Sandra, was genau hat dir dieser Kerl eigentlich zu bieten? Was geht dir bloß bei diesem schmierigen Hungerleider ab?«

»Ach, Yamilé, lass mich in Ruhe. Das ist Rey, der König von Havanna und mein Mann, also bin ich Königin von Havanna, hahaha … Der König und seine Königin …«

Sie hatte Magda nicht kommen sehen. Sie stand im Dämmerlicht des Flurs im Türrahmen und hatte alles mit angehört. Wie eine Löwin fuhr sie dazwischen:

»Hör zu, du elender Arschficker, sieh zu, dass du aus diesem Zimmer verschwindest, ehe ich dir den Schädel einschlage! Und du alte Schwuchtel wage ja nicht noch einmal, ein Auge auf meinen Mann zu werfen, denn sonst bringe ich dich um! Für wen hältst du dich, dass du für ihn kochst, verdammt?«

»Ach, lass das Gepöbel, du Hexe, jemandem wie dir hör ich überhaupt nicht zu.«

Rey sah von einer zur anderen und aß weiter, als ob nichts wäre. Yamilé stellte sich auf ein lustiges Spektakel ein.

»Hast du mich nicht gehört, Rey? Lass das Essen stehen. Es ist verhext und wird dir nur Ärger bringen!«

»Magda, geh in dein Zimmer, ich komme gleich nach.«

»Werd mir nicht frech, Junge! Bist du jetzt unter die Arschficker gegangen? Lausiger Arschficker von dieser Schwuchtelschlampe? Wenn du das wenigstens bei den Ausländern machen und Dollars kassieren würdest … aber nein … billiger Arschficker bei dieser schwarzen Drecksau!«

»Du bist ja nur neidisch auf mich, weil du eine dreckige Hexe bist und ich ein Star bin, von oben bis unten Dame.«

»Auf dich neidisch, du schlampige Schwuchtel?«

»Na, na, na … wo doch alle Welt weiß, wie du für zwei Pesos mit diesen alten Schweinen herumhurst. Darum bist du auch so abgenutzt und verschmiert und kommst nie auf einen grünen Zweig. Geh, wasch dir die Pfoten und verlass mein Zimmer.«

»Du bist viel schmieriger und schweinischer, du Schwuchtel!«

Magda stürzte sich auf Sandra. Sie wollte ihr die Haare ausreißen, aber es war eine Perücke. Sandra nutzte die Gelegenheit und gab ihr mit flacher Hand ein paar Ohrfeigen, wozu sie wie eine Katze hin und her sprang und fauchte. Magda versetzte ihr Faustschläge, dass es krachte, und schlug ihr die Lippe auf. Sie droschen eine Weile aufeinander ein. Höchst vergnügt sah Yamilé dem Gerangel zu. Rey ließ die beiden sich abreagieren. Als er fand, es reiche, ging er dazwischen.

»Okay, Schluss jetzt. Magda, Schluss jetzt! Lass sie los und verzieh dich in dein Zimmer. Yamilé, hilf mir. Halt Sandra fest.«

Yamilé rührte nicht den kleinsten Finger. Das Ganze amüsierte sie königlich. Magda und Sandra fuhren fort, sich gegenseitig zu beschimpfen und aufeinander einzuschlagen. Sie waren inzwischen richtig in Fahrt. Sie jetzt zu bremsen war schwierig. Rey schaffte es, die beiden auseinander zu bringen, und konnte sie schließlich beschwichtigen.

»Komm wieder her, du alte Hexe, damit ich aus dir Hackfleisch machen kann!«, schrie Sandra.

»Lass meinen Mann in Ruhe, du Dreckschwuchtel! Wehe, du siehst ihn noch einmal an, dann zerhacke ich dir den Arsch und das Gesicht! Du kannst drauf schwören, dass ich dir das Gesicht zerhacke, bis du dich nicht mehr wiedererkennst, du Drecksau!«

Es gelang Rey, sie wegzuzerren und in ihr dunkles, nach Feuchtigkeit und Dreck stinkendes Zimmer zu schubsen. Hier gefiel es Rey nicht mehr. Sandras gelüftetes Zimmer, das nach Parfüm, Räucherstäbchen und aromatischen Kräutern duftete, war sehr viel anziehender.

»Wehe, wenn ich dich noch einmal mit dieser Schwuchtel sehe, dann bringe ich dich um, Rey. Ich zerhacke euch beiden das Gesicht bis zur Unkenntlichkeit, und wenn ich dafür hinter Gitter muss!«

»Ich tue, wozu ich Bock habe, Magda. Du bist nicht meine Herrin noch sonst was, und du wirst niemanden zerhacken!«

»Komm zu dir, Macker, deine Frau bin ich, und du wirst mir keine Hörner aufsetzen mit dieser Schwuchtel, noch dazu Tür an Tür! Das wirst du nicht tun! Denn damit werde ich nicht fertig, verdammt! Du wirst mir keine Hörner aufsetzen, weder mit dieser Schwuchtel noch mit sonst jemandem!«

»Ach, hör auf zu nerven, Magda! Aber du darfst einfach mal so zwei, drei Tage verschwinden und herumhuren, also spiel hier jetzt nicht die Tragische mit dieser lächerlichen Die-Frau-im-Haus-bin-ich-Nummer!«

Magda sackte ganz plötzlich in sich zusammen. Mit einem Schlag war alle Hysterie verschwunden, und sie wurde deprimiert und weinerlich.

»Im Namen deiner Mutter, Rey, lass mich nicht im Stich ... Jeden Tag bin ich mehr in dich verliebt ... Tu mir das nicht an ... Ich wollte mich nicht verlieben! Warum nur ... warum?«

Und sie fing an zu schluchzen. Stirnrunzelnd sah Rey ihr zu.

»Das sind nur Krokodilstränen. Du wirst mich nicht weich klopfen, und jetzt gehe ich, ich muss zur Arbeit.«

Magdalena, weinend wie die heilige Magdalena, warf sich mit dem Mund nach unten auf den Strohsack. Rey ging hinaus, rüber zu Sandras Zimmer, ganz triumphierender Macho.

»Sieh nur, wie mir diese Hexe zugesetzt hat«, sagte Sandra

und zeigte ihm die vielen blauen Flecken und Kratzwunden auf Gesicht und Hals, die sie zu überschminken versuchte. »Gott sei Dank hat sie mir keinen Zahn ausgeschlagen. Sie prügelt sich wie ein Mann … das ist eine Wilde, überhaupt nicht weiblich. Ich weiß nicht, wie du diese Frau vögeln kannst, die ist ja wie ein verrückt gewordener Boxer, diese Scheißhexe.«

»Sandra, hör auf, Süße! Mit deinem neuen Mann, der Schminke, dem Streit, den Schrammen, der zerrissenen Perücke und dieser Nutte von nebenan … ohhh, das ist mir in letzter Zeit echt ein bisschen viel Drama«, sagte Yamilé zu ihr.

»Wollt ihr nun, dass ich euch rumfahre? Los jetzt, auf geht's, ich hab keine Lust auf noch mehr Ärger mit Magda heute Abend.«

»Wartet!«, sagte Sandra. »Ich bin ganz nervös und kriege meine Wimpern nicht dran. Yamilé, hilf mir!«

Kurz darauf trat Rey die Reina runter ins Pedal, die beiden Nutten bequem auf dem Rücksitz, genoss die Abendfrische und rauchte. Beim Riviera setzte er sie ab.

☆☆☆

Dies wiederholte er drei Abende hintereinander. Am vierten sagte Sandra zu ihm:

»Warte hier auf uns. Wenn wir in einer halben Stunde nicht zurück sind, fährst du los.«

Sie betraten das Café Rouge. Kurze Zeit später kam Yamilé heraus, gab ihm zwanzig Dollar und wies ihm eine Adresse an. Zwanzig Minuten darauf kam Rey mit zwei Umschlägen Koks zurück. Sandra nahm sie in Empfang, gab ihm fünf Dollar und ging zurück in das elegante Café, wo man nur mit

Dollars zahlen konnte. Rey nahm den grünen Schein und dachte: »Hmmm, das hier ist was anderes, hier spielt das Leben.«

Es machte ihm Spaß, den Boten zu machen, den Koks-Kurier. Tagsüber arbeitete er wenig, und nachts unternahm er ein paar Touren. Jede davon für fünf Pesos. Nie zuvor hatte er so viel Geld gehabt. Aber wie man weiß, das Glück im Haus des Armen währt nicht lange. Eines Abends unternahm er zwei Touren. Jedes Mal brachte er fünf Dosen ins Café Rouge, und Sandra nahm sie entgegen und trug sie hinein. Bei der dritten Fahrt kam er mit sieben Umschlägen. Das Geschäft lief wie geschmiert. Es war zwei Uhr morgens. Nirgendwo in der Umgebung war eine Menschenseele zu sehen, außer zwei schläfrigen Taxifahrern und ein paar schlecht gekleideten Strichmädchen, die das Café nicht betreten durften und auf späte Kundschaft hofften. Rey übergab Sandra die Umschläge versteckt in zwei Schachteln Zigaretten. Aus einem scheinbar leeren Auto in der Nähe stiegen plötzlich zwei Kerle mit Pistolen in den Händen.

»Keine Bewegung! Polizei! Keine Bewegung!«

Innerhalb einer Sekunde hatten die beiden Agenten sich auf sie gestürzt. Rey gab Sandra einen Stoß und schleuderte sie gegen die Polizisten. So gewann er ein paar Sekunden und rannte auf eine Nebenstraße zu. In seinem Rücken bellten zwei Schüsse. Er lief noch schneller. Ein weiterer Schuss ertönte. Er kam zur Ecke und bog in eine dunkle Straße ein. Er rannte, als wäre der Teufel hinter seiner Seele her. Zwei Häuserblocks weiter unten wurde ein mehrstöckiges Gebäude errichtet. Er betrat die Baustelle. Auf der Straße fuhr mit großer Geschwindigkeit ein Auto vorbei. Er verbarg sich eine Weile hinter einer Wand und lauschte mit angehaltenem Atem. Stille. Dann gingen zwei Polizisten am Gebäude vorbei. »Also gut, jetzt heißt's einen Moment warten«, dachte er. Er fing an, ein bisschen zu rechnen. Jeden Abend verdiente er zehn oder fünfzehn Dollar für seine kleinen Fahrten über fünf Häuserblocks. »Verdammt noch mal, wie schnell ist mir dieses Geschäft geplatzt.« Ein paar Minuten später machten die Polizisten eine Runde um die Hinterseite des Gebäudes. Ruhig trat Rey hinaus und spazierte durch ganz Venado. Er hatte jetzt einen Ausweis auf den Namen José Linares Correa. Drei Mal schon hatte die Polizei ihn überprüft, und immer war er unbehelligt davongekommen. Gelassen spazierte er weiter mit seinem Ausweis, in der Tasche dreißig Dollar und besser angezogen als je zuvor. »Fast hätte ich mir eine Goldkette gekauft ... na, mal sehen, wie ich diesmal meine Haut rette.« Zum Glück fand er keinen Geschmack am Koks. Ein paar Mal hatte er es probiert, zog aber Rum und Gras vor.

Ihm fiel ein, dass er ein wenig Gras in der Tasche hatte. Er fühlte sich sehr sicher. Sandra würde nicht reden, wenn man jedoch auch Yamilé geschnappt hatte, konnte er sich auf etwas gefasst machen. »Denk ein bisschen nach, Rey, denk nach, damit du der König von Havanna bleibst und sie dich nicht einbunkern.« Er setzte sich auf die Mauer am Malecón. Es war drei Uhr morgens, und die frische Brise würde sofort allen Rauch verwehen. Er rollte sich einen Joint und rauchte. Niemand war zu sehen. Er nahm einen tiefen, würzigen Zug, und sogleich bekam er einen klaren Kopf: »Reynaldito, Junge, sie haben dein Gesicht gesehen. Wer weiß, seit wann sie dich beobachtet haben, wie du bergauf, bergab auf deinem Dreirad Scheiße frisst. Wenn du dich also allzu oft in Havanna sehen lässt, erwartet dich wieder der Knast. Hmmm ... du solltest ein paar Tage verschwinden und dann Magda benachrichtigen.«

Und so machte er's. Ohne Eile ging er den ganzen Malecón

entlang, über die Avenida del Puerto, Tallapiedra, die Bahnüberführung, den Fischhafen. Und es war schon Tag, als er zum Schrottplatz für Karosserien und Alteisen kam. Zwei riesige Lastwagen luden gerade neuen Schrott ab. Über einen Weg, den er gut kannte, betrat er den Platz. Der halb durchgerostete Container erwartete ihn. Rey betrachtete ihn liebevoll. »Mein Häuschen … Was für ein Glück, hier habe ich meine Ruhe«, sagte er sich. Hier fühlte er sich wohl. Sehr wohl. Und er warf sich auf ein paar halb verrottete Kartons. Er war wie ein junger Wolf in seinem Bau.

Als er aufwachte, fühlte er sich wie neugeboren. Er hatte Hunger und sagte sich: »Auf nach Regla, Rey, da gibt es kaum Polizei, und du hast jetzt Geld. Also kein Gebettel und keine Santería. Diese Santería geht mir eh am Arsch vorbei.« Und er setzte sich in Bewegung. Es war schon dunkel, und er spürte ein wenig die Kühle. Als er nach Regla kam, fand im Park ein Fest statt. Auf einem großen Schild stand: »Ein glückliches neues Jahr«, und auf einem anderen: »Willkommen 1998, mit noch mehr Kraft werden wir unsere Errungenschaften verteidigen.«

»Ach, verdammt noch mal, am siebten Januar werde ich siebzehn. Am besten feiere ich heute das neue Jahr und meinen Geburtstag, und wenn sie mich morgen verhaften, mein Tänzchen können sie mir nicht mehr wegnehmen, wie Großmutter immer sagte.« Er kaufte Bier. Kurz darauf traf er eine kleine tiefdunkle Schwarze mit gutem Arsch und guten Titten. Sie war sehr heiter und ausgelassen, mit viel Puder aus zerstoßenen Muschelschalen auf Brust und Rücken, um das Böse abzuschrecken. Als Rey die dreißig Dollar aus der Tasche zog, um das Bier zu bezahlen, sah ihm die kleine Schwarze verstohlen zu und sagte sich: »Die Nacht ist gerettet.« Doch Rey zeigte ihr die Scheine und dachte: »Schon hast du angebissen, du kleine Nutte, heute Nacht besorg ich es dir bis hoch zu den Ohren. Die Perle will Fleisch.«

Und so geschah es. Sie tanzten ein Weilchen und befummelten einander. Rey kaufte ihr noch ein Bier. Er nahm sie mit sich in eine enge Gasse hinter der Kirche, und in der Dunkelheit ließ er sie blasen, und ihm ging der Erste auf ihre Brust ab und besudelte ihre Titten – der Samen mehrerer Tage, viel Samen. Und er sagte zu ihr:

»Wisch ihn nicht ab. Lass ihn antrocknen. Das ist das Zeichen von Rey, dem König von Havanna. So bringst du die Motoren auf Hochtouren.«

Letztlich begann das Jahr 1998 für Rey sehr gut. Er gab seine dreißig Dollar für Rum, Bier und eine gute Paella aus, tanzte und vögelte die ganze Nacht. Und um sechs Uhr morgens schlief er erschöpft, mit einer Flasche Rum in der Hand und den Kopf auf ihre Oberschenkel gebettet, ein. Auf seinen Lieblingsstufen am Meer, gegenüber der Kirche von Regla, sah er zu, wie es Tag wurde. »Heute ist schon der erste Januar. Wie sehr habe ich mich verändert. Ich kann sogar tanzen und mag Musik.« Er war fröhlich und zufrieden mit seinem kleinen Fest. Er lehnte sich zurück und schlief ein. Als er erwachte, stand die Sonne hoch und brannte heiß. Links von ihm kam gerade die Passagierfähre über die Bucht. Die kleine Schwarze erwachte ebenfalls. Sie streckten sich, gähnten, sahen einander an. Sie gab ihm einen Kuss, unerwartet heiter und keck.

»Was für ein hübscher Freund, um das Jahr zu beginnen! Ein Mulatte mit vollen Taschen. Wie heißt du noch? Ich hab's vergessen.«

»Du hast es nicht vergessen. Ich habe es dir nicht gesagt.«

»Du hast es mir letzte Nacht gesagt.«

»Nichts habe ich dir gesagt. Und wie heißt du?«

»Katia.«

»Ich heiße Rey.«

»Aha.«

»Was?«

»Spendier mir was Kühles zu trinken. Ich habe einen Durst …«

»Mal sehen …« – er kramte in seinen Taschen –, »nein, ich habe keinen Centavo mehr, und offenbar … Himmel, verdammt!«

»Was ist?«

»Ich habe meinen Personalausweis verloren …«

»Mist …«

»Kein Geld und keinen Ausweis.«

»Ach, komm schon, Rey, du bist doch gut bei Kasse. Gestern Abend hattest du ein riesiges Bündel Dollars. Spendier mir eine Soda und behalte den Rum für dich. Mehr will ich nicht.«

»Ich habe kein Geld. Hör auf, mich mit deiner Soda zu nerven. Wo wohnst du?«

»Genau hier.«

»Na gut, verzieh dich jetzt, die Party ist zu Ende.«

»Ohhh, Schätzchen, sag so was nicht. Bist du verheiratet?«

»Nein.«

»Na, dann können wir doch weiter zusammenbleiben. Ich habe weder Kind noch sonst was.«

»Ich habe keine Wohnung, Kleine. Zieh schon ab, das ist besser für dich.«

»Ich gehe nicht! Gefalle ich dir?«

»Ja, natürlich. Hast du nicht gesehen, wie mein Schwanz letzte Nacht auf dich abgefahren ist? Die Perle unter meiner Haut pocht wie verrückt.«

»Klar, Schätzchen, du hast mir fast den Verstand geraubt.«

»Gibt's bei dir was zu essen?«

»Bei mir? Du spinnst! Wir sind vierzehn und wohnen alle in einem Zimmer in einem Gebäude ganz in der Nähe, ungefähr zwei Häuserblocks von hier.«

»Also gehen wir lieber nicht hin.«

»Nein, nein, warum auch?«

Ziellos schlenderten sie umher. Katia, selig, glücklich bei Rey untergehakt, überlegte, welches Gelübde sie gegenüber Yemayá, der Jungfrau von Regla, ablegen könnte, damit dieser Mulatte mit dem Goldschwanz sie nicht verließ und sich für immer in sie verliebte. Rey seinerseits dachte daran, sie zum Schrottplatz mitzunehmen und eine Zeit lang zu zweit in dem Container zu wohnen. Die kleine Schwarze bestand nur aus Fasern und Muskeln. Nach alldem hatte er es nicht verdient, allein und verbittert zu sein. »Wie es wohl Magda ging? Wie wohl meine süße und traurige Magda in diesem Moment ihren Myrrhekranz flechten mag?« Wo hatte er denn das gehört? In der Schule?

Ein großer, schlanker, fröhlicher Mulatte kam auf sie zu, mit einer funkelnagelneuen Mütze des Reinigungsdienstes von Chicago und einer großen Goldkette mit einem Medaillon der Virgen de la Caridad del Cobre. Er begrüßte Katia mit einem Kuss.

»Du hast wohl ganz groß gefeiert!«

»Hahaha ... Hier, Rey, das ist Cheo, einer meiner Brüder.«

»Sehr angenehm.«

»Hmmm.«

»Was macht ihr?«

»Nichts.«

»Ich hab da 'ne kleine Session heute Abend, kommt doch vorbei.«

»Wo?«

»In Nuevo Vedado.«

»Hmmm, ziemlich weit.«

»Komm mal her, Katia. Entschuldige uns einen Moment, Rey.«

Cheo nahm Katia ein paar Schritte beiseite. »Hör zu, es ist eine kleine Session mit ein paar Ausländern. Zwei ältere Typen und zwei ältere Weiber, und sie zahlen gut. Sie wollen's mal in der Gruppe treiben. Was ist mit dem Kerl? Wenn er kaputt ist, schieb ihn ab.«

»Nein, nein, er ist perfekt für so was. Sein Schwanz ist riesig, mit zwei Perlen drauf. Letzte Nacht hat er mich schier um den Verstand gebracht. Aber verarsch mich nicht, ich kenne dich ...«

»Aber wo denn, reines Fair Play. Fünfzig Grüne für jeden.«

»Gib mir die Adresse. Es ist alles gesagt.«

☆☆☆

Katia überzeugte Rey, sobald sie die fünfzig Dollar erwähnte. Um zehn Uhr abends saßen sie genüsslich bei einem Bier in einer gemütlichen zweistöckigen Villa. Die Möbel, die Vorhänge und Teppiche waren etwas verschlissen und ausgebleicht, der spärliche Nippes war vor vierzig Jahren einmal neu gewesen. An den Wänden hing eine ekletische Mischung aus Gemälden: Lam, Mariano, Portocarrero und andere moderne kubanische Meister bis hin zu einem Romañach und zahlreichen mittelmäßigen Europäern des 19. Jahrhunderts, ein Aquarell auf Papier von Dali und eine Tintenzeichnung von Picasso. Cheo ließ sie eine Stunde lang auf dem verstaubten Sofa warten, mit dem Bier, das sie in zwei Minuten ausgetrunken hatten. Die übrigen achtundfünfzig Minuten waren sie angespannt. Überwältigt von der eindrucksvollen Residenz, wagten sie nicht einmal miteinander zu sprechen und atmeten Staub und Schwüle. Ein alter Schwuler ging mehrmals quer durch den Salon an ihnen vorüber. Immer sah er sie dabei an und lächelte ihnen zu. Um elf Uhr kamen die Gäste: zwei Männer von sechzig, Dickwänste mit Uhren und Ketten aus Gold und ein bisschen angetrunken. Sie grüßten und gingen weiter in ein anderes Zimmer. Stille. Rey wurde ungeduldig.

»Katia, ich glaube, ich gehe jetzt. Hier läuft doch irgendwas, und das passt mir nicht.«

»Mach jetzt bloß keinen Rückzieher, es geht immerhin um fünfzig Dollar.«

In dem Moment kam Cheo mit seiner Chicago-Mütze zurück.

»Ich weiß jetzt, was wir machen. Wir legen Musik auf, nehmen ein paar Drinks, schwatzen miteinander, und dann gebe ich dir ein Zeichen für einen Striptease, und du machst Rey an. Du holst sein Biest heraus, und dann fangt ihr beide ein paar Ferkeleien an. Dann hole auch ich meines raus, und … na, du weißt schon.«

»Du weißt schon was? Ich bin ein Mann, ich will keine Ferkelei von dir.«

»Schon gut … ich verpasse ihn Katia, nichts weiter.«

»Katia ist gar nicht deine Schwester?«

»Vergiss es, Mann.«

Alles verlief nach Wunsch: Musik, Rum, Bier, banale Konversation, ein paar geschnupfte Körnchen Pulver. Der Schwule, dem das Haus gehörte, und die ausländischen Schwulen waren nicht besonders anregend. Doch da war Katia, die den Apfel genoss. Das Pülverchen machte alle euphorisch, und die Schwarze erwies sich als glänzende Pornodarstellerin. Sie verstand es wie ein großer Star. Rey bekam seine

Erektion und holte sein Ding raus. Cheo begeisterte sich und zog seine Hose aus. Ihm war's egal, ob er gab oder ob's ihm gegeben wurde. Die Schwulen beschränkten sich darauf, zuzusehen. Mehrmals versuchte Cheo zu geben oder zu empfangen, aber sie wiesen ihn zurück. Sie hatten zu viel Angst vor Tropenkrankheiten. Die Show war kurz. Die Stimmung nicht gut. Die Yankees bezahlten und gingen. Der Hausherr biss bei Cheo an, und sie gingen in ein Nebenzimmer. Ein paar Minuten darauf kam Cheo heraus, nahm das kleine Picasso-Bild, packte es in eine Plastiktüte, gab es Katia und sagte zu ihr:

»Nimm das Bildchen mit nach Hause und heb es für mich auf.«

»Und wofür willst du diese hässliche alte Scheiße?«

»Zur Verschönerung.«

»Zur Verschönerung? Dein Drecksloch? Ach, du spinnst doch!«

»Pass gut darauf auf! Du darfst es auf keinen Fall verlieren. Ich zahle dir zehn grüne Scheinchen für diesen Gefallen.«

»Na gut, dann ja.«

»Geht jetzt, ich habe noch einen kleinen Zusatzjob zu erledigen.«

Katia und Rey schlenderten ohne Eile hinaus in den frühen Morgen. Jeder von ihnen hatte fünfzig Dollar in der Tasche. Rey, ohne seinen Personalausweis, musste an das noch ausstehende kleine Problem vom Café Rouge denken und sagte zu Katia:

»Hör zu, ich will's mir gut gehen lassen, und es würde mir jetzt überhaupt nicht passen, auf die Polizei zu treffen. Ich suche mir jetzt in einer dieser Gassen ein Plätzchen, und morgen gehe ich weiter.«

»Ach, ist mir auch recht.«

Sie betraten eine dunkle, baumbestandene Gasse in der

Nähe des Zoos und gingen weiter. Es gab hier kaum Häuser und kaum Lichter, nur viele Bäume. Sie suchten sich einen dicken Baum aus, setzten sich darunter, den Rücken an den Stamm gelehnt, und schliefen ein beim Gebrüll und Geschrei gelangweilter Elefanten, verblödeter Löwen, Affen und Vögel aus der ganzen Welt, die mitten in der Nacht erwachten, ihre Wälder vermissten und ihre Eisengitter beklagten sowie den Gestank fremder Scheiße und das fade, spärliche Futter.

Sobald es hell wurde, nahmen sie ihren Fußmarsch wieder auf und ließen das Spektakel der Affen und Vögel hinter sich. Da fiel ihnen ein, dass sie ja Geld hatten und sich ein Taxi zur Anlegestelle der Regla-Fähre nehmen konnten.

Eine halbe Stunde später stiegen sie auf der Hafenstraße gegenüber vom Fähranleger aus dem Taxi. Sie sahen ziemlich zerknautscht und schmutzig aus, unterschieden sich aber nicht von den anderen. Ein Polizist trat heran und fragte Rey nach seinen Papieren. Drei andere Polizisten taten dasselbe aufs Geratewohl bei irgendwelchen Passanten. Sie durchsuchten Taschen und Pakete und fragten nach, woher dieses und jenes stamme. Stießen sie auf irgendetwas Unnormales, verhafteten sie den Bürger und nahmen ihn mit. Unter »Unnormalem« verstand man Rindfleisch, Eier, Milchpulver, Käse, Thunfisch, Langusten, Kaffee, Kakao, Butter, Seife, also eine Menge Produkte, die auf dem Schwarzmarkt zu höheren Preisen als in den Dollar-Läden zirkulierten und die es in den Läden, wo mit kubanischen Pesos bezahlt wurde, überhaupt nicht gab.

Zur gleichen Zeit, als der Polizist Rey nach seinem Ausweis fragte, bedeutete er Katia mit einer Geste, sie solle ihren Beutel aufmachen und zeigen, was sie da bei sich trug. Sie zeigte ihm den kleinen Picasso.

»Was ist das?«

»Ein kleines Bild, ein Wandschmuck für zu Hause.«

»Aha.«

Er wollte gerade wieder Rey auffordern, seinen Ausweis zu zeigen, doch einer der anderen Polizisten hatte einen Schwarzhändler mit einer Kiste ertappt, die mehrere Kilo Milchpulver enthielt. Der Polizist rief nach den anderen, damit diese ihm bei einem so gefährlichen Gesetzesbrecher Hilfe leisteten. Erleichtert atmete Rey auf und beeilte sich, auf die Pier zu kommen. In ein paar Tagen würde er siebzehn werden, und da wollte er auf der Straße sein. Obwohl das schwierig war. Jeden Tag gab es mehr Polizisten, und sie kontrollierten immer öfter. Sollte er für immer wie eine Maus, versteckt in ihrem Loch, leben? Katia holte ihn aus solchen Grübeleien.

»Um ein Haar hätte ich mir in die Hosen gemacht mit diesem Polizisten.«

»Warum?«

»Du ohne Ausweis und ich mit diesem Scheißbild. Ich weiß nicht, warum Cheo diesen Mist geklaut hat. Ich hätte nicht übel Lust, es ins Wasser zu werfen.«

»Er hat dir gesagt, du sollst es für zehn Grüne für ihn aufbewahren. Das ist nicht gerade für lau.«

»Deshalb werfe ich es ja auch nicht weg.«

Die kleine Fähre überquerte langsam die Bucht, bewegte sich zwischen ein paar stillen Minenlegern hindurch, auf denen niemand zu sehen war. Auf den Molen war nichts los. Der allgemeine Eindruck war der von Streik oder Rezession oder Einsamkeit. In Regla stiegen sie aus. Noch mehr Polizei. Sie betraten die Kirche. Katia nutzte die Gelegenheit, um vor dem Altar niederzuknien und inbrünstig zu beten. Rey saß auf einer Bank und beobachtete sie ungerührt, während er weiter seinen Gedanken nachhing: »Wenn ich mit einer Heiligenfigur um Almosen bettele, lassen sie mich in Ruhe. Einzig und allein als Bettler wird man aufhören, mich alle zwei Minuten nach meinem Ausweis zu fragen.«

Katia beendete ihre Gebete an Yemayá, und sie gingen hinaus und machten sich verstohlen auf den Weg zu dem vereinbarten Mietshaus. Cheo wartete schon auf sie. Er riss seiner Schwester das Bild förmlich aus den Händen. »Gib mir das Geld, Cheo.«

»Später, ich habe im Moment nichts.«

»Sei nicht dreist, Cheo. Gib mir meine zehn Grünen. Um ein Haar hätte ich diese Scheiße hier ins Wasser geworfen. Wofür willst du das überhaupt?«

»Nimm deine zehn Scheinchen, Katia, und frag nicht so viel.«

»Du willst das Bild verkaufen. Du hast mir doch nicht umsonst zehn gezahlt.«

»Zu niemandem ein Wort, aber dieses Bildchen ist einen Haufen Geld wert, und zwar in Dollar. Und ich habe es schon an einen ausländischen Partner von mir verkauft.«

»Und wie viel gibt er dir dafür?«

»Also, er hat mir zweihundert zugesagt, aber ich werde es ihm nicht so leicht machen, mal sehen, ob er nicht dreihundert locker macht, hahaha. Dreihundert Dollar für diese gequirlte Scheiße … es stimmt schon, ich hab echten Geschäftssinn … Business ist mein Leben, Rey, Business!«

»Ich bezweifle, dass man dir so viel für dieses alberne Bildchen zahlen wird.«

»Hör zu, Rey, das ist bereits abgemacht. Der Kerl ist schier ausgeflippt, als ich ihm davon erzählte, und er hat die Möglichkeit, es problemlos außer Landes zu bringen. Leute mit Dollars leben gut, Kumpel. Kohle, Kohle, ohne Moos nichts los! Komm, gehen wir ein bisschen vor die Tür, Kumpel. Unterhalten wir uns mal über Geschäfte.«

Sie verließen das Mietshaus und setzten sich auf die Bordsteinkante.

»Hör zu, Rey, ich kenne dich nicht einmal, aber du bist abgebrannt, weil du es so willst, Kumpel. Und wenn du mit meiner Schwester zusammen bist … na ja … dann muss ich dir eben helfen.«

»Ich weiß nicht, warum du das sagst.«

»Du bist jung. Aus gutem Material. Für deine hübsche Farbe zahlt man viel Geld.«

»Wovon redest du?«

»Hör zu, die Yankees sind ganz wild auf Schwarze und Mulatten. So wie ich und du. Und du hast einen Riesenschwanz, der ein Vermögen wert ist. Du hast reinstes Gold zwischen den Beinen!«

»Bist du schwul, Junge, oder was ist in dich gefahren?«

»Warte, warte, immer mit der Ruhe. Ich versuche nur, dir zu helfen.«

»Du versuchst mir zu helfen? Einfach so umsonst, weil du ein guter Mensch bist? … Mit diesem Fickgesicht, das du hast … Hör auf, mich zu verarschen, Kamerad!«

»Warte, Kumpel … Sieh mal, hör mir zu. Ich war sechs Monate in Finnland mit so 'ner Alten von dort zusammen, aus der Hauptstadt, und es war 'ne Mordsgaudi. Verdammte Kälte und Schnee, du machst dir keine Vorstellung, außerdem verstand ich kein Wort von der Sprache, aber man lebt dort … jeder lebt dort wie ein König.«

»Und warum bist du dann zurückgekommen?«

»Ach, ich hatte ein paar Scherereien mit der Polizei, und dann … ach, nichts, na, jedenfalls ist alles vorbei. Man muss sich schützen, Rey, jetzt bin ich mit einer Norwegerin zusammen. Im Februar kommt sie, um mich zu heiraten, und ciao, weg bin ich.«

»Wohin?«

»Norwegen.«

»Wo ist denn das?«

»Am Arsch der Welt. Sie sagt, es sei so wie Finnland, mit Eiseskälte und Schnee und einer merkwürdigen Sprache, derselbe Scheiß, aber diesmal werde ich verheiratet sein, ganz legal, und dann kriegen mich keine zehn Pferde mehr hierher zurück.«

»Viel Glück.«

»Ja, aber ich sage dir, diese Kleine da von mir hat zwei, drei Freundinnen. Wenn sie hier sind, stelle ich dich vor, damit du dich an sie ranmachen und auch abhauen kannst. Dann schicken wir Katia einen Norweger rüber. Komm schon, versteh mich doch, das hier ist Rette-sich-wer-kann, aber wenn ich dir und meiner Schwester helfen kann …«

»Nein, nein, rechne nicht mit mir. Ich habe Angst vorm Fliegen, und ich bin noch nie aus Havanna herausgekommen. Und es fehlt mir auch nichts. Mein Leben spielt hier.«

»Sei nicht dumm, Rey. Du bist jung und hast einen Schwanz, der dir die Tore der Welt öffnet, glaub mir.«

»Na, na. Hör schon auf. Ich hau jetzt ab.«

»Ach, du wirst dein Leben lang ein Hungerleider bleiben.«

»Ich bin daran gewöhnt zu kämpfen, Kumpel, und verhungert bin ich auch noch nicht. Sag Katia, dass ich gegangen bin. Ich komme später wieder her.«

Cheo blieb auf dem Bordstein sitzen und dachte, dass dieser Kerl ein echter Idiot war. Er ging wieder zurück ins Haus und sagte zu Katia:

»Hör zu, vergiss diesen Hungerleider. Wer als Kleinkrämer geboren wird, kommt nie zu was.«

Rey war verängstigt. Er kaufte ein paar Brötchen mit Fleischkroketten, Limonade, Gebäck. Er schlug sich den

Wanst voll und nahm wieder seine gewohnte Route auf. Er ging aus Regla raus, ließ die Silos hinter sich, spazierte in der milden Januarsonne weiter und kam zum Container. Zu viele Probleme wirbelten in seinem Kopf herum: die Polizei, Magda, dass Yamilé und Sandra möglicherweise singen würden. Er war erschöpft und hatte Kopfschmerzen von der Nacht zuvor. »Wenn man's genau bedenkt, habe ich ohne viel Arbeit einen Haufen Dollars eingesackt«, dachte er und schlief ein. Tief und fest schlief er zwanzig Stunden am Stück durch. Nichts störte ihn. Als er am nächsten Tag erwachte, war es Mittag, und er hatte schrecklichen Hunger. Er beherrschte sich, er wusste, wie. »Kümmer dich nicht um den Hunger, denn es gibt eh nichts zu essen.« Diesen Satz seiner Mutter sagte er sich mechanisch immer wieder vor, und der Hunger verschwand. Es war wie ein bedingter Reflex. So einfach. Er schlummerte ein wenig weiter. Aus Trägheit. Aus reiner Trägheit. Dabei wusste er, dass er los musste. Nach Regla, um Katia zu holen. Oder nach Havanna, um Magda zu holen. Was tun? Er hasste es, Entscheidungen zu treffen. Nie dachte er in Begriffen wie Koordination, Präzision, Methode, Hartnäckigkeit, Anstrengung. In der Ferne bellten einige Hunde, viele Hunde, die gleichzeitig bellten. Sein Geist schweifte träge dorthin. Eine ganze Zeit lang hörte er den Hunden zu. Dann fiel ihm auf, dass außerdem ein paar Hähne krähten, ein Lastwagen vorüberbrummte und dass, noch näher bei, der Wind über die Gräser strich und sie rascheln ließ. Nichts davon interessierte ihn. Was interessierte ihn? Nichts. Gar nichts interessierte ihn. Alles erschien ihm unnütz. Und er schlief wieder ein. Seelenruhig.

Es dämmerte, als er erwachte. Der Hunger war jetzt so groß, dass er ihn nicht spürte. Aus Stumpfheit brach er auf nach Havanna. Ohne zu denken. Er war mager und abgezehrt. In seiner Tasche hatte er Geld, doch er erinnerte sich nicht einmal daran. Er ging am Jesús-María-Viertel vorbei zum Maceo-Park. Es war sehr spät. Er erwartete nicht, Magda um diese Stunde an der Bushaltestelle beim Verkauf von Erdnüssen anzutreffen. Und er traf sie nicht an. Ein Kerl stritt sich mit einem anderen. Plötzlich griff er nach einer Plastikpuppe, die er in einem Beutel bei sich trug, und schlug dem anderen damit auf den Kopf.

»Du hintergehst mich nicht mehr, es reicht!«

Der andere hob schützend einen Arm und packte seine Hand. Der Kerl befreite sich aus dem Griff und schlug weiter mit der Puppe auf ihn ein, wobei der Kopf abfiel und in Stücke brach. Daraufhin warf er die Reste der Puppe beiseite und schlug weiter mit geballten Fäusten auf ihn ein. Er schlug zu wie ein hilfloses, unterernährtes Mädchen. Gleichzeitig beschimpfte er ihn weiter:

»Noch nie habe ich einen Mann gehabt, der mich so hintergangen hat! Noch nie!«

Ohne den Mund aufzumachen, schützte sich der andere, so gut er konnte, bis er plötzlich dessen Arm packen und abrupt verdrehen konnte, und in einem Anfall von grimmiger Wut brach er ihm die Knochen, indem er einfach sein Knie dagegen stemmte, dass es knackte. Befriedigt und sarkastisch betrachtete er sein Werk: Der mit dem gebrochenen Arm sah vom Boden zu ihm hoch, entsetzt, starr vor Schmerzen. Er hatte so große Schmerzen, dass es ihm die Sprache verschlug. Mehrere Personen, die zusahen, waren ebenfalls sprachlos. Der Einzige, der das Schweigen brach, war ein betrunkener alter Mann, der aufmerksam das Geschehen verfolgte, während er ein ums andere Mal wiederholte:

»Diese Welt ist verloren … seht euch das an … diese Welt ist verloren … seht euch das an …«

Der mit dem gebrochenen Arm blieb am Boden liegen. Der andere spazierte davon, als sei nichts gewesen. Alle taten so, als hätten sie nichts gesehen, und schauten weg. Rey ging weiter durch den Maceo-Park bis zur gemauerten Brüstung des Malecón. Es mochte etwa Mitternacht oder zwei, drei Uhr morgens sein. Völlig egal. Kaum jemand war zu sehen. Zwei, drei Paare tranken Rum und vögelten auf den Bänken, und zwei, drei Typen sahen zu und wichsten ihr Ding rhythmisch und verträumt. Alles in Ordnung. No problem.

Da fiel Rey ein, dass er ein paar Dollar in der Tasche hatte. Er sah hinüber zur Fiat-Cafeteria, und plötzlich knurrte der Hunger wie ein Tiger aus der Tiefe seiner Eingeweide. Buchstäblich. So etwas geschieht nur selten im Leben. Man ist entsetzt, weil man glaubt, der Tiger könne einen wirklich zerfleischen, angefangen bei den Gedärmen, die sich nach außen vorarbeiteten. Und dieser Gedanke haut den größten Macho um, verdammt. Man muss dringend etwas zu essen auftreiben, um den Tiger zu besänftigen. Eilig ging Rey weiter. Er bahnte sich seinen Weg durch die gewohnte Fauna unbedarfter Touristen, die auf billigen hochkarätigen Sex aus waren, mit Strichmädchen und -jungen, die sich nach dem Touristenkandidaten ihres Lebens sehnten, der sie heiraten wollte. Darunter schwirrten auch ein paar Schwule umher sowie einige brutal maskuline und verbissene Lesben und Verkäufer von widerlichem Rum, geschickt abgefüllt in Flaschen von zugelassenem Paticruzado. Innerhalb von zwei Minuten hatte er zwei Hot Dogs mit Bacon verschlungen sowie zwei Biere. Diesmal versteckte er die ihm verbliebenen Dollars gut. Er kaufte ein Päckchen Zigaretten und ging zum Malecón, um zu rauchen. Müde war er nicht. Seit Tagen hatte er sich nicht gewaschen und rasiert, sah aber noch nicht wie ein Bettler aus. Er war nur etwas zerknittert, schmuddelig, zerzaust, wodurch er ziemlich organisch in das apokalyptische Ambiente der Städte am Ende des Jahrtausends passte. Auffallend feingliedrige und sinnliche Schwule und derbe, besoffene Lesben baten ihn ständig um Zigaretten. So wurde er fast sein ganzes frisch gekauftes Päckchen los, bis er reagierte: Oh, er hatte sich auf den Malecón gegenüber der Fiat-Cafeteria gesetzt, genau dort, wo sich alle Gays und Lesben zum Aufriss trafen. Himmel Herrgott. Er rückte etwas weiter weg in Richtung Maceo-Park, aufs Territorium heterosexueller Liebe samt dazugehöriger Voyeure, die selbstverständlich weniger aggressiv und mehr auf ihre eigenen Angelegenheiten konzentriert waren.

Er war nicht müde. Was tun? Nichts. Die zwei Zigaretten rauchen, die er gerettet hatte. Er zündete sich eine davon an und schaute aufs dunkle, dem Januar entsprechend aufgepeitschte Meer. Die Luft war schön frisch und ... ah, da fiel ihm sein Geburtstag ein. Der Wievielte war wohl heute? Er sah sich um. Ein paar Meter neben ihm wichste ein Schwarzer, während er einem Paar zusah, das ein Stückchen weiter auf der breiten Mauerbrüstung des Malecón saß und vögelte; rhythmisch bewegten sie sich hin und her, und der Schwarze, versunken in das Schauspiel, wichste im selben Rhythmus. Rey zögerte keinen Augenblick.

»He, hör mal ... he ...«

Der Typ fühlte sich ertappt. Erschrocken packte er seinen Phallus rasch wieder ein und verlor bestimmt innerhalb von Sekunden seine Erektion, weil er dachte, ein Polizist habe ihn in flagranti Manus-Phallus in der Öffentlichkeit erwischt. Verstohlen sah er in die Richtung, aus der ihm zugeflüstert wurde. Rey fragte ihn daraufhin:

»Den Wievielten haben wir heute, Kumpel?«

»Hä?«

»Den Wievielten haben wir heute, Kumpel?«

»Hä, von was? Was meinst du?«

»Das Datum. Der Wievielte ist heute?«

»Nee, wirklich ... verdammt, Alter! Was weiß denn ich ... echt Scheiße, du hast mich zu Tode erschreckt!«

Der Schwarze war tief getroffen. Er ignorierte Rey und versuchte, sich wieder auf seinen Zeitvertreib zu konzentrieren, das Versäumte aufzuholen und es noch weiter voranzutreiben. Rey sprang von der Mauer runter und ging los. An der Ecke Belascoaín standen zwei zu Tode gelangweilte Polizisten. Rey war wie elektrisiert. Er machte auf dem Absatz kehrt, betrat die tunnelförmige Überführung, kam im Park wieder raus. Noch mehr Paare, noch mehr wichsende Spanner. Ein alter Mann mit prall gefüllten Beuteln ging vorüber. Sie waren schwer, und der Alte schritt eilig und mit ängstlichem Gesicht voran.

»Den Wievielten haben wir heute, Opa?«

»Halb drei.«

»Nein, den Wievielten?«

»Den was?«

»Den Wievielten haben wir heute? Das Datum!«

»Ach ... was weiß ich ... Es ist halb drei.«

An der Ecke Belascoaín und San Lázaro standen drei Polizisten. Rey schwenkte ab Richtung Marqués Gonzáles, entkam und ging nur noch durch die kleinen Straßen bis zur Jesús María. Auf den großen Straßen waren Polizeistreifen. Im Eingang eines Mietshauses schnappte eine sehr, sehr dicke Frau frische Luft. Fast nackt. Kaum bedeckt von einem uralten, zerschlissenen und vom vielen Waschen durchsichtigen Kleid. Man konnte ihre riesigen Brüste sehen, ihre wahnsinnig großen Nippel, ihren außergewöhnlichen Wanst, unter dessen verschwitzter, saurer, fiebernder Gelatinemasse sich vielleicht ein Venushügel mit einer feuchten, pochenden Vagina und allem Übrigen befand. Vielleicht gab es all das wirklich, die Schwierigkeit bestand nur darin, dorthin vorzudringen, ohne erstickt zu werden. Die Frau war noch nicht so alt, sie mochte zwischen dreißig und fünfzig sein, vielleicht auch zwischen fündundzwanzig und fünfundfünfzig. Ein abenteuerliches Leben hinterlässt Spuren, zumindest verursacht es Falten. Spöttisch lächelnd sah sie Rey an.

Rey fragte sie:

»Wissen Sie, den Wievielten wir heute haben?«

Die Frau blickte ihn verdutzt an und fing dann an zu lachen, als sei die Frage ein guter Witz.

»Hahaha, keine Ahnung, hahaha.«

»Na dann ...«

»Komm doch mal her, geh nicht weg ... hahaha.«

Die Frau packte ihn mit einer Hand. Sie hatte Arme wie Schinken, und ihre Hände waren dick und stark. Rey versuchte sich loszumachen, aber sie ließ ihn nicht frei. Sie hielt ihn noch fester im Griff und sagte zu ihm verführerisch, zumindest in der Absicht, so verführerisch und sexy zu sein wie der Wolf gegenüber Rotkäppchen:

»Warum willst du das Datum wissen?«

»Nur so ... lass mich los, ich will weiter.«

»Lauf nicht weg ... Warum diese Eile?«

»Lass mich los, verdammt, heee ...!«

»Komm, wir gehen hoch in mein Zimmer, damit du die Milchfontänen siehst, die ich verspritze ... so was hast du noch nicht gesehen ... du Grünschnabel ... Komm her ... geh nicht weg ... Komm her.«

Rey war schon weit entfernt und dachte, was für eine dumme Kuh diese Dicke war. »Wer, zum Teufel, würde mit diesem Mastodon vögeln wollen? Eher hole ich mir fünfzig Mal einen runter.« Und ganz bildlich stellte er sich vor, wie er versuchte, die Tonnen an Fett, Gedärm und Wampe zu heben, um an Möse und Schamlippen dieser Frau zu gelangen. Er stellte sich vor, wie er diese ganze schwere Masse anhob und sie dabei lachte und er das Geschlecht nicht fand, stattdessen nur Schweiß und Schmutz und Gestank nach ranzigem Schweiß. Ach, eigentlich mal amüsant.

Er beschleunigte seine Schritte ein wenig. Um ihn herum tiefe Stille und Ruhe, Dunkelheit und der Gestank von verfaultem Abfall. Anscheinend waren seit Tagen keine Müllwagen gefahren. An den Straßenecken sammelten sich ganze Müllberge und verströmten ihren Gestank, der Ratten, Kakerlaken und alles Übrige anzog. Es gefiel ihm nicht, bei so tiefer Dunkelheit unterwegs sein zu müssen. Nur die großen Alleen waren etwas beleuchtet. Ein paar Schwarze aus dem Viertel saßen auf der Türschwelle ihrer heißen, kleinen Zimmer, tranken Rum und unterhielten sich friedlich miteinander. Die Leute sagten, schuld an dieser großen Hitze sei El Niño. »Was für ein Kind mag das wohl sein?«, überlegte Rey.

Beim nächsten Häuserblock waren fast alle draußen. Sie konnten nicht schlafen und nahmen's philosophisch; sie suchten die Kühle auf dem Bürgersteig, bis der Schlaf sie übermannte. Unterm Strich arbeitete niemand, niemand hatte feste Termine, keiner musste früh aufstehen. Es gab keine Jobs, und alle lebten so, wie ein Wunder, ohne Eile. Rey ging die Factoría hoch und blieb an der Ecke stehen, wo die Gebäuderuine stand. Immerhin stand sie noch. Alles in Ordnung. »Also, jetzt heißt's sich entscheiden«, dachte er. Er sah sich um. Niemand in Sicht. Verstohlen betrat er das Gebäude, tappte im Dunkeln die Treppen hinauf und klopfte an Magdas Tür. Niemand antwortete. Das Vorhängeschloss war nicht angebracht, also schlief Magda. Er klopfte wieder und rief ganz leise, die Hände zum Trichter um den Mund geformt, durch eine Spalte:

»Magda, Magda … Magdalenaaaa …«

Er verharrte noch ein wenig. Schließlich antwortete Magda auf der anderen Seite der Tür:

»Wer, zum Teufel, ist da um diese Zeit?«

»Rey.«

»Rey? Rey?«

»Schrei nicht so, sprich leise.«

Magda öffnete die Tür. Sie konnten einander kaum sehen. Im Dunkeln umarmte Magda ihn, küsste ihn wie eine Verrückte und konnte kaum ein Schluchzen unterdrücken, während sie ihn fest an sich presste.

»Rey, mein Lieber, ich dachte schon, man hat dich festgenommen! Ach, Rey, Gott sei Dank bist du zurück!«

Rey sagte kein Wort. Zum ersten Mal in seinem Leben spürte er in seinem Innern etwas unglaublich Schönes, absolut Unerklärliches. Ein unbekanntes, aber wunderbares Gefühl wuchs in ihm. Und er antwortete mit einer formidablen Erektion, fröhlich, total. Die heiterste und glücklichste Erektion seines Lebens. Und sie vögelten wie zwei Wilde, liebten sich wie nie zuvor, hatten einen Orgasmus nach dem anderen, bis der Tag anbrach. Dann schliefen sie ein, wie sie waren, schön schweinisch, verschmiert von Schweiß und Samen und Schmutz und Ruß. Sie schliefen wie zwei glückliche Schweine auf dem ekelhaften Strohsack.

Magda hatte Filzläuse und übertrug sie auf Rey. Aber sie überzeugte ihn davon, dass er sie eingeschleppt und auf sie übertragen habe. Und so blieb alles. Ungeachtet der Filzläuse und Streitereien, blieben sie drei Tage lang eingeschlossen in einem hemmungslosen Wahn aus Liebe, Leidenschaft und Sex. Sie gaben die Dollars aus, die Rey geblieben waren, und ernährten sich von Rum, Marihuana, Zigaretten und Bier. Am vierten Tag hatten sie einen furchtbaren Kater, waren völlig erschöpft, und aufgrund der Krämpfe in den Muskeln glaubte Magda, sie könne schwanger sein. Rey brannte die Eichel seines Schwanzes, und war um die Perlen herum wund. Magda erging es ebenso an Möse und Arsch. Die Filzläuse hatten sich bei all der Hitze und Feuchtigkeit munter fortgepflanzt und fraßen sie bei lebendigem Leib. Der Magen brannte ihnen von Gastritis. Und von seinen Dollars waren ihm nur noch fünfundzwanzig Cents verblieben, umgerechnet fünf Pesos.

Rey steckte die Hand in die Tasche, und als er feststellte, dass er nur noch die kleine Münze besaß, fühlte er sich wohl. In Wirklichkeit hatte ihn das Geld gestört und er nicht gewusst, was er damit anfangen sollte. Ihm fiel sein Geburtstag ein.

»Magda, ist der siebte Januar schon vorüber?«

»Warum?«

»Der siebte Januar ist mein Geburtstag.«

»Sag nur! Wie alt wird denn mein süßer kleiner Junge? Sag schon, dann kann ich für dich eine hübsche kleine Party mit einer Piñata voller Süßigkeiten veranstalten.«

»Ach, nerv mich nicht. Mit dir kann man nicht reden.«

Sie ging zu ihm hin. Umarmte und küsste ihn. Sie stanken jetzt wirklich ekelhaft nach all dem Wälzen auf dem verschwitzten Strohsack voller Wanzen und Läuse. Natürlich nahmen sie diese gar nicht wahr. Sie fühlten sich wohl. Magda küsste ihn mit so viel Liebe, dass es ihr gelang, ihn weicher zu stimmen.

»Sag schon, Schätzchen, wie alt wirst du? Ich glaube … mal sehen … Heute ist … Du bist früh am Morgen, Sonntag, den Vierten, gekommen, und wir haben ohne Unterbrechung Sonntag, den Vierten, Montag, den Fünften, und Dienstag, den Sechsten, durchgevögelt. Heute ist Mittwoch, der siebte Januar. Heute ist dein Geburtstag!«

»Wirklich?«

»Ja. Wie alt wirst du? Sag mir die Wahrheit.«

»Siebzehn.«

»Verdammt, das Leben tanzt mit dir echt einen harten Conga! Du wirkst wie dreißig.«

»Ach, nerv nicht rum.«

»Na gut, ist auch egal. Ein Grund, zu feiern.«

»Feiern womit, Magda? Wir haben gerade drei Tage durchgefeiert oder vier, ich weiß gar nicht mehr. Und ich hab nur noch fünfundzwanzig Cents in der Tasche.«

»Ich treibe was auf. Auch wenn's nur ein bisschen Rum ist.«

Beide waren wirklich dreckig. Und kratzten sich. All die Wanzen, Läuse und Filzläuse machten sie wahnsinnig. Rey blieb in der Zimmertür stehen und sah unwillkürlich hinüber zu Sandras Zimmer. Es stand offen. Er ging rüber. Steckte den Kopf hinein. Darin war nichts. Leer und verlassen. Sogar die Pfähle, die den geborstenen Teil abstützen sollten, hatte man gestohlen. Er ging zurück zu Magda und fragte sie:

»Was ist in Sandras Zimmer passiert?«

»Keine Ahnung, und es ist mir auch egal!«

»Aber … Magda … Wie, du hast keine Ahnung?«

»Das müsstest du eigentlich besser wissen als ich … jedes Mal, wenn ich daran denke, habe ich eine Wut im Bauch … du dreckiger Knabenschänder.«

»Iiiich? Nein.«

»Es heißt, man habe diese Schwuchtel festgenommen und alles durchsucht. Ich habe nichts gesehen. Das sagen die Leute hier.«

»Aber all ihre Sachen? Der Fernseher, die Musikanlage, der Kühlschrank? Sandra hatte alles hier drinnen.«

»Ich habe dir schon gesagt, ich weiß nicht, und es ist mir auch egal. Wenn sie ihn eingesperrt haben, hoffe ich, er kriegt zwanzig Jahre aufgebrummt.«

»Verdammt, warum bist du so boshaft?«

»Überhaupt nicht. Ist der Hund tot, ist Schluss mit Tollwut.«

Sie steckten sich die letzte Zigarette an, die sie noch hatten, und setzten sich auf die Treppe. Um auf eine Idee zu warten. Magda hatte weder Geld noch Erdnüsse zum Verkaufen. Rey hatte fünfundzwanzig Cents in der Tasche. Sie sahen auf eine Wasserlache im unteren Stockwerk. Durch den Rost von Eisenbruch hatte sie sich rot gefärbt. Rey sagte:

»Wir könnten Kakerlakengift verkaufen.«

»Und woher willst du Gift bekommen?«

»Das rote Wasser da sieht aus wie Gift … in kleine Fläschchen und fertig.«

»Red keinen Scheiß, Rey. Niemand kauft Gift gegen Kakerlaken. Was machen den Leuten schon Kakerlaken aus?«

»Also müssen wir uns eine Heiligenfigur besorgen und um Almosen betteln.«

»Zwei Heiligenfiguren. Eine für mich, eine für dich.«

Sie zogen los. Sahen aus wie zwei Zombies. Sie gingen die Campanario hoch bis zur Kirche La Caridad. Dort gab es Heiligenfiguren aus Gips. Mehrere dieser Figürchen, mit abgerissenem Kopf und von Hexerei umgeben, waren am Kirchenportal abgelegt. Sie schnappten sich zwei davon, brachten den Kopf wieder ins Gleichgewicht und versuchten ihr Glück gleich vor Ort. Aber nein, niemand gab ihnen auch nur einen Centavo. Sie gingen zur Galiano, wo es von Tausenden von Leuten wimmelte, die von einem Laden in den nächsten sahen, und weiteren Tausenden, die alles Mögliche auf der Straße verkauften. Kungelware, von Modeschmuck bis hin zu Markenschuhen. Hier hatten die Leute Geld, dachten sie. Mit betrübtem Gesicht murmelten sie irgendetwas und hielten die Hand auf. Nichts. Unglaublich, aber wahr. Nichts. Nicht ein Geldstück. Magda hatte für so etwas keine Geduld. Sie wollte lieber woanders zehn oder zwanzig Pesos auftreiben und diesen Hungerleider mit seinen Figürchen stehen lassen. Gierig sah sie hinüber zu ein paar alten Säufern im Park Galiano/Ecke San Rafael. Niemand biss an. Aber sie gab sich nie leicht geschlagen. Sie ging zu ihnen. Und wenn sie ihnen die Pesos aus der Tasche ziehen musste, würde sie ihnen eben die Pesos aus der Tasche ziehen, aber zu ihren Erdnüssen würde sie zurückkehren, so oder so. Fröhlich grüßte sie, provozierte, lächelte. Sie setzte eine Miene auf, die signalisierte, dass sie bereit war. Nichts zu machen. Die da waren zu alt und zu betrunken und ignorierten sie völlig. Rey sah von weitem zu und machte sich über sie lustig.

»Du verlierst deine Reize … hahaha …«

»Ich habe mich zu sehr verausgabt. Du hast mich völlig kaputtgemacht mit deinem Wahnsinnsgevögel Tag und Nacht. Außerdem sind das ein paar alte Scheißer, denen er nicht mal mit einem Kran hochzubringen wäre.«

»Du bist schon ganz schön alt. Ich bin jung und stark.«

»Alt? Ich bin achtundzwanzig, nicht älter!«

»Du siehst aus wie vierzig.«

»Ach, sei still … außerdem treibe ich uns ein paar Pesos auf, um deinen Geburtstag zu feiern.«

»Lass das Theater. Du treibst uns ein paar Pesos auf, damit wir nicht verhungern.«

»Was für ein undankbarer Kerl du doch bist, Bürschchen! Du kannst einem wirklich das Leben vergrätzen!«

»Undankbar? Nein. Ich bin bloß knallhart, genau wie in

dem Lied: Führ mich nicht an der Nase herum, sonst verbrennst du dir die Finger.«

»Aha, der ganz Ausgebuffte … Rey, der König von Havanna … hahaha.«

»Was heißt hier hahaha? Ja, Rey, der König von Havanna! Knallhart. Hier kann mir keiner mehr das Wasser reichen.«

»Du bist ein Jüngelchen, Rey. Spiel nicht den Abgebrühten. Du hast noch viel zu lernen.«

»Und wer soll mir das beibringen? Du?«

»Weder ich noch sonst jemand. Du bist ein gewitzter Kerl. Entweder lernst du von alleine, oder du gehst kaputt.«

»Ich brauche nichts mehr zu lernen.«

Während sie so miteinander frotzelten, spazierten sie die Galiano hinunter zum Malecón. Ein Tourist mit einem großen Rucksack auf dem Rücken und ängstlichem Gesicht fragte sie nach der Avenida Italia. Sie wussten nicht, wo die sein sollte. Sie waren auf der Galiano. Der Tourist war verwirrt.

»Dies ist die Avenida Italia?«

»Nein, Señor, dies ist die Galiano. Eine Avenida Italia gibt es nicht.«

»Ohhh.«

Die Bestürzung des Typen vergrößerte sich. Sie baten ihn um eine kleine Münze für Essen. Der Tourist machte eine verächtliche Handbewegung und ging eilig weiter. Auf der Suche nach der Avenida Italia. Vielleicht lag darin für ihn das Leben.

Sie gingen weiter zum Malecón. Zwei Leute gaben ihnen ein bisschen Kleingeld. Jetzt hatten sie dreißig Centavos. Es wurde Abend, und das Meer war ruhig. Zwei Kerle warfen ihre aufgepumpten Reifenschläuche ins Wasser. Auf diesen Flößen saßen sie nachts und angelten, Arsch und Füße im Wasser. Sie dümpelten zweihundert, dreihundert Meter vor dem Ufer und warfen ein paar Angelschnüre mit Köder aus Blei aus. Manchmal saßen sie die ganze Nacht vergebens im Wasser. Andere Male machten sie einen guten Fang. Vor allem wenn sie genau über der Hafeneinfahrt in Stellung gingen. Oft fingen sie nur eine Hand voll kleiner Fische, die sie am nächsten Tag verkauften. Das war Reys Traum. Eines dieser Flöße zu besitzen und über die dunklen Gewässer zu dümpeln, dabei die Angelschnüre zu bewegen, bis ein großer Fisch anbiss. Er konnte nicht schwimmen. Aber das konnte er lernen. Eine Zeit lang sah er gedankenverloren den Typen zu und träumte davon, seine Geräte und sein Floß zu haben und jede Nacht große Fische zu fangen. Magda holte ihn aus seinen Grübeleien.

»Los, komm, beweg dich.«

»Wohin?«

»Lass uns bis zur Bushaltestelle gehen.«

Zehn Minuten später saßen sie auf der Eingangstreppe der Kapelle. Mit den Heiligenfiguren in der Hand. Die Gläubigen von La Milagrosa, der wundertätigen Mutter Gottes, gingen ein und aus, und einige gaben ihnen ein bisschen Kleingeld. Oft hielten Busse, und Hunderte von Leuten stiegen ein und aus, halb hysterisch sahen sie hasserfüllt jemanden an, der sie am Po angetatscht oder versucht hatte, ihnen die Hand in die Tasche zu stecken. Diejenigen, die einstiegen, nahmen alle Kraft zusammen, um zu stoßen und zu drängeln. Diejenigen, die ausstiegen, atmeten tief durch und entspannten sich und beruhigten ihre Nerven. Magda, mit harter, finsterer, verkniffener Miene, war völlig in ihrem Element. Sie hatte mit einer Reihe von Busfahrern ein Verhältnis gehabt. Na, vielleicht nicht ganz, aber zumindest hatte sie ihnen für fünf Pesos den Schwanz massiert. Immerhin etwas. Jetzt, ohne Erdnüsse, war sie ein Niemand. Als ein Bus kam, suchte Magdas Blick den Fahrer, und als sie ihn wiedererkannte, sprang sie auf, als hätte sie eine Sprungfeder im Arsch. Sie trat ans Fenster, und die beiden sprachen leise miteinander. Sie wies hinüber zu Rey. Dann sprachen sie wieder. Der Bus fuhr an. Lächelnd kam Magda zurück und sagte:

»Schätzchen, ich habe dir einen kleinen Job besorgt.«

»Als was?«

»Als Stapler im La Caribe.«

»Ääächt? Bierkisten stapeln etwa?«

»Klar.«

»Ich bin viel zu dünn dafür. Und ziemlich ausgehungert.«

»Aber du bist stark, Süßer, ein richtiger Knüppel.«

»Und wie komme ich dazu?«

»Der Typ ist mein Partner, und der Bruder von ihm ist Lagerchef. Schau, er hat mir zwanzig Pesos geliehen, damit ich Erdnüsse und Papier kaufen kann.«

»Gehen wir was essen.«

»Diese zwanzig Pesos sind für Erdnüsse! Was wir haben, sind … keine drei Pesos … Wir müssen mit den Heiligenfiguren weitermachen. Und morgen gehst du in die Fabrik.«

»Und meine Feier? Hast du nicht gesagt, du wolltest Geld auftreiben, damit wir feiern können?«

»Wir feiern ein andermal, Liebster. Bring mich nicht dazu, dieses Geld auszugeben.«

Rey antwortete nicht. Er hatte nur Hunger. Einen Wolfshunger. Er blickte sich um. An einer Ecke verkauften zwei Typen Brot mit Fleischkroketten und Tomaten. Auf ihrem Karren stand ein großes Blech davon. Er gab Magda seine Heiligenfigur und sagte:

»Heb das für mich auf. Ich werde am Yumurí-Portal auf dich warten. Geh hinter mir her.«

Es war leicht. Er ging hin zu den Typen, bat sie um vier

Brote, tat so, als suche er in den Taschen nach Geld. Plötzlich ergriff er die vier Brote und lief die Marqués González entlang. Die Typen riefen: »Haltet den Dieb! Er haut mit den Broten ab! Haltet ihn!« Niemand beachtete sie. Rey rannte ein paar Häuserblocks weiter, als sei der Teufel hinter ihm her. Er hielt an. Niemand folgte ihm. Er ging zur Belascoaín, setzte sich in einen Hauseingang und aß die vier Brote auf. Fast hätte er sich verschluckt. In einer Bar bekam er ein Glas Wasser. Er ging die Reina hoch bis zur Ecke Belascoaín und setzte sich in den Eingang der Post, um auf Magda zu warten. Es war schon fast dunkel. Eine Stunde später kam sie und lachte:

»Du bist echt verrückt, Schätzchen!«

»Ich habe alle vier aufgegessen, du musst dir selbst etwas kaufen.«

☆☆☆

Am nächsten Tag weckte ihn Magda viel zu früh. Es war noch dunkel. Wie immer stand ihm der Schwanz, stramm, darauf aus, ein Loch zu finden, in das er eindringen konnte, um den überflüssigen Saft herauszuspritzen. Nichts da. Magda erlaubte ihm keine solchen Flausen.

»Los, los, sonst ist's gleich zehn, und du liegst immer noch hier. Wir vögeln heute Abend.«

»Verdammt, nerv mich nicht. Blas mir wenigstens einen.«

»Wenn ich dir jetzt einen blase, stecke ich ihn mir sogar noch selbst in den Arsch. Glaubst du, ich bin aus Stein? Los, auf, auf jetzt, und geh. Du nimmst den Bus um einundfünfzig und steigst in La Polar aus.«

»Auweia! Du bist ja heute wie ein General.«

»Von wegen General, ich bin nur langsam deine Faulheit

leid. Das Einzige, was du willst, ist Vögeln. Der Bauch ist leer, aber zehn Mal am Tag vögeln. Das kommt nicht in Frage.«

Um sieben Uhr morgens kam er in die Fabrik, ohne sich das Gesicht gewaschen oder einen Kaffee getrunken zu haben, mit halbsteifem Schwanz, denn er hatte die Busfahrt dazu genutzt, ihn an den großen, festen Arsch einer Schwarzen zu pressen. Als die Schwarze das merkte, lehnte sie sich zurück, und als Rey ausstieg, klebte schon der Saft an ihr, von oben bis unten. Jetzt zitterte er fast, und ihm taten die Eier weh. Er hielt Ausschau nach einem großen, dicken, alten Mann mit dem Gesicht eines Gewohnheitssäufers. Alle sahen hier nach Gewohnheitssäufern aus, aber der Alte war anscheinend schon mit der Flasche in der Hand zur Welt gekommen. Er war ein Sonderling. Aufmerksam sah er Rey von oben bis unten missbilligend an und sagte:

»Bist du derjenige, den Carmelito schickt? … Jeden Tag steckt dieses Land tiefer in der Scheiße. Alles, was irgendwie taugt, ist zum Teufel … Komm mit.«

Er führte ihn einen Flur entlang in ein Büro und forderte ihn auf, sich zu setzen.

»Wenn jetzt das junge Mädchen kommt, gibst du ihr deinen Personalausweis, und dann soll sie dich der Belegschaft im Lager zuordnen. Ein Monat Probezeit, glaub ja nicht, dass du fest angestellt bist.«

»Nein, nein, geht nicht.«

»Was geht nicht?«

»Ich habe keinen Personalausweis dabei.«

»Weder dabei noch sonst wo.«

»Hmmm.«

»Na gut, dann läuft dein Job eben direkt mit mir. Und du kommst auch besser dabei weg. Ich zahle dir jeden Tag zehn Pesos. Aus meiner eigenen Tasche. Ist das klar? Und schließ die Augen. Was du im Lager siehst, was immer es auch sei, interessiert dich nicht, du siehst nichts und du weißt nichts. Ist das klar?«

»Ja, jajajaja.«

»Gut. Lass uns jetzt gehen.«

Kurz darauf schleppte Rey Kisten mit Malz und Gerste ins Lager. Er musste sie auf einen kleinen elektrischen Wagen stellen, der sie in die Gärungsabteilung brachte. Es war nicht schwer. In dem riesigen Lager war er ganz für sich allein. Der Typ auf dem Wagen sagte kein Wort. Eine Stunde später zerriss der Hunger ihm die Eingeweide. Er suchte den dicken Alten. Der Kerl war nirgends zu sehen. Er schleppte weiter Kisten und schwitzte. Um zehn Uhr glaubte er, gleich das Bewusstsein zu verlieren. Er war sehr schwach. Und musste sich kratzen. Die Filzläuse waren bei all der Hitze und dem Schweiß schier aus dem Häuschen. Und juckten immer heftiger. Schließlich kam der alte Dickwanst. Geschwächt sagte Rey zu ihm:

»Hören Sie, Señor, ich muss unbedingt etwas essen, denn …«

»Ach ja, das habe ich vergessen. Am Ende dieses Ganges gibt es einen Kiosk. Dort werden Fleischkroketten und Getränke verkauft.«

»Ahm.«

»Was?«

»Ahm … ich habe kein Geld.«

»Menschenskind, dann sag doch was. Das kann doch keiner ahnen. Da, nimm. Ein Fünf-Peso-Schein. Heute Nachmittag gebe ich dir den anderen.«

Rey aß Fleischkroketten, Reis und Bohnen zu Mittag. Den ganzen Tag über stapelte er Kisten. Um fünf Uhr nachmittags kassierte er sein restliches Geld. Er roch nach totem Hund.

Der dicke Alte reichte ihm den Schein mit spitzen Fingern und fragte ihn:

»Kommst du morgen wieder?«

»Ja, klar.«

»Also, nimm es mir nicht übel, Kumpel, aber wasch dich um Himmels willen, du stinkst wie die Pest.«

»Hmmm ... Gibt's hier ein Bad?«

»Da hinten sind Duschen, aber es gibt kein Wasser. Die sind noch aus der Zeit, als die Festung El Morro aus Holz war.«

»Hmmm.«

»Aber nimm dir einen Eimer Wasser aus der Gärung und geh nach hinten, um dich zu waschen.«

»In Ordnung.«

»Und willst du diese stinkenden Sachen etwa anbehalten? Na gut ... schließlich deine Sache.«

An dem Tag ging Rey sauber von der Arbeit, wenngleich mit derselben ekelhaften Kleidung. Am nächsten Tag schenkte ihm der dicke Alte ein Stück Seife, am übernächsten ein sauberes Unterhemd. Am überübernächsten eine Hose. Am überüberübernächsten brachte er ihn zum Fabrikarzt, damit der ihn von seinen Filzläusen und der Krätze heilte. Eine Woche später sah Rey viel besser aus, und der dicke Alte sagte zu ihm:

»Rey, im Lager hast du eigentlich nichts zu suchen. Für zehn Pesos am Tag zu arbeiten ist kein guter Job.«

»Hmmm.«

»Willst du in die Produktabpackung?«

»Was ist das?«

»Produktabpackung.«

»Aha.«

»Willst du oder nicht?«

»Hmmm.«

»Dann komm mit.«

Sie gingen in die Fabrik. Dort wurde Bier in Flaschen abgefüllt. Das Dosenzeitalter hatte noch nicht begonnen. Das Geklirr der aneinander stoßenden aufgereihten Flaschen war ohrenbetäubend. Die Frauen hatten junge, verbrauchte Gesichter. Mulattinnen und üppige Schwarze, fröhlich und verschwitzt, frotzelten viel mit den Packern herum. Es herrschte eine gute, lockere Atmosphäre. Und die Flaschen kamen eine nach der anderen an. Man musste sie in die Kisten stellen. Und die Kisten auf Paletten. Lastenaufzüge brachten die Paletten fort. Und es kamen mehr und mehr Flaschen. Ein paar starke, schwitzende Schwarze stapelten die Kisten.

Fünf oder sechs Schwarze. Sie warfen ihm etwas finstere Blicke zu und machten weiter. Der dicke Alte steckte ihn zu zwei Schwarzen. Er musste nicht im Akkord arbeiten, sondern konnte sich auf einen bequemen Rhythmus einstellen, wenngleich ohne Pause. Er musste dem Takt der Abfüllmaschine folgen. Manchmal war ein Lastwagen direkt zu beladen. Und da legten die Schwarzen größeren Eifer an den Tag. Leise rollte der Laster davon, mit einer gewissen Heimlichkeit. Und sie machten weiter mit ihren Paletten und Lastenaufzügen, die die Kisten ins Lager brachten. Großer Lärm. Man verstand kein Wort. Wenn man etwas sagen wollte, musste man schreien. Rey musste dringend aufs Klo. Er riss sich zusammen. Man durfte nicht aufs Klo. Das machte es noch dringender. Er kniff den Arsch zusammen und beherrschte sich. Er spürte, dass er sich gleich in die Hosen machen würde. Natürlich trug er keine Unterhosen. Nie hatte er Unterhosen getragen. Würde er sich in die Hosen machen müssen? Nein. Er schrie einem seiner Kollegen zu:

»Hör zu, ich muss aufs Klo! Wo kann man hier scheißen?«

»Neineineineinein!«

»Was heißt hier neineineineinein? Ich mach mir gleich in die Hose, verdammt. Verstehst du mich nicht? Wo kann man hier scheißen?«

»Erst wenn es läutet. Wenn es läutet, kannst du gehen.«

»Kriech doch deiner Mutter in die Fotze, was für 'n Arsch bist denn du? Ich scheiß mir gleich durch die Eier!«

Rey machte sich daran, von der Stapelpalette zu steigen, etwa zwei Meter über dem Boden. Der Schwarze packte ihn brutal am Genick und versetzte ihm einen harten Kinnhaken.

»Ich habe dir gesagt, du kannst jetzt nicht gehen. Scheiß dir in die Hosen!«

Rey kniff den Arsch zusammen und wurde ebenfalls brutal. Er versetzte dem Schwarzen einen guten Schlag ins Genick, aber der Kerl war aus Eisen. Er spürte nichts und ergriff eine Flasche. Der andere Schwarze wollte ihn zurückhalten, aber der Kerl entwischte und versuchte ihm mit der Flasche auf den Kopf zu schlagen. Rey wich aus. Der Schwarze verlor das Gleichgewicht. Rey gab ihm einen kräftigen Stoß. Der Kerl fiel hintenüber auf den Arsch, genau an den Rand der Palette. Er konnte sich nicht halten und stürzte hinunter auf den Boden. Zwei Meter. Er fiel auf den Rücken. Schlug hart auf. Offenbar brach er sich einen Knochen. Er wollte aufstehen. Es gelang ihm nicht. Er fing an zu jammern. Das Laufband produzierte immer mehr Flaschen und Kisten. Die anderen konnten nicht an sich halten und kamen dem Typen am Boden zu Hilfe. Um ein Haar hätte Rey sich in die Hosen gemacht. Er rannte in eine Ecke hinter ein paar Bierkisten und schiss. Er schiss viel und ausgiebig. Uff. Er glaubte, er sei fertig. Nein. Er schiss noch etwas mehr. Ah, fertig. Er hatte nichts, um sich abzuwischen. Nur die Hand. So gut er konnte, säuberte er sich mit den Fingern und wischte dann seinerseits die Finger am Boden ab. Er zog die Hose hoch und ging zurück. Man war immer noch um den Typen am Boden bemüht. Er hatte sich etwas gebrochen und große Schmerzen. Er schaffte es nicht, allein aufzustehen. Sie brachten ihn humpelnd fort. Der Schwarze rief Rey etwas zu, aber der hörte ihn nicht und beachtete ihn auch nicht. Er ging zurück auf seinen Posten, sah niemanden an, und arbeitete weiter.

Am Abend nahm ihn der dicke Alte beiseite. Den Vorfall erwähnte er mit keinem Wort. Er gab ihm fünfzig Pesos. »Wofür das?«

»Der heutige Nebenverdienst.«

»Was für ein Nebenverdienst?«

»Hast du nicht geholfen, vier Laster zu beladen?«

»Ja.«

»Das hier ist für uns. Jedes Mal, wenn ein Lastwagen einfährt, muss er schnell beladen werden, damit er schnell wieder losfahren kann.«

»Hmmm.«

»Falls ein Betriebsinspektor kommen sollte, weißt du von nichts und hast hier auch nie einen Lastwagen gesehen.«

»Wir kümmern uns hier nur um die Paletten und Lastenaufzüge, nichts weiter.«

»Genau.«

»Hmmm.«

Fünfzig Pesos am Tag waren schon was ganz anderes. Jeden Tag kamen drei, vier Lastwagen hereingefahren. Der Schlägertyp erschien nie wieder. Die anderen wurden etwas zugänglicher. Auch Magda beruhigte sich, als sie sah, dass Rey jeden Tag mit netten fünfzig Pesos ankam. Sie meckerte nicht mehr und wusch ihm sogar hier und da einmal die Wäsche und kochte ihm gelegentlich etwas. Frittierte Süßkartoffeln und Avocado. Oder weißen Reis mit zerkochter Yuccawurzel.

Als sie eines Abends ihre Arbeit beendeten, trat einer der Schwarzen an ihn heran.

»Hör mal, Mulatte. Du verdrückst dich immer gleich, sobald es läutet. Das geht nicht. Man teilt mit Freunden.«

»Hmmm.«

»Los, geh mit uns.«

»Was gibt's?«

»Wir haben da unten ein paar Helle, Kumpel.« Sie gingen hinunter in den Keller. Versteckt hinter den Aggregaten stand ein großer Behälter mit Eis und vielen Flaschen eiskalten Biers. Die fünf schwarzen Stapler sahen aus wie Schwergewichtsboxer. Drei hatten ein gebrochenes Nasenbein. Ein anderer hatte eine große Schnittwunde quer über der Backe bis zum Hals. Alle trugen viele Tätowierungen. Worte waren überflüssig. Es reichte, sich schweigend anzusehen. Alle zehn Minuten gingen die riesigen, alten Kompressoren los, und das Dröhnen machte Unterhaltung oder Musikhören unmöglich. Also tranken sie nur. Die Kompressoren zischten ein paar Minuten lang und standen wieder still. Zehn Minuten Musik. Dann begannen sie wieder zu schnarren und über die Rohrleitungen nach oben Kälte abzugeben. Sie hatten schon einige Flaschen getrunken. Die Fabrik war 1921 gebaut worden. Und alles stammte noch aus der Zeit: das Gebäude, die Kompressoren, die Technik, der Gestank nach Feuchtigkeit, Moder und Urin, die Kakerlaken. Dann erschienen drei Mulattinnen. Sie kamen direkt vom Laufband hinunter in den Keller. Sie legten Hauben und den Mundschutz aus grünem Stoff ab, lächelten, grüßten und tranken Bier. Zwei waren etwas welk, mit kaputten Zähnen. Aber die Jüngste von ihnen konnte sich sehen lassen. Ein fester Arsch, kleine Brüste, schlank, mit akzeptablem Gesicht. Alles stimmte. Sie tranken noch mehr Bier, dann wurde getanzt. Casino, natürlich. Vom Besten, vom Perfekten. Abwechselnd zur Musik aus dem Radio und zum Lärm der Kompressoren. Es wurde dunkel. Sie drehten eine Glühbirne an, die ein spärliches, trübes Licht abgab. Die Kompressoren gingen los, und die Musik war nicht mehr zu hören, aber die Mulattinnen und die Schwarzen tanzten weiter. Aus Stumpfheit. Sie tanzten zum Brausen der alten Kompressoren und amüsierten sich in dem feuchten, nach Moder und Kakerlaken stinkenden Keller voller Kompressoren und Rohrleitungen, fast ohne jedes Licht, aber das Bier war unerschöpflich. Schön eiskalt. Ach, wie gut ist das Leben! Jemand rollte zwei kleine Joints, und sie machten die Runde. Hmmm, sehr gut. Würziges Kraut aus Baracoa. Noch zwei Joints. Und sie machten wieder die Runde. Und noch mehr Bier. Das Gras und die Hellen stiegen den Mulattinnen zu Kopf. Sie begannen sich nackt auszuziehen. Ganz langsam. Sehr provokativ. Ohne Eile. Alle drei. Sie standen nur noch in Höschen da. Rey war völlig gefangen und ließ kein Auge von der Jüngsten. Die beiden anderen hatten Kinder geboren und etwas schlaffe Brüste und Bäuche. Die Ärsche hingegen konnten besser nicht sein. Fest und wohl geformt. Ohhh. Er bekam eine prächtige Erektion. Mit einem Blick zur Seite sah er, dass die fünf Schwarzen sich einen runterholten, ruhig, ohne Eile. Alle betrunken. Ein herrlicher Anblick! Diese Leute waren einmalig! Auch er holte sein Material hervor. Die Mulattinnen tanzten sinnlich weiter und bewunderten die wunderschönen dunklen Schwänze. Sie näherten sich, streichelten den einen oder anderen, ließen die Höschen herab, waren völlig nackt. Die Schwarzen wurden wild und wollten die fünf Schwänze gleichzeitig in die drei Mösen stecken. Aber das war natürlich unmöglich. Die drei Mulattinnen wollten es probieren. Vielleicht ging es. Rey massierte sich ohne Hast weiter und sah zu. Eine der drei Mulattinnen ergriff die Initiative:

»Ich will deinen Saft sehen! Nicht drinnen, nicht drinnen! Los, spritz mir aufs Bäuchlein, los. Hier, auf meine Brüste.«

Sie konnten nicht länger an sich halten. Das war zu viel. Einer verspritzte seinen gesamten Samen über den Bauch und die Brüste von der, die es so haben wollte. Die anderen konnten sich nicht länger zurückhalten und … ahhh, viel Saft. Vier Schwänze entluden gleichzeitig auf drei Bäuche. Rey hielt sich länger zurück. Die anderen kamen zum Ende, und dann stand Rey auf und wichste ihn sich hastig. Die Kompressoren zischten und schnarrten. Nichts war zu verstehen. Er hatte die Augen zu Schlitzen verengt, die Frauen auch. Die Saft-Orgie. Die drei verrieben den Samen, der ihnen über die Bäuche lief. Dann gab Rey seinen Strahl ab. Ein wenig für jede von ihnen. Wie ein Maschinengewehr. Stark. Potent. Wie gut das tat. Alle atmeten tief auf, packten ihre Ausstattung weg. Die Mulattinnen zogen sich vergnügt an, alle lachten. Und tranken weiter. Das Bier war eiskalt. Und köstlich. Sehr köstlich.

☆☆☆

Ein Gelage in großem Stil. Die Mulattinnen und zwei der Typen gingen. Rey und die drei anderen blieben. Bis zum Ende. Sie suchten auf dem Grund des Behälters. Da waren noch ein paar Flaschen. Sie tranken weiter. Als sie nicht mehr konnten, legten sie sich hin, um zu schlafen. Am nächsten Morgen gelang es einem von ihnen aufzuwachen. Er half den anderen auf die Beine, sie stiegen die Treppe hoch und gingen an die Arbeit – mit einer halben Stunde Verspätung. Die Produkte auf dem Laufband stauten sich. Man wartete auf die Stapler. Zwei konnten nicht die Arbeit für sechs verrichten. Der Fabrikdirektor erteilte dem dicken Alten wütend Befehle. Schlimm verkatert machten sie sich mit halber Kraft ans Werk. Ein Lastwagen kam, aber sie konnten ihn nicht beladen. Der Dicke forderte den Fahrer erschrocken auf, so schnell wie möglich leer zu verschwinden. Der Direktor rannte weiter umher und erteilte Befehle. Er erkundigte sich nach dem Laster. Man erzählte ihm irgendetwas, und er glaubte es. Alles in Ordnung. Das Fließband begann schneller zu laufen. Alles wurde besser. Der Direktor ging. Während des Mittagessens, Reis mit Bohnen, kam der dicke Alte zu ihm. Der Kater und die Müdigkeit machten Rey kaputt, und der Kopf wollte ihm bersten.

»Rey, was ist gestern Nacht im Keller vor sich gegangen?«

»Nichts.«

»Was heißt nichts?«

»Nichts.«

»Rey, ich weiß, was los war. Der Direktor hat mich aufgefordert, euch alle noch heute Abend rauszuschmeißen. Rey, gebrauch deinen Kopf. Ich will niemanden hinauswerfen, aber man kann doch nicht um halb neun besoffen ankommen.«

»Doch nicht besoffen.«

»Sehr wohl besoffen. Ich kann nicht mit Leuten arbeiten, die mir Verluste einbringen. Ich schmeiß euch nicht raus, aber das darf nicht wieder vorkommen, okay?«

»Okay.«

Den Nachmittag über arbeitete Rey mit halber Kraft. Die schwarzen Boxer hatten alles verarbeitet und warfen sich die Kisten zu, als wären sie Papierbällchen. Rey schlich umher wie eine vergiftete Maus. Endlich läutete die Glocke fünf Uhr. Rey ging mit einer Schar Arbeiter durchs Hauptportal hinaus. Die Männer diskutierten über Baseball: »Omar Linares hätte dabei sein müssen. Es sind wirklich immer dieselben! Ja, aber er ist entscheidend!« Rey hatte noch nie ein Baseballspiel gesehen. Vielleicht würde er einen Abend mal das »Latinoamericano«-Stadion besuchen. Keine schlechte Idee. Mal sehen, ob er etwas begriff. Im Grunde genommen interessierte es ihn nicht sonderlich, aber wer weiß. Doch jetzt wollte er einfach nur ein wenig schlafen. Jemand ergriff seine Hand. Die hübsche Mulattin ging neben ihm, lächelte.

»Was machst du jetzt? Gibt's heute keine Feier im Keller? Hahaha.«

»Ich lege mich schlafen. Bin todmüde nach alldem letzte Nacht.«

»Sag bloß nicht ... Bist du 'n bisschen schwach auf der Brust oder was?«

»Du bist ja gegangen, aber wir haben weitergemacht bis zum Ende.«

»Wie viele Biere hast du getrunken?«

»Dreihundert.«

»Dazu die Joints.«

»Hmmm.«

»Wie heißt du?«

»Rey. Und du?«

»Yunisleidi.«

»Schön, Yuni, ich sehe dich dann morgen.«

»Nein, nichts da morgen. Du kommst jetzt mit mir, und du wirst sehen, wie schnell dir die Müdigkeit vergeht.«

»Süße, du bist Spitze, aber ...«

»Und du bist super durchgeknallt. Weißt du, wohin ich dich bringe?«

»Nein.«

»Na, warum wehrst du dich dann dagegen? Los, komm.«

An der La Polar stiegen sie in den Bus. Unter Einsatz der

Ellbogen gelang es ihnen, sich hineinzuzwängen. Am LaFraternidad-Park stiegen sie aus. Während der ganzen Fahrt umarmte Yunisleidi Rey, küsste ihn und machte ihn an. Ahhh! Wie herrlich! Worüber beklagst du dich, Reynaldito? Eine solche Luxus-Mulattin zur Seite, und du jammerst?

Yunisleidi hatte in der Monte ein Zimmer im dritten Stock gemietet. Klein, aber kühl, mit einem Balkon zur Straße und einem kleinen Bad. Ein Wasserhahn, ein Kerosinkocher. Alles sehr sauber. Rey begriff, dass sie nicht aus Havanna stammte. Sie sprach mit einem hübschen Singsang.

»Woher stammst du?«

»Aus Las Tunas.«

»Aha.«

»Ich habe das hier zusammen mit meinem Bruder angemietet, aber er geht seine eigenen Wege und schreibt mir nichts vor. Manchmal sehe ich ihn zwei oder drei Tage lang nicht. Bist du aus Havanna?«

»Hmmm.«

»Geboren in Havanna?«

»Hmmm, hmmm.«

»Und hast einen Ausweis mit Adresse in Havanna?«

»Bist du Polizistin, oder was ist in dich gefahren?«

»Schätzchen, wenn du aus Palästina stammst, kann ich mich nicht mit dir belasten. Ich bin mir selbst schon mehr als genug.«

»Ich stamme aus Havanna, ganz legitim.«

»Na, Gott sei Dank, denn in Havanna ist niemand aus Havanna.«

»Was willst du eigentlich?«

»Ich muss weg aus der Fabrik. Hilf mir nachts ...«

»Wie?«

»Die Polizei. Sie kennt mich schon. Dabei bin ich erst einen Monat hier. Sobald ich auf dem Malecón stehen bleibe, gegenüber vom Riviera oder sonst wo, stürzen sie sich gleich auf mich mit ihrem Generve, ob ich anschaffe, ob ich dies, ob ich das. Ich habe schon drei Verwarnungen, und sie sind drauf und dran, mich nach Las Tunas zu schicken.«

»Mädchen, bei deinem Akzent, meine Herrn ... Da darfst du dich nicht wundern.«

Yunisleidi umarmte ihn, küsste ihn, zog ihn nackt aus, warf ihn aufs Bett, bewunderte die schönen Perlen an der Eichel seines Schwanzes, lutschte überall an ihm herum, geriet außer sich über diese wunderbaren Perlen. Sie selbst steckte ihn sich rein, in alle nur möglichen Löcher. Genial. Einfach genial. Sie gab sich hin mit Seele, Herz und Leben, wie bei einem schwermütigen Liebeslied, einer *Ranchera*, und rief ihm zu:

»Oje, ich werde mich noch in dich verlieben, du Schlitzohr! Vögel mich jeden Tag! Du Verrückter, du Wahnsinniger! Ahhh, diese Perlen bringen mich um ... du machst mich fertig ... ja, tiefer, tiefer, ganz rein, Schätzchen ...!«

Der reine Wahnsinn. Yunisleidi war fröhlich, mitteilsam, verliebt, hatte in Las Tunas einen dreijährigen Sohn. Seine Großeltern passten auf ihn auf. Sie schickte ihnen Geld von hier. Aber was soll's, wenn sie es nicht sagte, hielte man sie für eine Jungfrau. Sie erzählte ihm von ihrem Bruder:

»Wir kamen beide nach Havanna, weil wir dort verhungerten. Um uns hier durchzuschlagen. Er ist Stricher, und was für einer. Keine Ahnung, wie er das kann. Neulich Abend, Rey, brachte mein Bruder einen alten Schwulen mit, ich weiß nicht, woher, weil ich kein Wort kapiert habe. Aber mein Bruder verstand ihn. Er behauptete, er habe ihn im Nacional aufgegabelt. Ein Alter mit Kohle. Über zwei Stunden hat er es ihm mit dem Schwanz besorgt. Ich weiß nicht, wie er das schafft ... ach, der kann einfach viel ab.«

»Nun tu mal nicht so, du vögelst doch auch mit jedem.«

»Das ist nicht dasselbe. Ich mache die Beine breit und die Augen zu. Ein Mann hingegen muss … na, jedenfalls hat ihm der Alte echt hundert Dollar gegeben.«

»Hundert?«

»Er wollte ihm fünfzig zahlen, aber mein Bruder kitzelte noch fünfzig extra aus ihm heraus. Wenn so ein Alter nicht die gewünschten Scheinchen locker macht, gibt ihm Carlos was auf die Mütze. Meine Brüder sind alle gleich. Wild und brutal …«

»Wie viele seid ihr?«

»Neun. Ich bin das einzige Mädchen. Und Carlos ist der Zivilisierteste. Immerhin ist er zur Schule gegangen und … na, jedenfalls kann er reden und so …«

»Red nicht so viel, Yuni, mir ist schon ganz schwindlig. Mach Musik an.«

Yunisleidi drehte das Radio an. Salsa. Viel Salsa, und sie zog sich etwas über; enge Shorts und ein winziges, winziges Top. Ein Stückchen der Brustwarzen und ein Viertel des Pos waren zu sehen. Diese Mulattin war eine Nummer für sich. Sie ging hinunter, um Rum und Zigaretten zu besorgen, brachte Rey eine Zigarre mit.

»Ich mag Männer, die Zigarren rauchen. Zünd sie dir an und trink Rum. Ich möchte dich so richtig männlich sehen und mir vorstellen, dass ich dein Weib bin und du mir zehn Mal am Tag den Schwanz reinsteckst. Ich bin deine Nutte. Ich werde für dich arbeiten, mein Süßer, werde für dich sorgen, damit du lebst wie ein König.«

»Weißt du, wie man mich nennt?«

»Wie denn?«

»Den König von Havanna.«

»Zu Recht. Aber du wirst mein König sein. Mein König

nur für mich allein. Du hast einen Schwanz aus Gold. Ich werde für dich da sein, Schätzchen. Ich bin in dich verliebt wie eine Hündin. Du bist ein Verrückter …«

»Hör jetzt auf, Yuni, es reicht, sei nicht kitschig. Ich will die Musik hören.«

»Soll ich dir was kochen? Ich habe Brot und Eier. Und dann wasche ich dir deine Klamotten. Ich will, dass du immer sauber bist und gut riechst.«

Wieder umarmte und küsste sie ihn.

»Und sobald wir ein paar Pesos beisammen haben, kaufe ich dir eine Goldkette, einen Ring und eine Uhr und ganz viel zum Anziehen. Du wirst mein König sein, mein Junge, du wirst schon sehen.«

»Yuni, es reicht, sei endlich still, verdammt! Du klebst ja wie Honig.«

»Und ist das schlimm? Ist es schlimm, wenn ich mit meinem schönen Mann wie Honig bin?«

»Hmmm.«

Yunisleidi briet Eier, wusch Reys Klamotten, machte das Zimmer sorgfältig sauber, bügelte irgendwas, badete, lackierte sich die Nägel. Sie war ein nicht zu bremsender Wirbelwind und entzückt, einen Mann um sich zu haben und trautes Heim zu spielen. Sie trällerte fröhlich, strahlte zum Klang der über den Äther ausgestrahlten Salsa. Ah, man konnte mit so wenig glücklich sein, das Gehirn runtergeschaltet auf wenige Umdrehungen pro Minute. Das gute Leben. Yunisleidi flatterte um Rey herum wie ein vom Licht angezogener Nachtfalter.

»Das Bad ist für dich bereit. Wasch dich. Du ziehst etwas von Carlos an, und wir gehen.«

»Wohin?«

»Auf den Malecón, zu den Hotels, irgendwo da. Los,

komm schon, wir können hier nicht so trocken abhängen. Man muss sich auf der Straße um die Grünen schlagen. Komm schon, wasch dich.«

»Und ich muss wirklich baden?«

»Klar, mein Süßer, du bist völlig verschwitzt von der Arbeit, vom Vögeln … ach, Schätzchen, die Leute in Havanna baden nicht sehr oft … in Las Tunas …«

»In Havanna gibt's kein Wasser.«

»Und wieso habe ich dann Wasser?«

»Du hast Glück. Ich habe noch nie in einer Wohnung mit Wasser gewohnt.«

»Also gut, bade jetzt. In Las Tunas habe ich zwei, drei Mal am Tag gebadet …«

»Ja, ja, schon gut, lass diese Leier. Ich geh mich ja waschen.«

Rey betrat das winzig kleine Bad. Yuni reichte ihm Handtuch und saubere Wäsche. In dem Moment wurde an die Tür geklopft. Es war Carlos, ein perfektes Exemplar eines Machos aus Oriente: groß, muskulös, stark, mit lauter Stimme, Brustbehaarung, schwarzem Kräuselhaar auf dem Kopf, kantigem Kinn, Riesenpranken, dicker Goldkette mit dem Medaillon von Santa Bárbara. Er kam in Begleitung. Ein ganz junger weißer, sehr schlanker Matrose, Besatzungsmitglied eines im Hafen vor Anker liegenden Schulschiffs. Er sprach ein wenig Spanisch, und ihm leuchteten die Augen angesichts Yunisleidis duftiger, fast nicht vorhandener Bekleidung. Sie waren bereits angesäuselt und schenkten sich mehr Rum ein. Carlos würdigte Rey keines Blickes, übersah ihn. Rey machte nicht den Mund auf. Er hielt sich abseits. Der Matrose, Carlos und Yuni tranken, lachten, unterhielten sich mit Händen und Füßen auf dem Balkon. Ein paar Minuten später fragte Carlos den Matrosen:

»Gefällt sie dir?«

»Ja.«

»Schlaf mit ihr. Bett. Da drüben, ihr beide …«

»How much? Wie viel?«

»Darüber reden wir später. Hast du Geld?«

»Hä?«

»Geld, Mäuse, Dollars, Dollars? Hast du?«

»Oh, yes. Oh, ja.«

»Los, Yuni, er gehört dir. Bring ihn um den Verstand, um alles andere kümmere ich mich. Wer ist dieser Kerl?«

»Ach, Carlos, lass mich mit Rey in Ruhe, er ist mein Mann.«

»Jeden Tag hast du einen neuen Mann … komm schon, mach dich ans Werk.«

»Geht ein Weilchen runter. Ich rufe euch dann.«

Yuni war schon dabei, den Matrosen auszuziehen, und gab den beiden Männern Anweisungen.

»Für diese Bohnenstange brauche ich keine Viertelstunde. Geht runter und trinkt Rum.«

»Yuni, du bist eine kleine, listige Natter. Und ich habe keine Lust, dir ein paar hinter die Ohren geben zu müssen. Also, wenn's ans Zahlen geht, rufst du mich, ist das klar?«

»Ja, Carlos, ja. Los jetzt, geht runter.«

Rey und Carlos gingen hinunter. Sie beschlossen, noch eine Flasche Rum zu kaufen, sich auf den Bordstein unter den Balkon zu setzen und sie in Ruhe zu trinken. Nachdem sie ein paar Schlucke getrunken hatten, waren sie bereits Freunde. Carlos ergriff die Initiative.

»Kümmere dich nicht zu sehr um Yuni. Schon als Kind war sie so. Sie verliebt und entliebt sich jeden Tag. Mit acht verliebte sie sich in einen Nachbarn von uns da draußen auf dem Dorf. In einen Mann von fast fünfzig Jahren. Das war furchtbar, denn der Kerl wollte, dass meine Eltern sie ihm überließen, damit er sie weiter großziehen und später heiraten konnte.«

»Echt, mit acht?«

»Yuni war schon immer heißer als eine Pfanne. Also … mein Vater wollte nicht, aber sie ging trotzdem mit dem Typ mit und lebte zwei Jahre bei ihm. Sie ging nicht mehr zur Schule. War die ganze Zeit im Haus des Nachbarn eingesperrt.«

»Aber …«

»Nein, hier in Havanna macht man das nicht, aber Oriente ist was anderes. So was ist da normal. Meine Mutter fing mit meinem Vater an, da war sie zehn. Sie war zehn, er dreißig. Und sie hatten neun Kinder. Und jetzt sitzen sie da, völlig intakt, und trinken Rum und rauchen Gras, hahaha. Bist du mal in Oriente gewesen?«

»Nein.«

»Aha.«

In weniger als einer halben Stunde leerten sie die Flasche. Nettes kleines Besäufnis. Carlos schnaubte.

»Hör zu, Mann aus Havanna, lass uns hochgehen, Yuni gibt sich schon viel zu lange mit dem ab. Dies sollte nur ein Stößchen sein, nicht mehr. Sehen wir mal nach, was sie macht.«

Ein wenig schwankend stiegen sie die Treppen hoch, klopften an die Tür. Yuni öffnete. Beide waren nackt. Der Matrose betrunken auf dem Bett. Yuni bedeckte sich mit einem Laken und flüsterte Carlos zu:

»Herrje, er will ihm nicht stehen. Wir haben nichts machen können.«

»Dann soll er zahlen und verschwinden. Ich werde ihm den Rausch schon austreiben.«

Und gesagt, getan. Carlos war ein ungestümer Typ und ohne Ende brutal. Er konnte nicht anders. Seine Augen sprühten Feuer. Er ging ans Bett, packte den jungen Mann bei den Schultern und schüttelte ihn.

»Hör zu, du schuldest mir fünfzig Grüne. Bezahl, zieh dich an und verschwinde.«

»Hä?«

»Fünfzig Piepen. Dollars. Fünfzig. Raus damit und verschwinde.«

»Hä?«

Der junge Mann versuchte mit halb geöffneten Augen zu verstehen, warum er so geschüttelt wurde. Schließlich verstand er.

»Nix, ich kein Sex. Nix!«

»Du zahlst. Fünfzig. Dollars. Los, verdammt, zwing mich nicht, brutal zu werden. Raus mit der Kohle.«

»Nix Sex. Rien de Sex. Nothing, nothing.«

»Fünfzig, fünfzig Dollar.«

»No money, rien de Sex, niente, niente.« Er versuchte aufzustehen, um an seine Kleidung zu kommen. Carlos drückte ihn mit einer seiner Pranken auf die Matratze und ging zu den Kleidungsstücken des Matrosen. Betrunken taumelte er ein bisschen. Er fand eine Brieftasche: sieben Dollar und Kleingeld, zwei Präservative. Er warf alles auf den Boden.

»Dieser Kerl hat mich zum Narren gehalten. Aber da hat er sich geschnitten!«

Er stürzte sich auf den Matrosen, ohrfeigte ihn.

»Hör zu, du dreistes Schwein, treib fünfzig Dollar auf, oder ich zerschmettere dich am Boden. Findest du dich nicht zu erbärmlich, um mich zum Narren zu halten?«

Der Matrose reagierte und bedeutete ihm, einen Moment zu warten. Betrunken, wie er war, stand er auf, schwankte zu seinen Kleidungsstücken und zog aus der Hemdtasche ein Klappmesser. Er schnappte es auf und versuchte Carlos anzugreifen. Es war grotesk: dieser spillerige Typ, weiß wie Papier, eher schwächlich, völlig nackt, beim Versuch, diesen Höhlenmenschen mit einem Messerchen anzugreifen. Alles geschah in Sekundenschnelle. Carlos versetzte dem Kerl eine Kopfnuss, die ihn aufs Bett schleuderte und bei der er das Messer verlor. Carlos ließ ihm keine Zeit, sich aufzurappeln. Mit großer Wut stürzte er sich auf ihn, wickelte ihn in das Laken, nahm ihn hoch, als wäre er aus Zuckerwatte, und warf ihn über den Balkon auf die Straße.

Yunisleidi und Rey standen mit offenem Mund da. Yuni sagte:

»Oje, Carlos, was hast du bloß getan?«

»Ich lass mich doch nicht verarschen. Von so einem Scheißkerl.«

»Carlos, du hast ihn umgebracht!«

»Glaubst du?«

»Was heißt hier glaubst du? Carlos, du hast ihn umgebracht! Wir müssen weg von hier, und zwar sofort!«

Im Handumdrehen war Yunisleidi angezogen, ergriff ihre Tasche und gab Anweisungen: raus auf den Flur. Am hinteren Ende war ein Fenster. Von dort sprangen sie aufs Dach des angrenzenden Gebäudes. Sie rannten, übersprangen eine Brüstung und fielen auf ein anderes Dach voller Schutt eines stark verfallenen Gebäudes. Da war eine bröckelige Treppe. Sie eilten hinunter auf die Straße. Zwanzig Meter neben dem schlappen Matrosen, der auf dem breiten Bürgersteig der Monte lag, kamen sie raus. Viele Leute standen um ihn herum. Die drei konnten ihn nicht sehen. Dutzende von Schaulustigen kamen herbeigelaufen. Eilig liefen sie weiter zum Bahnhof. Sie waren sehr erschrocken und wieder stocknüchtern. In zwei Stunden fuhr ein Zug nach Guantánamo. Carlos verlor keinen weiteren Gedanken.

»Yuni, wir fahren zurück nach Hause.«

»Nein, Rey und ich fahren nach Varadero. Geh du nach Hause und kühl ab. Lass dich mindestens ein Jahr lang nicht in Havanna blicken.«

Yunisleidi öffnete ihre Handtasche und gab ihm Geld. Sie küssten sich auf die Wange wie artige, liebevolle Geschwister.

»Pass auf dich auf, Carlos, mach nicht noch mehr Mist.«

»Pass auch du auf dich auf. Mann aus Havanna, pass auf das Mädchen auf.«

»Hmmm.«

☆☆☆

Yunisleidi und Rey versteckten sich den ganzen Rest der Nacht zusammengekauert in einem verfallenen Gebäude in der Nähe des Bahnhofs. Am Morgen suchten sie eine Möglichkeit, nach Varadero zu kommen. Nichts. An den Strand ließ man nur staatliche, sehr teure Taxis heran.

»Euch lassen sie außerdem gar nicht ran«, erklärte ihnen der Taxifahrer. »Warum?«

»Ich muss euch auf der Brücke absetzen, und von dort lassen sie euch nicht weiter … na ja, ihr seht zwar nicht gerade aus, als wolltet ihr anschaffen oder so, aber … na, ihr wisst schon …«

Am Ende schafften sie es, nach Matanzas zu gelangen. Yunisleidi sprach mit einem LKW-Fahrer. Sie stieg vorne auf den Beifahrersitz, Rey hinten drauf. Der Laster transportierte Sand. Ein paar Mal ging vorne in der Fahrerkabine etwas vor sich. Der Laster hielt am Straßenrand, und man hörte den Fahrer schnauben. »Hm, ich sehe besser nicht nach«, dachte Rey und ärgerte sich, dass er Sand bis zum Arsch hatte. In

Matanzas brachte der Typ sie zu einem seiner Freunde, Fahrer eines Betonmischers. Er verlangte zehn Grüne von ihnen. Yuni bot ihm fünf. In Ordnung, fünf. Sie stiegen in die Mischtrommel. Und wie sollte es anders sein, gab es drinnen Reste von Beton und angetrockneten Sand. Nicht gerade gemütlich. Der Laster hielt auf der Hubbrücke. Kontrolle, Durchsuchung, alles in Ordnung. Niemand kam auf die Idee, in den Mischer zu sehen. Sie fuhren weiter. Der Typ setzte sie an der Zweiundvierzigsten ab. Er kassierte seine fünf Dollar, und ciao, nichts gesehen, nichts gehört.

Rey fand den Ort hübsch. Zumindest gab es hier Meer und wenig Leute. Sehr entschlossen ging Yunisleidi auf eines der nahe stehenden Häuser zu.

»Kennst du das hier, Yuni?«

»Klar, Rey. Aber immer schnappt mich die Polizei.«

»Und holt dich?«

»Drei Mal haben sie mich geholt, schriftliche Verwarnungen und Scherereien. Diesmal wäre es das vierte. Wenn sie mich schnappen, buchten sie mich ein.«

»Und was hast du vor?«

»Frag nicht so viel.«

Sie gingen ins Haus einer dicken, kräftigen Schwarzen, die aussah wie eine erfahrene Matrone.

»Kleines, du weißt doch, dass hier nur kleine Mädchen absteigen. Ich kann an keinen Mann vermieten.«

»Und was soll ich mit ihm machen? Er ist mein Mann. Soll ich ihn auf der Straße sitzen lassen?«

»Schätzchen, die Männer bleiben zu Hause bei den Kindern. Nutten können doch nicht mit ihrem Mann im Schlepptau rumlaufen, hahaha ...«

Den Witz fand keiner von beiden lustig. Schließlich kamen sie überein, dass Yuni für drei Dollar am Tag eine Pritsche in einem großen Raum mit neun weiteren Pritschen samt jeweiligen jungen Mädchen beziehen konnte. Für Rey würde man im hinteren Teil des Hauses eine Pritsche auf dem Flur aufstellen. Yuni überschlug die Kosten. Sie hatte genug, um für zehn Tage zahlen zu können. Aber sie würde Tag für Tag zahlen, nichts im Voraus. Okay. Sie ruhten sich ein wenig aus. Um zehn Uhr abends gingen sie aus. Sie unternahmen einen Spaziergang auf der Avenida Primera in der Nähe des Hotels und sahen sich alles an. Yunisleidi hatte gebadet. Ihre Kolleginnen liehen ihr Parfüm, Kosmetik, eine durchsichtige Bluse. Sie war kokett und appetitlich wie ein Schokoladentörtchen. Rey sah wie immer schlampig aus, mit großen, verwirrten Augen. Sie brachten nichts zuwege. Um ein Uhr morgens gingen sie ermattet zur Autobahn des Mar del Sur. Es war Vollmond, und eine frische Brise wehte. Einige wenige dunkle Wolken zogen nach Südosten. Die Nacht war blau, das Meer dunkel und silbern, still und unendlich, und spiegelte den Mond wider. Alles war ruhig, mit dem guten Geruch von Salpeter und Jod, Meeresfrüchten und Algen. Sie gingen ans Wasser. Die großen Wellenbrecher-Polyeder wirkten wie riesiges Spielzeug. Auf einem davon hatten zehn oder zwölf weiße Möwen Quartier bezogen. Sie schienen zu schlafen. Keine von ihnen rührte sich, als die beiden näher kamen. Die orangefarbenen Fackeln auf den Erdölfeldern spendeten aus der Ferne zusätzliches, ein wenig traumhaftes Licht. Ein spärlich beleuchtetes Schiff verließ langsam den Hafen von Cárdenas. Schweigend setzten sie sich zusammen ans Wasser, um sich das seltsame, glänzende Panorama anzusehen. Hin und wieder raste auf der Autobahn ein Wagen vorüber, dann herrschten erneut Stille und das leise Flüstern der Wellen am Ufer. Stumm saßen sie eine Weile da. Rey brach die Stille.

»Was, zum Teufel, mache ich hier?«

»Du? Du bist mein Mann und musst auf mich Acht geben.«

»Eher muss man auf mich Acht geben.«

Ein Sardinenschwarm näherte sich dem Ufer. Die Fische sprangen aus dem Wasser. Kleine, silbrige Fäden spiegelten sich auf der Wasseroberfläche wider. Tausende silbriger Kapseln sprangen beinahe in Reichweite hoch und glänzten. Eine dicke schwarze Wolke verdeckte einen Augenblick lang den Mond. Mit einem Schlag verdunkelte sich alles, und die Sardinen, wahrscheinlich erschreckt, tauchten ab und verschwanden. Die Wolke zog vorbei, und alles wurde wieder wunderschön blau und erfrischend.

»Warum hast du dich heute Abend nicht gewaschen und umgezogen, Rey?«

»Weder habe ich was anderes zum Anziehen, noch bade ich gerne, und ich hab keine Lust auf diese Kiste. Ich mache, was mir in den Kram passt!«

»Sag das nicht, Schätzchen. In diesem Geschäft muss man sauber und präsentabel sein, mein Süßer.«

»Schon gut, schon gut.«

»Nichts da, schon gut. Da kommt so eine Yankee-Tante an, der du gefällst, und schwupps hast du dein Brot verdient. Fünfzig oder hundert grüne Scheinchen. Und wenn du Glück hast, will sie mit dir zusammenbleiben und nimmt dich mit in ihr Land. Dann hast du wirklich was zu beißen.«

»Hör auf zu träumen. Das ist nichts für mich.«

»Und was ist dann für dich, mein Junge? Hunger schieben und pleite sein, immer ohne einen Centavo?«

»Ich bin immer eine Sau gewesen, Yuni. Versuch nicht, mich umzumodeln.«

»Na schön, mach, was du willst. Morgen besuche ich einen Choreographen, einen Freund von mir vom Hotel Galápagos. Wenn ich im Cabaret des Hotels als Tänzerin aufgenommen werde, kriegt mich keiner mehr aus Varadero weg, bis ein Yankee auftaucht und mich heiratet und mitnimmt, um gut zu leben.«

»Hmmm.«

»Rey, es gefällt mir nicht, dich so zu sehen, so als Trauerkloß. Morgen musst du baden, und dann kaufe ich dir ein paar neue Sachen. Und wenn's nur neue Shorts, ein kurzärmeliges Hemd und ein Paar Gummilatschen sind. Also Kopf hoch, lach mal.«

»Ich weiß verdammt noch mal nicht, was ich hier mit dir mache. Ich habe den Matrosen nicht mal angefasst. Mit diesem ganzen Ärger habe ich überhaupt nichts zu tun.«

»Ach, Rey, red nicht davon. Vergiss den Matrosen. Wie schön ich in dem Zimmerchen gewohnt habe. Und mit dir wäre es sogar noch besser geworden.«

»Dein Bruder ...«

»Mein Bruder ist gefährlich. Zwei Tage geht's ihm gut, dann ist er wieder sechs Monate lang pleite. Er kriegt den Kopf nicht über Wasser. Wollen wir hoffen, dass er sich jetzt eines Besseren besinnt und in die Berge geht und wenigstens ein Jahr lang Kaffee pflückt, bis die ganze Sache abgekühlt ist.«

Arm in Arm brachen sie auf und küssten sich, sehr glücklich, zusammen zu sein. Sie kamen zum Haus zurück, in dem sie untergebracht waren. Yunisleidi ging in das Schlafzimmer der jungen Mädchen und legte sich hin. Rey baute sein Klappbett auf, stellte es auf den Flur, dorthin, wohin ihn die alte Matrone angewiesen hatte, und schlief in weniger als einer Minute wie ein Stein.

Am nächsten Tag erwachte er mittags. Yuni war schon weggegangen. Den ganzen Tag über wartete er auf sie. Sie kam nicht. Es wurde dunkel. Um elf hielt er den Hunger nicht länger aus. Die alte Matrone sah ihn auf dem Klappbett sitzen und warten und ging zu ihm.

»Wenn du heute Nacht hier bleibst, musst du jetzt zahlen. Dies ist kein Heim vom Roten Kreuz.«

»Yuni muss jeden Moment zurückkommen. Sie zahlt Ihnen das Geld.«

»Nein. Ist mir schnuppe. Kannst du nicht zahlen?«

»Nein.«

»Ich kenne die Kleine. Immer wieder dasselbe. Plötzlich verschwindet sie.«

»Sie wollte die nötigen Schritte unternehmen, um …«

»Warte auf der Straße auf sie. Wenn sie zurückkommt, bezahlt ihr und kommt wieder rein.«

Rey erwiderte nichts. Er setzte sich auf den Bordstein. Nicht einen Centavo hatte er in der Tasche. Immer wieder dasselbe. Nichts Neues. Er dachte: »Und bei diesen merkwürdigen Touristen kann man nicht einmal um Almosen betteln, und ich habe auch keine Heiligenfigur dabei.«

Automatisch stand er auf und ging zum Hotel Galápagos. Ein eindrucksvolles Gebäude. Acht Stockwerke, beleuchtet, elegant, Gärten, Springbrunnen, Luxuskarossen, Portiers in roter, goldbestickter Livree. Nicht im Entferntesten konnte er sich vorstellen, wie es wohl drinnen aussehen mochte. Er suchte sich ein Plätzchen zum Schlafen, in einer Ecke des Gartens unter ein paar Mandelbäumen. Die Moskitos setzten ihm zu. Millionen Moskitos und Stechfliegen fraßen sich an ihm satt. Aber nicht einmal das weckte ihn. Als er die Augen wieder öffnete, stand die Sonne hoch und brannte heiß. Ein Gärtner besprengte die Blumenrabatten mit einem schönen weißroten Schlauch. Sogar der spiralförmige Wasserstrahl mit seinen Tröpfchen war hübsch und wohltuend. Alles war sehr schön. Er grüßte ihn. Der Gärtner würdigte ihn kaum eines Blickes. Er war vollauf mit seinen Blumen beschäftigt. Sie waren herrlich. Fünfhundert große Blumen auf weniger als einem Quadratmeter. »Hmmm. Alles ist möglich, wo viel Geld vorhanden ist«, dachte Rey. Er stand auf und ging hinüber.

»Hey, Partner, spritz mir mal ein bisschen Wasser ins Gesicht.«

»Was du nötig hast, ist eine komplette Dusche mit Seife und Striegel. Hau ab, du hast bestimmt Läuse.«

»Nein, nein, ich habe keine mehr.«

»Hahaha.«

Rey spülte sich ein bisschen ab, sah weiter dem Typen zu. Da fiel ihm etwas ein.

»Meinst du, die hätten hier einen kleinen Job für mich, Mann?«

»Für dich? Glaub ich nicht.«

»Warum nicht? Ich bin kräftig, habe als Stapler gearbeitet ...«

»Und wenn schon, hier wird viel verlangt. Das hier ist Dollargebiet.«

»Was ist das?«

»Dollargebiet. Aus welchem Land kommst denn du?«

»Von hier, glaube ich.«

»Glaubst du?«

»Hmmm.«

»Aha.«

»Und was wird verlangt?«

»Na, man muss einen Universitätsabschluss haben, Militär sein, nicht älter als dreißig, zweisprachig.«

»Verdammt!«

»Im vergangenen Monat wurden zwanzig Stellen ausgeschrieben, und tausenddreihundert Aspiranten stellten sich vor. Alle entsprachen diesen Anforderungen. Sie kamen aus dem ganzen Land.«

»Was für Stellen?«

»Für alles Mögliche. Ich bin Ingenieur mit siebenjähriger Berufserfahrung. Und ich spreche Englisch und Französisch.«

»Ein Ingenieur für einen Garten? So was wär was für mich.«

»Von wegen! Du hast hier keine Chance. Hau schon ab, die lassen dich nicht mal einen Fuß da reinsetzen.«

»Ja, ich gehe schon ... aber, verdammt, ich kann nicht mehr vor Hunger.«

»Nein, nein, hier gibt's nichts für dich. Hau schon ab. Wenn dich die Sicherheitsbeamten vom Hotel erwischen, wirst du auf die brutale Tour hinausgeworfen.«

»Wo sind die Mülltonnen?«

»Wenn sie dich beim Durchsuchen der Mülltonnen erwischen ... na, weg jetzt. Es sind die Container da drüben, aber ich habe nichts gesagt. Weg jetzt.«

»Verdammt, Genosse, lass mich leben.«

»Nix da, Genosse. Hör jetzt auf, mir zuzuglotzen.«

Rey ging hinüber zu den Müllcontainern, da fiel ihm etwas ein, und er ging noch mal zurück.

»Eins muss ich dich noch fragen, Mann.«

»Ach, hör schon auf, mich zu nerven!«

»Kennst du eine sehr hübsche junge Mulattin, die hier tanzt?«

»Ich kenne niemanden von diesen Leuten.«

»Sie heißt Yunisleidi.«

»Ich kenn die Leute nicht, die da drinnen arbeiten. Meine Arbeit ist hier draußen. Verschwinde jetzt und nerv mich nicht weiter.«

Rey ging hinüber zu den Containern. Er versuchte einen zu öffnen, aber es gelang ihm nicht. Ein von Kopf bis Fuß in Weiß gekleideter junger Kerl kam mit einem Mülleimer an, und sobald er Reys Absichten durchschaute, rief er:

»Weg da, weg da, hier gibt's nichts für dich.«

»Ich habe Hunger, lass mich nach was suchen.«

»Hier wird nichts gesucht. Los, los, zieh ab, oder ich rufe die Sicherheitsbeamten vom Hotel.«

Rey musste sich zurückziehen. Und zwar schnell. Ein paar Schritte weiter fand er eine weiße Mütze mit dem grünen Logo DRYP. Genau wie die riesengroße Fahne, die hoch oben auf einem Mast mitten im Garten wehte. Die Besitzer all der Schönheit. »Hm, die ist aber hübsch, was für ein Glück ich heute habe«, dachte er und drückte sie sich tief ins Gesicht, stolz darauf, auf eine so glänzende Weise an dem Betrieb teilzuhaben. Er durchquerte den Garten bis zur Straße. Dann kam ihm in den Sinn, zurück zum Strand zu gehen. Vielleicht gab ihm ein Tourist etwas. Vorsichtig ging er zwischen Meertrauben und Mandelbäumen näher heran. Man hatte ihm an dem Morgen so viel gedroht, dass er besser bedächtig zu Werke ging. Heimlich spähte er zwischen einer Kokospalme und Dünen um sich und war fasziniert. Nie zuvor hatte er einen so schönen Strand gesehen, mit smaragdgrünem Wasser, ruhigem, glitzerndem Meer, alles wohltuend. Ein paar Touristen sonnten sich. »Verdammt, die Frauen haben nackte Busen! Mensch! Und was für hübsche! Man sieht, dass diese hier keine Kubaner sind. Wenn die Durchgeknallten aus Zentral-Havanna hierher kämen, würden sie sich den ganzen Tag lang einen runterholen.« Er ließ sich von den europäischen Busen nicht hypnotisieren, schaltete ab und sah genauer hin. Tatsächlich: Ein paar Strandpolizisten in Shorts bewachten die Zone. Im Grunde genommen hatte er Lust, sich ins Meer zu stürzen. Zum ersten Mal in seinem Leben verspürte er Lust auf Wasser. Dies hier war ein so schöner Ort, wie er nie zuvor einen gesehen hatte. »Zurück, Rey, zurück«, dachte er und zog sich vorsichtig zurück. Unter den Bäumen stand eine kleine Bar-Cafeteria. Hier hatte er Glück. Er kam von hinten. Keine Menschenseele war da. Er schlug die Eisendeckel der Mülltonnen auf und fand mühelos unzählige frische Pizza- und Sandwichreste sowie einen etwas vergammelten, aber doch appetitlichen und nahrhaften Wurstzipfel. Rasch stopfte er all das in sich hinein und ging wieder, ohne jede Behelligung. Glücklich und zufrieden.

Nach diesem Mittagessen fühlte er sich sehr wohl und beschloss, es noch einmal zu wagen. Er wollte den Strand sehen und sich ein wenig erholen. Vorsichtig unternahm er einen erneuten Annäherungsversuch zwischen Mandelbäumen, Kokospalmen und Meertrauben. Er machte es sich im Schatten bequem. Die Polizisten waren weit weg. Kein Busen in Sichtweite. Aber der Strand war unglaublich. Er lehnte sich an einen Baumstamm und schlief vier Stunden lang tief und fest. Als er wieder erwachte, hatte man keine zwei Meter neben seinem Versteck eine Versuchung aufgebaut. Ein riesengroßes Handtuch lag auf dem Sand und darauf ein paar Kleidungsstücke, Tennisschuhe, Cremetuben, eine Flasche mit altem Rum, Gläser. Drei Leute tummelten sich sechzig Meter entfernt im Wasser. In seinem Kopf wirbelte es: »Das Handtuch mit alldem? Die Kleidung und die Tennisschuhe? Der Rum?« Er wartete ein paar Minuten. Die Leute hatten im Wasser großen Spaß. Fast auf dem Bauch robbte er über den Sand näher heran. Er griff nach den Kleidungsstücken und den Sportschuhen und zog sich wieder zurück. Erneut hielt er Ausschau nach allen Seiten. Sie hatten ihn nicht gesehen. Etwas nervös entfernte er sich. Die Zone hier war sehr still. Er zog seine schmutzigen und verschlissenen Klamotten aus und vertauschte sie mit einer kurzen, beigefarbenen Hose, einem ganz frischen Strandhemd und marineblauen Sportschuhen, die wie für ihn gemacht waren. Alles beste Marken. Aber wie man weiß, die Kutte macht noch keinen Mönch. Trotz seiner edlen Garderobe sah Rey weiterhin aus wie ein Hunger leidender Mulatte, spiddelig, unterernährt, Arme und Beine voller Blasen und eitriger Furunkel von den entzündeten Moskitostichen, das Haar zerzaust und schmutzig, die Augen trüb und vor allem verwirrt und hilflos, voller Angst, man könne ihm jederzeit einen Tritt in den Arsch versetzen.

Dennoch fühlte Rey sich besser. Zwar stank er noch, war aber gut gekleidet. Zumindest auf Entfernung sah er nicht aus wie ein Bettler, und die Polizisten würden ihn nicht mehr so hetzen.

Er beschloss, einen letzten Versuch zu unternehmen und nach Yunisleidi Ausschau zu halten. Er ging zu dem Haus. Als die alte Matrone ihn so gut gekleidet sah, musterte sie ihn freundlich lächelnd von oben bis unten. Sie versuchte nett zu sein.

»Yunisleidi hat sich nicht sehen lassen, aber du kannst ein Bett für dich alleine mieten.«

»Ich habe kein Geld.«

»Kein Geld? Bei dem, was du da anhast?«

»Hmmm.«

Es wurde Abend und schön kühl. Rey wanderte zur Hubbrücke, überquerte sie. Ein paar Polizisten waren mit jemandem beschäftigt, der hineinwollte. Rey beachteten sie nicht weiter. Das Problem war, hineinzukommen. Er ging weiter am Kanalufer entlang, ließ das Red Coach, das Oasis, Carbonera und die Agavenfelder hinter sich. Es wurde dunkel. Er ging immer weiter. Der Vollmond ging auf und tauchte alles in Blau. An der Küste schäumte es weiß gegen die Klippen, säuselten sanft die Wellen. Ein paar Mal blieb Rey stehen, um zu verschnaufen. Gedankenlos. Es gab nichts, an das er denken konnte. Nie hatte er es nötig gehabt, zu denken, Entscheidungen zu treffen, sich hierhin oder dorthin zu versetzen. Er spazierte nur in der kühlen Luft auf dem Gras am Straßenrand und betrachtete die blaue Nacht, das blaue Meer, die Stille der Unendlichkeit. Und er ging immer weiter, ließ Camarioca, den Leuchtturm von Maya, Canímar hinter sich. Als es schon fast dämmerte, kam er nach Matanzas. Er kannte die Stadt nicht. Nichts sagte ihm etwas. Er konnte weiter zu Fuß nach Havanna gehen. Aber das war nicht nötig. Am späteren Morgen sammelte ein Laster auf der Avenida de Tirry, gegenüber von einem alten, großen, baufälligen Haus mit der Nummer einundachtzig, mehrere Leute auf. Eine blonde, freundliche Frau, offenbar im Liebestaumel, schaute zwischen den Fensterläden hinaus. Einen Moment lang sahen sie sich in die Augen, aber alles blieb bei dem flüchtigen Lichtstrahl zwischen zwei Menschen, deren Blicke sich kreuzen und ein leises Schaudern in ihrem jeweiligen Magnetfeld verspüren und die dann wieder ihrer Wege gehen. Ahnungen gehen nicht immer in Erfüllung.

Rey stieg auf den Laster, ohne zu fragen. Der Fahrer fing an zu kassieren: zehn Pesos bis Havanna. Vier weitere Leute stiegen auf. Dann noch zwei. Seit Stunden fuhren keine Autobusse nach Havanna, sagte jemand keuchend und genervt, der von der nahe gelegenen Autobushaltestelle angelaufen gekommen war. Der Laster hatte für so etwas keine Genehmigung. Von der Haltestelle her kam eine Schar Menschen mit ihren Bündeln gerannt. Zwei Polizisten näherten sich. Der Fahrer stieg aus und sprach leise mit ihnen. Sie tauschten etwas aus. Der Fahrer stieg wieder auf, um zu kassieren. Rey wollte ihn beschummeln, aber der Fahrer verstand seinen Job. Sie verhandelten. Rey wurde sein Hemd los. Zwei Stunden später bog der Laster in die Guanabacoa ein, fuhr weiter auf die Diez de Octubre und setzte nach und nach Leute ab. Platz war für vierzig, aber zweihundert fuhren mit. »Und was für ein Glück, dass wenigstens der hier gekommen ist, zehn Stunden haben wir an der Haltestelle verbracht«, wiederholte eine dicke Alte mehr als zwanzig Mal, und dass sie fast ersticke und keine Luft mehr bekäme, und sie forderte mehr Platz. Irgendjemand mokierte sich über die Alte und sagte zu ihr, wenn sie mehr Platz wolle, solle sie lieber ein Taxi nehmen. Die Dicke erwiderte, leider käme Anschaffen für sie nicht mehr infrage. »Also schlage ich mich auf diesem Laster durch, genau wie du, wie die Kühe.« Alle lachten über die ulkigen Einfälle der dicken Alten. Bei Cuatro Caminos stieg Rey ab. Alles war schmutzig und verfallen, schön schweinisch, die Leute verwahrlost, durchtrieben und laut. Die gerade aus Oriente angekommenen Mulattinnen mit ihren großen, verführerischen Ärschen waren für drei, vier Pesos zu allem bereit. Das tat gut. Varadero war viel zu sauber und schön, viel zu still und ruhig. War gar nicht wie Kuba. »Hier schlägt der Puls, das ist meine Welt«, sagte sich Rey. Der König von Havanna war wieder in seinem Reich.

☆☆☆

Es war Mittag, und auf dem Marktplatz herrschte Hochbetrieb. Rey blieb dort und spazierte umher. Vielleicht bot sich ihm ein kleiner Job. Bei den lebenden Tieren war wenig los, viel hingegen beim Fleisch. Aber die Fleischstücke waren unter der Aufsicht von zwei, drei Schwergewichten. Ein Dicker mit Wampe, großer Goldkette und nettem Gesicht beobachtete, was um ihn herum vor sich ging. All die Messer, der Geruch von Schweinefleisch und Blut, die Verkäufer, die ihre Waren und Preise ausriefen – hier gefiel es ihm. Wie gerne hätte er sich darangemacht, das Fleisch in Stücke zu schneiden, die Knochen zu zerhacken, den Schweinen die Köpfe zu spalten und die Hand in ihre warmen Eingeweide zu stecken und sie herauszureißen. »Wie gerne würde ich hier arbeiten und jeden Tag drei, vier Schweine schlachten. Einen Schlag vor den Kopf und dann mit einem langen Messer das Herz herausschneiden, hahaha. Dann vierteilen, ausbluten lassen …« Er wunderte sich, dass er an all das denken musste, während er seine Augen nicht von dem Dicken mit der Goldkette abwandte und auf ihn zuging. Er wollte ihn fragen, ob er Arbeit für ihn hatte. Zweifellos war er der Besitzer. Er trat näher und wollte schon fast den Mund aufmachen, aber die Kraft, die der Mann ausstrahlte, schüchterte ihn ein. Er war ein großer, korpulenter Kerl mit dickem Wanst, trug saubere Kleidung, Ringe, Uhr, Kette, Armband. Alles aus massivem Gold. Sogar Goldkronen auf den Zähnen. Der Kerl beherrschte seine gesamte Umgebung, heiter, ruhig, gelassen. Zugleich sah er gefährlich aus. Er war der Typ Mann, der zu allem fähig war, ohne mit der Wimper zu zucken. Und das machte ihn zum Fürchten. Nicht ein Tropfen Blut oder Schweiß auf seinem makellos weißen Hemd oder seiner hellgrauen Hose. Er ließ andere für sich arbeiten, und die schwitzten und brüllten und beschmierten sich mit Schweineblut und -fett und wirkten hektisch. Er kassierte nur die Gewinne und überwachte alles mit seinem zynischen, reservierten Lächeln. Wie angewurzelt stand Rey vor dem Mann. Er wagte nicht einmal, ihm in die Augen zu sehen, senkte den Blick und setzte seinen Weg fort. Der Typ ignorierte ihn. Das da war eine armselige Laus, ein Scheißbettler.

Rey ging zum hinteren Teil durch, der am größten war. Dort standen mindestens achtzig Stände mit Gemüse. Alles wahnsinnig teuer. Die Leute gingen herum, erkundigten sich nach den Preisen, kauften sehr wenig oder gar nichts, guckten weiter, staunten über die Preise und schoben Hunger. Der eine oder andere alte Mann murmelte: »Die werden hier Millionäre, und die Regierung tut nichts. Das ist gegen das Volk, alles gegen das Volk.« Niemand schenkte ihnen Beachtung. Ein paar alte Leute hofften weiter, die Regierung würde hier und da mal eine Lösung finden. Man hatte ihnen diese Idee eingetrichtert, und sie waren von ihr genetisch durchdrungen.

Auch beim Gemüse gab es keine Chance. Die Schwarzen hatten alle offenen Möglichkeiten, Säcke mit Reis und Bohnen, Körbe mit Obst, Lebensmitteln und Gemüse zu stapeln, mit Beschlag belegt. Von einem Stand klaute er zwei Bananen und aß sie. Das war schwierig. Alle passten gut auf ihre Waren auf. Er fragte bei mehreren Verkäufern an:

»Brauchst du Hilfe?«

»Kundschaft brauche ich, weder Hilfe noch sonst einen Scheiß!«

Rey verließ den Markt. Auf der Matadero waren Straßenhändler, und zwei Kartenlegerinnen in weiten Röcken saßen *Zigarre* rauchend in den großen Fensteröffnungen des Markts. Eine von ihnen hatte gerade keinen Kunden. Die andere legte einer Bäuerin und ihrer Tochter die Karten. Sie gab ihnen Ratschläge, Anweisungen für Mittel, Gebete, Amulette und Kräuterbäder. Die Bäuerin, ihre Tochter, ihr Sohn und ihr Mann hatten alle Probleme, viele Probleme. Ein großes Problembündel für jeden. »Alles wird gut, alles wird gut. Der Tote sagt, dass sich alles regeln lässt«, wiederholte die Schwarze, legte die Karten, deckte die Probleme auf und wies hinterher die Heilmittel für jeden an. Die Bäuerin war furchtbar verängstigt. Rey sah zu, hörte zu. »Hmmm«, dachte er. Nur das: »Hmmm, hmmm.« Die andere Kartenlegerin rief ihn zu sich:

»Komm mal her. Setz dich.«

»Ich habe kein Geld.«

»Ich weiß, du hast nicht mal einen Platz zum Totumfallen. Aber das hier ist eine milde Tat. Setz dich, ich muss dir zwei, drei Dinge sagen, damit sich dir Wege öffnen.«

»Nein, nein.«

»Du hast einen dunklen Toten mit Kette. Und den schleppst du von Geburt an mit dir herum. Setz dich, du brauchst nichts zahlen.«

Rey ging weiter. Solche Dinge machten ihm Angst. Die Frau sprach weiter, und er hatte gerade noch Zeit, zu hören, wie sie sagte:

»Dein Problem ist keine Kleinigkeit. Er ist ein starker Toter, und er reißt dich ...«

Er legte einen Schritt zu und entfernte sich von dieser eindrucksvollen Schwarzen mit ihrer Zigarre und ihren Toten. »Verdammte Scheiße! Bleibt mir bloß vom Hals!«, murmelte Rey und setzte sich an die andere Straßenecke. Zwei unglaublich schmutzige alte Männer mit Backenbart und ekelhafter, zerschlissener Kleidung verkauften Zahnpastatuben, Rasiermesser, zwei kleine Päckchen Kaffee. Er setzte sich neben sie. Einer fragte ihn etwas, aber er hörte nicht hin. Die Schwarze hatte ihm Angst gemacht. »Dunkler Toter mit Ketten. Himmel!« Er stand auf und lief weiter. Er hatte Hunger, fragte bei anderen Verkäufern an. Niemand wollte Hilfe. »Ich werde ein paar Brote mit Tortilla klauen müssen«, dachte er. Er sah sich um. Kein Polizist in Sicht. Er konnte die Brote packen, quer über die Straße zum Bahnhof laufen und weiter die

Monte hoch. Er dachte nicht groß nach, ging zu dem Stand. Es waren keine Kunden da, nur der Verkäufer. Aber es misslang, weil er sich nervös mit der Zungenspitze die Lippen befeuchtete. Als er sich dann auf die Brote mit der Tortilla stürzte, hatte der Verkäufer, ein junger, hellhäutiger und flinker Mulatte, bereits darauf gewartet, packte ihn seinerseits am Handgelenk und rief: »Polizei, Polizei!« Rey war entsetzt, als er sich so in die Enge getrieben sah, nahm alle Kraft zusammen, drängte den Typen zurück, trat gegen den Stand und stürzte ihn fast um, der Typ ließ ihn los, und er rannte davon. Er hatte nichts gestohlen, also war er nicht schuldig. Er ging weiter die Belascoaín hoch. Als Erstes kam ihm in den Sinn, zum Stadtteil Jesús María zu spazieren und Magda aufzusuchen. Es musste ungefähr fünf Uhr nachmittags sein. In einer Bar saßen mehrere Männer, tranken Rum, rauchten in aller Ruhe und sahen den Frauen nach, die auf dem Bürgersteig vorübergingen: Schwarze, Mulattinnen, Weiße, provokativ, mit gutem Arsch, fröhlich, schwitzend, das süße Bäuchlein und den Bauchnabel mit einer sehr kurzen Bluse zur Schau gestellt, und einer sich gut unter den Lycras abzeichnenden Möse. Wollust, Begierde, Sinnlichkeit, Schweiß, der ihnen den Rücken runterläuft, der Gang weich mit schön schwingendem Po, der Blick herausfordernd. Das war ein guter Platz. Alles schmutzig, zerstört, verfallen, kaputt, aber die Leute schienen unverwüstlich. Sie lebten und dankten den Heiligen für jeden Tag in ihrem Leben und genossen ihn. Zwischen Schutt und Dreck, aber sie genossen ihn.

Sollte er Magda aufsuchen? Es war sehr früh. Magda war wahrscheinlich gerade dabei, Erdnüsse zu verkaufen. Langsam ging er weiter die Belascoaín hinunter zum Malecón. Manchmal beobachtete er gerne. Jetzt hatte er Hunger wie ein Wolf. Ohne Essen und ohne Geld musste er noch besser

Ausschau halten. Vielleicht kam etwas Essbares in Sicht. Am Malecón setzte er sich auf die Mauer, um die frische Luft zu atmen. Wie immer hatte er so großen Hunger, dass er ihn gar nicht mehr spürte. Es war sehr heiß, obwohl schon die Dämmerung über dem Meer rosa, orange, grau, rot, blau, violett, weiß entflammte. Das kann man nur glauben, wenn man es gesehen hat. Die Sonne, die im Meer versinkt, und all diese Farben am Himmel. Rey, ohne Hemd, rann der Schweiß aus den Achselhöhlen und über den Rücken hinab zum Po. Auch um die Eier schwitzte er, und er stank von oben bis unten, glühend vor Hitze. Seit vielen Tagen hatte er sich nicht mehr gewaschen. Seine Achseln rochen streng. Das gefiel ihm. Mehrmals am Tag sog er seinen Geruch tief ein, und das erregte ihn. Er hatte eine kleine Erektion. Aber er musste pinkeln. Er setzte sich ganz auf die Kante der Brüstung, zog seinen halbsteifen Schwanz hervor und pinkelte ins Meer. Eine Frau, die sich mit ihrem Liebsten küsste, sah ihm unverblümt zu, entzückt von dem herrlichen Apparat. Rey bemerkte es, und es gefiel ihm. Er rieb ihn sich ein wenig, spuckte auf die Eichel, damit der Schwanz besser glitschte, und wichste ihn ein wenig zu Ehren seiner Bewunderin. Der Mann saß mit dem Rücken zu ihm und hatte keine Ahnung, was da vor sich ging. Die Frau hielt ihm den Kopf, küsste ihn auf den Hals, und fast fielen ihr die Augen aus dem Kopf angesichts von Reys Ding. Er hatte sich an seinem eigenen Körpergeruch erregt, genau wie es die Affen und viele andere Tiere tun, der Mensch eingeschlossen. Und jetzt hatte er eine derartig enthusiastische Bewunderin, dass sie jeden Moment ihren Liebhaber sitzen zu lassen drohte, um zu Rey rüberzukommen und seine Masturbation sanft in die eigenen Hände zu nehmen. Doch da musste Rey wieder an seinen Hunger denken. »Wenn ich jetzt komme, falle ich um, bloß nicht!«, ging es ihm durch den

Kopf. Er steckte sein Material wieder weg, warf seinem jungen Fan einen letzten Blick zu und ging den Malecón entlang zum Hafen. Er blieb einen Augenblick stehen und sah sich suchend nach Magda um: die Bushaltestelle an der Ecke San Lázaro und Marqués Gonzáles, das Kirchenportal, die Krankenhausecke, der Maceo-Park. Langsam ließ er den Blick schweifen. Magda war nicht da. Er hatte Lust, sie zu sehen, mit ihr zu schlafen, ihren Arsch zu küssen und eine dieser Vögeleien zu veranstalten, die drei Tage dauerten und erst aufhörten, wenn ihnen Möse und Schwanz so sehr brannten, dass sie dazu gezwungen waren, weil sie sonst zu bluten anfingen. »Wo steckt diese Verrückte? Mit wem ist sie wohl zusammen?«, fragte er sich ein ums andere Mal und gab's dann auf. Er ging zwei Häuserblocks weiter den Malecón entlang, aufs Geratewohl, hungrig und ohne Geld. Sein Glück und Unglück zugleich war, dass er genau in der gegenwärtigen Minute lebte. Präzise vergaß er die vorausgegangene und nahm von der kommenden keine einzige Sekunde vorweg. Es gibt Leute, die leben für den Tag. Rey lebte für die Minute, für exakt den Moment, in dem er atmete. Das war entscheidend, um zu überleben, und gleichzeitig machte es ihn unfähig, konstruktiv zu planen. Er lebte auf dieselbe Weise wie stagnierendes Wasser in einer Pfütze: unbeweglich, verdreckt und in widerlicher Fäulnis verdampfend, sich verflüchtigend.

Er setzte sich wieder auf die Mauer. Die Abenddämmerung entflammte noch stärker. Der Himmel, das Wasser, die Hauswände, die Felsen der Küstenriffe und die sie bedeckenden grünen Flechten, das Quaderstein-Mauerwerk von El Morro, alles, was dieses Licht berührte, wurde golden, rosa, violett – unbeschreibliche Farben. Schönheit berührte ihn. In der Abenddämmerung, bei den Frauen, in der Lebensfreude, die um ihn herumtoste, in der Musik, in der unendlichen Allgegenwart des Meeres, in der Luft voller Gerüche. Das pulsierende Leben. Und er alldem fremd.

Trotzdem fühlte sich Rey in dem Moment wohl. Er wusste nicht, warum. Niemand hatte ihm beigebracht, das Schöne zu genießen. Aber das war ein guter Moment. Angetan sah er aufs Meer hinaus, da blieb sein Blick plötzlich an einem weißen Bündel hängen, das in der Nähe schwamm. Die Strömung und die Nordwestwinde trieben es auf die Küste zu. Es war ein weißes Laken voll angetrockneter Blutflecken, gut verschnürt. Es enthielt etwas. Etwa ein totes Kind? Von einer Mutter, die es zur Welt gebracht, getötet und ins Meer geworfen hatte? Oder Teile eines zerstückelten Körpers? Rey sah sich um. Es war niemand in der Nähe. Er konzentrierte sich auf das Bündel, versuchte die Form eines Kopfes, eines Armes auszumachen. Es konnten keine Innereien und Abfälle von einem Schwein oder einem Hammel sein. Niemand wirft ein Laken weg. Da hatte man jemanden im Bett umgebracht, in Stücke gehackt, und dieses Bündel enthielt was davon. Er war drauf und dran, zu den Felsen hinunterzusteigen und es zu untersuchen. Das Paket stieß schon an die Klippen, dümpelte auf den sanften Wellen. Er brauchte nur einen Knoten aufzubinden und nachzusehen, was es enthielt. Aber er reagierte rechtzeitig. Wenn er das tat, würden die Leute angelaufen kommen. So krank, wie er aussah, würde das sofort die Polizei auf den Plan rufen. »Nein. Soll ihn doch ein anderer finden. Ich habe nichts gesehen«, sagte er sich und ging auf dem Malecón weiter zum Hafen. Auf dem Bürgersteig kamen ihm zwei Polizisten entgegen. Der Gedanke entsetzte ihn, sie könnten gleich daneben das Bündel mit Menschenfleisch entdecken. Grundloses Entsetzen, aber doch Entsetzen. Er überquerte die Straße und ging auf der San Lázaro weiter. Es wurde dunkel. Er kam ins Viertel seiner Kindheit. Von Belascoaín nach Galiano. Auf der Straße, nicht auf dem Bürgersteig, ging ein blutüberströmter Mann mit einer Kopfwunde. Der Typ ging auf der Lealdad zur San Lázaro, bog rechts ab und weiter Richtung Alt-Havanna. Er war ein sehr dünner Weißer mit drei Tätowierungen auf dem Arm: ein Jesus und eine Aufschrift, die besagte: »Mutter Lorensa gibt es nur eine«, und ein tropfendes Messer. Alles sehr schlecht gezeichnet. Er trug nur alte, ausgeblichene Shorts und sehr abgetragene Gummilatschen, hatte dichtes, schwarzes, blutverschmiertes Haar. In der Hand hielt er ein Stück schwarzen Stoff, vielleicht ein Taschentuch, und wischte sich das Blut ab, das ihm über die Stirn in die Augen strömte. Er war betrunken oder zugedröhnt von Marihuana, hatte einen Schock. Er bewegte sich wie ein Zombie, trat hart auf und warf die Füße ungeschickt und schwer nach vorn. Er hatte einen verlorenen, leicht heiteren Gesichtsausdruck. Der ganze Körper war von fast geronnenem Blut verschmiert, bis hin zu den Füßen. Die Leute sahen ihn an. Sie sahen ihn nur an, sagten nichts. Es war eindeutig, dass der Typ große Anstrengungen unternahm, um sich auf den Beinen zu halten, jeden Moment konnte er mitten auf der Straße zusammenbrechen. Hin und wieder verlor er das Gleichgewicht zur einen oder anderen Seite. Aber immer wieder fing er sich und setzte seinen Weg fort. Fortwährend drehte er sich um, als würde ihn jemand verfolgen, und beeilte sich noch mehr. Rasch war er die Straße runter verschwunden.

Es war völlig dunkel. Und Rey musste dringend pinkeln. Er ging noch etwas weiter, sah hinüber zu seinem Haus, vielmehr seinem ehemaligen Haus. Mehr Elend wollte er heute nicht sehen. Tatiana blind, Fredesbinda heulend. Nein. Er betrat ein achtstöckiges Gebäude an der Ecke Perseverancia, stieg die Treppe bis zum ersten Absatz hoch und pisste dort. Er kannte das Haus aus seiner Kindheit. Die Leute kamen hierher, um zu scheißen, zu pissen, zu vögeln, Marihuana zu rauchen. Wenn das Treppenhaus reden könnte, käme eine Enzyklopädie zustande. Als man es 1927 erbaut hatte, war es ein luxuriöses Gebäude gewesen, mit einer Treppe aus weißem Marmor und geräumigen Komfortwohnungen. Nur Berufstätige und Amerikaner hatten hier gewohnt. Jetzt, jeden Tag kaputter, war es ein gutes Pissoir. Fast hatte er seinen scharfen Strahl gegen die Wand beendet, da erschien plötzlich Elenita, die Bekloppte. Auch an sie konnte er sich von früher erinnern. Sie musste ungefähr vier, fünf Jahre älter sein als er. Sie schielte und sprach etwas näselnd, war aber total geil. Sie kam die Treppe hinunter und überraschte ihn beim Pinkeln. Rasch streckte sie den Arm aus, um nach seinem Schwanz zu greifen, während sie ihren Körper an ihn drängte und mit ihrer näselnden Stimme und in ihrer wirren Sprache zu ihm sagte:

»Hör mal aghn, aghn, hör mal ...«

Rey ließ sie gewähren, denn sie hatte gute Titten, und er spürte, wie sie gegen seine Arme drückten. Das machte ihn an. Auch er verlor keine Zeit. Er schob die Hand in Elenitas weites, frisches Kleid. Oh, was für ein üppiger Busch. Er steckte den Finger hinein. Schön feucht. Er roch an seinem Finger. Wie köstlich. Sie hatte einen zarten, appetitlichen Geruch. Elenita fand ein angespanntes, rasch und brutal sich verhärtendes Tier vor. Und sie ging in die Knie, um es zu lecken. In dem Augenblick kam jemand die ersten Stufen hoch. Der Fahrstuhl war offenbar kaputt. Als Elenita die Schritte hörte, nahm sie ihn beim Arm und eilte die Treppe hinauf, ihre Beute hinter sich herzerrend. Sie stiegen hinauf in den sechsten Stock und betraten ein kleines Vorzimmer, das sie immerhin von den Besuchern im Treppenhaus abschirmte.

Zugleich befanden sie sich einen Meter von Elenitas Wohnungstür entfernt. Durch die schmutzige, klapprige, halb geöffnete Tür hindurch hörte man den Fernseher, und heraus drang ein intensiver Gestank nach Hühnerscheiße. Die blöde Elenita verlor keine Zeit. Sie ging wieder in die Knie, nahm erneut ihre mündliche Tätigkeit in Angriff. Sie entdeckte die beiden Perlen an der Eichel und geriet schier aus dem Häuschen. Sie steckte ihn sich selbst hinein. Sie hatte eine einladende, stark behaarte Vagina, gute Titten und einen guten Arsch. Sie war eine zärtliche Blöde, die gerne küsste. Sie gab sich ganz hin, stöhnte und seufzte. Noch ehe er ganz in ihr drin war, hatte sie ihren ersten Orgasmus. Sie stöhnte und winselte, als wären sie beide ganz allein mitten in den Bergen. Ihr Mann, ebenfalls ein Grenzfall, halb verblödet oder halb verrückt, das wusste man nicht so genau, sah zur Tür herein und überraschte sie fast. Rey hatte gerade noch Zeit, sich an die gegenüberliegende Wand zu drücken. Der Mann hatte genau dieselbe dumme, näselnde Stimme wie seine Frau.

»Elenita, was machst du da? Hast du Zigaretten geholt?«

»Ughnnn, nein, ich geh gleich.«

»Und warum stöhnst du so? Was …? Ist da jemand bei dir? Ich werde dich …«

»Aghnnn, nein, nein, schlaf weiter, schlaf weiter.«

»Ich schlafe nicht, Elenita. Komm rein.«

»Nein. Schlaf weiter.«

»Komm rein. Im Fernsehen läuft ein tolles Programm.«

»Was denn?«

»Die Nachrichten.«

»Lass mich. Ich bleibe hier, aghnnn.« Der Blöde wandte sich an jemanden im Innern der Wohnung.

»Mama, es ist Elenita, aber sie will nicht reinkommen. Und sie hat keine Zigaretten gekauft.«

Eine Frau, die Mutter der Blöden, Schwiegermutter des Blöden, antwortete sofort:

»Hört auf zu streiten. Lass sie zufrieden. Mach die Tür zu und lass sie.«

Der Blöde nahm sich eine halbe Minute Zeit, um diese Möglichkeit zu durchdenken, ehe er Elenita zugewandt antwortete.

»Also gut, in Ordnung, ich mache die Tür zu, aber du gehst nirgends hin. Bleib genau dort und hör auf zu stöhnen. Tut dir was weh, Elenita? He? Tut dir was weh?«

»Ughnn, ughnn.«

»Dann hör auf zu stöhnen. Und rühr dich nicht vom Fleck.«

Damit schloss er die Tür. Die Blöde war unersättlich. Der Boden war ekelhaft, aber sie zog ihr Kleid aus, breitete es aus, und sie machten weiter. Die Treppe und das kleine Vorzimmer waren stockdunkel. Die Leute klauten die Glühbirnen. Sie vögelten weiter in der Dunkelheit, fast ohne sich zu sehen. Elenita hatte viele Orgasmen, und bei allen stöhnte sie auf. Sie machten es in allen möglichen Positionen. Mehrmals sorgte der Blöde für eine Unterbrechung, indem er die Tür einen Spalt öffnete.

»Komm rein, Liebes. Was machst du die ganze Nacht da im Treppenhaus? Komm rein. Komm schlafen.«

Aus dem Hintergrund hörte man Elenas Stimme, die für Ordnung sorgte:

»Lass Elenita in Ruhe, sie weiß schon, was sie tut. Hört auf zu streiten. Mach die Tür zu.«

Daraufhin schloss der Typ die Tür wieder, und sie vögelten weiter, von vorn und von hinten. Der Blöden gefiel es in den Arsch. Rey kam vier Mal. Dann konnte er nicht mehr. Er schlaffte ihm ab und war nicht mehr steif zu kriegen, war völlig ohne Saft und Kraft. Der Hunger zerriss ihn förmlich, und er kam auf die Idee, die Blöde zu fragen:

»Hast du etwas zu essen? Ich habe einen Mordshunger …!«

»Aghnn, aghnn.«

Er packte sie im Genick und drohte:

»Hör auf, hier die Blöde zu spielen, verdammt noch mal! Immer, wenn es dir passt, tust du völlig verblödet. Hol mir was zu essen!«

»Aghnn, lass mich los, Junge … Willst du ein Huhn?«

»Ja.«

Elenita zog ihr Kleid an. Sie ging in ihre Wohnung und kam einen Augenblick später wieder heraus, mit einem lebendigen Huhn, das sie an den Füßen gepackt hielt. Sie gab es Rey. Elenitas Mutter und Mann versuchten das zu verhindern.

»Elenita, wohin willst du mit dem Huhn?«

»Elenita, komm sofort her!«

Sie hielten Hühner im Bad. Fast zwanzig hatten sie. Alle groß und schlachtreif. Rey schnappte das Huhn. Die Blöde wollte sich mit einem Kuss und einer Umarmung verabschieden. Für Verabschiedungen war keine Zeit. Wie ein Blitz schoss Rey die Treppen hinunter, in der Hand das Huhn. Man hörte Elenita kreischen:

»Du darfst mich nicht so schlecht behandeln! Ich bin eine Frau! Aghnn, aghnn … Ich liebe dich, Tito, ich liebe dich doch so sehr!«

Und dann schritt die Mutter ein.

»Ihr beiden werdet mich noch ins Grab bringen! Ins Grab bringen werdet ihr beiden mich! Tito, lass sie in Ruhe, quäl das Mädchen nicht weiter! Schluss jetzt!«

In einer Minute war Rey auf der Straße. Seine anfängliche Absicht war es, in aller Ruhe nach Jesús María zu gehen und das Huhn mit Magdalena zu kochen. Doch in dem Moment lehnte sich Elenitas Mutter über einen Balkon und begann vom sechsten Stock auf die San Lázaro herab nach der Polizei zu rufen.

»Haltet ihn! Haltet ihn! Polizei, er hat ein Huhn gestohlen! Polizei! Gibt's denn hier nicht einen Dreckspolizisten, wenn man einen braucht? Wo steckt denn die Polizei? Haltet ihn, er hat ein Huhn gestohlen!«

Als Rey das hörte, lief er schnellstens zur Bushaltestelle auf der Manrique. Gerade fuhr ein Bus. Eine Schar lärmender Leute stieg ein. Jemand sagte, er fahre nach Guanabo. Auch Rey stieg ein. Als der Schaffner kam, um zu kassieren, stotterte Rey etwas. Er wusste, dass man ihn rauswerfen würde. Neben ihm stand ein so ungewöhnlich gekleideter Mann, so korrekt und konventionell, dass er aussah wie ein protestantischer Pastor aus der Provinz. Mühsam erklärte Rey dem Schaffner:

»Komm schon, Mann, gib mir eine Chance bis da vorne. Ich habe kein Geld.«

»Nein, nein, wenn du nicht zahlst, steigst du gleich wieder aus.«

Der protestantische Pastor schaltete sich in das Gespräch ein:

»Einen Moment, nicht aussteigen. Ich zahle für ihn.«

Rey empfand ein Gefühl der Dankbarkeit für diese unerwartete Güte. Er wurde verlegen und konnte ihm nicht danken. Er sah zu Boden und ging ganz nach hinten durch.

Es war jetzt richtig Nacht. Vielleicht zehn, elf, zwölf. Nie kümmerte sich Rey darum, Stunde, Tag oder Monat zu wissen. Für ihn war alles gleich. Die Nacht war dunkel. Rey blieb in Guanamo, der letzten Haltestelle. Er dachte daran, zum Strand zu gehen, ein Feuer zu entfachen und sein Huhn zu grillen. In der Besserungsanstalt hatte er das mehrmals getan, mit Enten, Kaninchen, Hühnern und Katzen. Er brauchte Salz und Zitronen. Der Strand war völlig leer und dunkel, aber ein Kiosk war noch offen. Zwei Typen und zwei Nutten saßen an einem Tisch vor dem Kiosk und tranken Bier. Weitere Kunden oder sonst jemanden gab's hier nicht. Nur dieses Licht an dem riesigen, weitläufigen schwarzen Strand. Zwei Angestellte hinter dem Tresen. Rey kam näher. Er war sicher, sie würden ihn hinauswerfen wie immer. Aber nein. Sie fanden es lustig, dass so ein Typ sie um Salz bat, um sein Huhn zu braten, und sie lachten.

»Verdammt, Kumpel, du bist ein echter Kämpfer. So muss es sein.«

Der Angestellte stellte Salz, Senf und Ketchup auf ein Tablett und gab es ihm. Rey war selig. Er suchte sich ein paar trockene Äste und bereitete sich eine Feuerstelle. Er zerschlug den Kopf des Huhns an einem Stein, rupfte es, ritzte es mit einem spitzen Holzspan auf, reinigte die Eingeweide im Meerwasser. Dann bestrich er es mit Salz, Senf und dem Ketchup. Da fiel ihm ein, dass er gar keine Streichhölzer hatte, und ging zurück zum Kiosk. Der Typ dort half ihm, zwei Holzscheite zu entfachen. Er tat es mit Vergnügen. Er langweilte sich, und zumindest war dieser vagabundierende Hühnerdieb unterhaltsam.

Das Huhn gelang perfekt. Nach dem Abendessen unternahm Rey einen Spaziergang am Strand. Er war müde, hörte dem sanften Rauschen der Wellen auf dem Sand zu. Es wehte kein Lüftchen und war sehr warm. Er zog sich seine Tennisschuhe aus und spürte den feuchten Sand, das warme Wasser. Er zog die Shorts aus, warf alles in den Sand und watete völlig nackt ins Meer. Das laue schwarze Wasser umfing ihn. Ihn befiel ein merkwürdiges, wollüstiges Gefühl. Er schloss die Augen und fühlte sich vom Tode umschlungen. Nicht das geringste Lüftchen wehte. Warmes Wasser und unendliche Dunkelheit, die ihn umgab. Angst zu ertrinken, weil er nicht schwimmen konnte. Er hielt die Augen geschlossen und gab sich hin, ließ sich mit dem Mund nach unten, das Gesicht im Wasser, treiben. Das köstliche Gefühl, für immer zu gehen, zog ihn an.

So blieb er eine Zeit lang. Ließ sich treiben. Hin und wieder hob er das Gesicht hoch, um zu atmen, dann verlor er sich wieder. Er war versucht, nicht mehr zu atmen, das Gesicht unter Wasser zu lassen. Nicht zu atmen, sich in das schwarze Wasser zu versenken. Sich zu versenken in die Stille, sich zu versenken in die Leere. Plötzlich streifte ein kalter, schlüpfriger, harter Körper seine Füße und Beine. Es war ein großer, sehr starker Fisch. Er schwamm ruhig und schnell und wagte sich nahe ans Ufer heran. Er streifte Rey nur einen Augenblick, aber ihm kam es vor wie eine Ewigkeit. Erschrocken richtete er sich auf. Seine Füße berührten den Sand, und er lief schnell ans Ufer.

Das Wasser reichte ihm bis zur Hüfte oder etwas darüber. Der Fisch würde Zeit haben, ihn zu verfolgen und inmitten der Dunkelheit zu verschlingen. Und Rey kämpfte. Als er endlich aus dem Wasser stieg, schlug ihm das Herz bis zum Hals und drang ihm zum Munde heraus; zitternd vor Angst warf er sich mit offenem Mund auf den Sand.

☆☆☆

Der Strand war ein guter Platz zum Leben. Man konnte auf dem Sand schlafen, wenngleich manchmal die Moskitos unerträglich wurden. Aber nicht immer. Es waren nur wenige

Polizisten da, und im Allgemeinen störten sie niemanden. In den Müllcontainern der Kioske fand man frische, appetitliche Brot- und Fleischreste. Zu alledem waren die Leute freundlich, entspannt und gaben Almosen. Ohne Heiligenfigur. Die war nicht nötig. Rey trat an sie heran, bat um etwas, und viele schenkten ihm ein paar Münzen. So verbrachte er einige Tage, spazierte am Strand hin und her, den Elementen ausgesetzt. Wenn die Sonne stach, setzte er sich in den Schatten einiger Kokospalmen. Eines Tages kamen am Nachmittag zwei abgerissene Burschen an, mager, schmutzig, nur in Shorts und ausgetretenen alten Sandalen. Einer von ihnen kletterte auf eine Kokospalme und warf acht Kokosnüsse in den Sand. Rey ging zu ihnen. Sie tranken die Kokosmilch und aßen das weiße Fleisch. Ein paar Italiener kamen, um zuzusehen, und die Burschen wollten ihnen ein paar Nüsse verkaufen. Die Italiener wollten keine kaufen. Sie sahen nur zu und grinsten. Die Burschen waren schon ungefähr vierzehn und trugen keine Unterhosen. Rey schlug sich den Magen mit so viel Kokosfleisch und -milch voll, bis es ihm zu den Ohren herauskam. Dann half er dem Angestellten einer sehr sympathischen Cafeteria: Sie hatte die Form einer großen Cola-Dose. Und der Typ in der Dose wirkte wie eine Sodabakterie. Er verkaufte viel und brauchte jemanden, der die Plastikteller und -becher, die Bierdosen, die Servietten, die Essensreste und all die Schweinereien, die die Kunden seelenruhig in den Sand warfen, wieder aufsammelte. Dafür gab er ihm etwas zu essen. Rey gefiel dieser Job. Er sammelte den Müll ein und bettelte nebenbei um ein paar Münzen. Die Sonne brannte heiß auf ihn nieder. Manchmal verspürte er Lust, sich ins Meer zu stürzen und ein wenig zu erfrischen. Aber er traute sich nicht. Nachts legte er sich weitab vom Wasser auf eine Kartonunterlage in den weichen Sand der Dünen und schlief sorglos unter freiem Himmel in frischer Luft. So vergingen Tage, vielleicht Wochen, bis wieder – wie konnte es anders sein – die verdammte Versuchung lockte. Nicht in Form von Schlange und Apfel, sondern als Hemd mit Sonnenbrille, etwas Geld, Mütze und Gummilatschen. Alles für zwei Stunden am Fuße einer Kokospalme abgelegt. Und Rey, der der Versuchung widersteht. Sein Hemd hatte er auf der Fahrt von Matanzas her eingebüßt. Was tun? Er sammelte umherliegenden Müll ein. Er betrachtete das Hemd. Der Besitzer war bestimmt gerade schwimmen. Schließlich siegte die Schlange: Ruhig nahm er alles an sich, schnürte daraus ein festes Bündel und ging zur Straße, Jetzt musste er hier weg. Er wanderte über einen Kilometer und zählte das Geld, das er in der Hemdtasche fand. Acht Dollar. Er zog das Hemd an, setzte sich die Sonnenbrille und die neue Mütze auf. Einem Taxifahrer bot er einen Dollar. Zwanzig Minuten später fuhr das Auto durch den Tunnel der Bucht. Rey war glücklich, ausgesprochen gut drauf. »Der König von Havanna mit sieben Grünen in der Tasche, auf der Fahrt in einem Taxi, wild und schnell wie das Pferd von Guaitabóooo … tari tara«, sang er im Geiste und grinste.

In Prado stieg er aus und sagte sich: »Jetzt werde ich aber endlich Magda besuchen und sie zu Grillhühnchen, Kartoffeln und Bier einladen. Ich, der Krösus … hahaha …« Er bog in die Ánimas ein und fand eine Bar. Er fühlte sich so gut, dass er einen Schluck Rum brauchte. Er trat ein und bestellte einen Doppelten, zahlte. Mit seinem sauberen Hemd und der nicht zu übersehenden Sonnenbrille war er ein Herr von Kopf bis Fuß. Er stützte sich auf die Theke und sah auf die Straße. Da war Cacareo, ein alter Mann, halb Mulatte, halb Indio, ständig betrunken, mit einer selbst gebauten Schubkarre. Dem Anschein nach transportierte er alles Mögliche. In

Wirklichkeit war er am Ende: Hunger, Alkohol und die Jahre hatten ihn erledigt. Jeden haute er um ein Schlückchen Rum an. Er wollte weder Geld noch Essen. Um sich einen Schluck zu verdienen, sang er manchmal oder grölte etwas aus einem Bolero oder einer Guaracha. Cacareo ließ die Schubkarre draußen und kam auf Rey und einen anderen Mann zu, die beide Rum tranken. Sie waren die einzigen Kunden. Der Alte, klein und dünn, mit grellen Lumpen bekleidet, grinste von einem Ohr zum anderen und stimmte eine Rumba an, begleitet von ein paar unbeholfenen Schritten. Am Ende streckte er eine Blechbüchse aus, damit man ihm ein bisschen Rum einschenkte. Er war ein rührender, lächerlicher Possenreißer. Rey schoss ein Gedanke durch den Kopf: »So werde ich sein, wenn ich alt bin. Ein beschissener Hanswurst.« Eine wilde, unkontrollierbare Wut packte ihn. Er zerschmetterte das Glas auf dem Boden und versetzte dem Alten einen so brutalen Stoß, dass der auf den Rücken fiel. Und mit großen Schritten verließ er die Bar. Er hörte nicht einmal, wie der Kellner sagte: »Hören Sie mal, sind Sie verrückt geworden? Bezahlen Sie gefälligst das Glas.«

Magda konnte an der Bushaltestelle sein mit ihren Erdnusstütchen. Also ging er hin. Es war ungefähr fünf, sechs Uhr nachmittags. Ein Typ lief elegant an ihm vorbei. Blond, weiß, groß, wohl genährt. Ein arisches Prachtexemplar beim Joggen zwischen Trümmern, mit bester Sportkleidung und kostspieligen Marken-Sportschuhen. Selbstverständlich kapierte er nicht das Geringste. Er bog in die Campanario Richtung Malecón ein und trabte mitten auf der Straße. In der Fleischerei Ecke Ánimas und Campanario war ein Menschenauflauf von dreißig, vierzig Personen, die ihre Ration Soja-Hackfleisch abholten. Einer sagte: »Sieh dir den Typen an ... der spinnt doch.« Eine Dame erwiderte ihm: »Wir sind diejenigen, die spinnen, denn wir haben nicht einmal die Kraft zu laufen, um den Bus zu kriegen. Jawohl, wir sind diejenigen, die spinnen.« Eine andere Frau gab auch ihren Senf dazu, mit verbittertem Gesicht: »Und wir fressen immer weiter Scheiße, anstatt abzuhauen.« Die anderen hielten vorsichtshalber den Mund.

Rey sah den blonden Fremden mit zur Schau getragener Eitelkeit mitten durch dieses Elend laufen und hörte sich die Kommentare an. Er verstand gar nichts und ging weiter bis zum Krankenhaus. Gegenüber der Kapelle La Milagrosa lag ein Kerl auf dem Boden. Er war ein völliges Wrack. Vielleicht Kinderlähmung. Allem Anschein nach schlief er oder war bewusstlos. Er hatte ein Stück Plastik auf dem Boden ausgebreitet, mit einem kleinen San Lázaro darauf, vielen Münzen und einem Schild:

»Dies ist mein letztes Gelübde an meinen Vater San Lázaro. Ich habe Hämorrhoiden-Beschwerden und viele Krankheiten. Ich beende sie heute um 6.30 Uhr und fahre nach El Rincón. Ein Gelübde zu respektieren.«

Die Leute lasen das Schild. Alle empfanden Mitleid mit dem menschlichen Wrack. Einige legten Münzen hin und bekreuzigten sich. Rey zog Schlussfolgerungen: »Der Kerl hier ist echt Klasse. Ich werde mir ein noch besseres Schild anfertigen … Hmmm … und ich muss mich ein bisschen verunstalten … hmmm … ich glaube, Magda kann auch nicht schreiben, und dieses Schild ist gut gemacht. Wir werden schon sehen, wer so was hinkriegt, hmmm …«

Während er noch darüber nachdachte, wie er ein so perfektes Schild hinbekam, setzte er sich auf die Stufen am Eingang der Kapelle. Zum Zeitvertreib sah er den Leuten gegenüber zu. Magda setzte sich neben ihn, lächelnd, die Erdnusstütchen in der Hand.

»Was machst du denn hier, Kleiner?«

Überrascht sah Rey auf.

»Heee!«

»Hast wohl einen Schreck gekriegt, was?«

»Nee.«

»Was suchst du hier?«

»Was ich hier suche? Du bist ja nirgends zu finden. Wo steckst du denn bloß?«

»Hier und da.«

»Was heißt hier und da? Was treibst du, Magda?«

»Ich? Also wirklich, Kleiner, du bist ganz schön dreist!«

»Warum?«

»Weil du dreist bist. Du bist einfach verschwunden, seit was weiß ich nicht wann, und jetzt kommst du an und stellst Ansprüche und markierst den Ehemann.«

»Du hast keine Ahnung, wo ich …«

»Warst du im Knast?«

»Nein, aber ich hatte mich in etwas verstrickt und konnte nicht …«

»Du bist ganz schön unverschämt, Rey. Ich gehe. Und komm mir ja nicht hinterher, ich will keine Szene mitten auf der Straße!«

»Aber hör doch mal … Spinnst du, oder was ist in dich gefahren?«

»Ich habe gesagt, ich hau jetzt ab und du sollst mir nicht folgen. Und fass mich ja nicht an, sonst veranstalte ich einen Ohrfeigen-Zirkus auf deiner großen Fresse! Und dann schwärze ich dich bei der Polizei an.«

Rey wurde wütend. Er hatte Lust, sie an der Gurgel zu packen. Er bekam sich wieder unter Kontrolle.

»Lass uns reden, Magda.«

»Einen Scheiß müssen wir reden, geh mir aus den Augen!«

»Sag mir wenigstens …«

»Es ist Schluss, Rey. Du hast mich im Stich gelassen. Ich brauche einen Mann. Einen Mann! Jemanden, der mir beisteht und etwas für mich tut.«

»Aber ich kann …«

»Einen Dreck kannst du! Du bist ein Kindskopf und Hornochse! Adiós!«

Magda ging. Reys Wut ging in Bestürzung über und von da zu Traurigkeit. Plötzlich fühlte er sich allein und verlassen, ohne jeden Halt. Und er vergoss einige Tränen. Kein üppiges Weinen. Ihn befiel ein Gefühl von Leere und Einsamkeit. Ziellos lief er umher. Deprimiert, mit dem Wunsch zu sterben. Mehr als einmal dachte er: »Warum bin ich in jener Nacht am Strand nicht ertrunken?« Als er des Laufens müde war, setzte er sich in einen Türrahmen. Die Nacht war endgültig hereingebrochen. Nur wenige Leute waren zu sehen. Er machte es sich ein bisschen bequem und schlief ein. Am nächsten Morgen um sechs Uhr öffnete eine große, schlanke Frau von dreiundsechzig mit tiefschwarz gefärbtem Haar und großen Ohrringen – der ganzen äußeren Erscheinung nach eine Zigeunerin – die Tür. Sie trug einen Eimer mit Wasser und Kräutern, hatte das Zimmer ihrer Heiligen, in dem sie ihre Sprechstunden abhielt, »gereinigt«. Immer blieben Spuren, wenn man mit Toten arbeitete und tagtäglich so viele Leute zur Konsultation kamen. Das war die tägliche Routine von Daisy der Zigeunerin. Das Zimmer und das ganze Haus säubern, das Böse einfangen und es zusammen mit dem Eimer Wasser hinaus auf die Straße schütten. Das Haus parfümieren, die Heiligen mit Blumen schmücken, die Orishas mit Schnaps, Honig, Tabakrauch, irgendeiner Frucht, was immer sie wollten, begrüßen. Man musste sie bei Laune halten. Und sich auf die Konsultationen vorbereiten. Sie besaß einen bescheidenen Ruf als Kartenlegerin. Jeden Tag kamen fünf bis zehn Personen. Sie wollten unbedingt ihre Zukunft erfahren und versuchen, diese zu ihren Gunsten unter den Anweisungen und Ratschlägen von Daisy zu korrigieren, wenngleich diese immer sagte: »Ich ordne nichts an, habe sowieso von nichts einen blassen Schimmer. Es ist Rosa, die Zigeunerin, die spricht. Ich weiß nicht einmal, was sie dir sagt.«

Um ein Haar hätte sie jetzt das Wasser über Rey ausgekippt. Sie war überrascht, einen schlafenden Kerl vor ihrer Tür zu finden.

»Hey, was ist denn das hier? Geh sofort von meiner Tür weg! Los, los, weg hier!«

Rey erwachte, und sein ganzer Körper tat ihm weh. Er fühlte sich noch trauriger als am Vorabend. Es war ihm egal. Er bewegte sich nicht. Verärgert stupste Daisy ihn mit dem Fuß an.

»Los jetzt, weg von meiner Tür!«

Rey kroch etwas nach rechts, um den Türrahmen freizugeben. Dort blieb er dann auf dem Bordstein sitzen, mit dem Rücken an die Wand gelehnt. Daisy schüttete das Wasser aus, bespritzte ihn ein wenig. Sie sprach ihr Gebet und ging wieder hinein. Rey befand sich in einem Zustand völliger Verlassenheit. Den ganzen Tag lang rührte er sich nicht von der Stelle. Er wollte nur noch sterben. Daisy widmete sich ihren Konsultationen und vergaß den Kerl vor ihrer Tür. Gegen acht Uhr abends begleitete sie ihren letzten Kunden hinaus, eine Frau vom Lande, die ihr immer Hühner, Reis, Bohnen, Knoblauchzöpfe mitbrachte und sie überdies gut bezahlte. Daisy kümmerte sich gut um sie, und die Frau war stolz auf die Vorhersagen und Heilmittel der Zigeunerin. Daisy zündete sich eine Zigarette an, küsste ihre Kundin auf die Wange und blieb einen Augenblick in der Tür stehen, um den Rauch auszublasen und das Gehirn etwas zu erfrischen. Sie verdiente gut Kohle, war aber am Ende eines jeden Tages völlig erschöpft. Der Typ lag immer noch auf dem Bürgersteig. Sie sah ihn genauer an. Er war schmutzig, obwohl nicht schlecht gekleidet.

»Hör mal, Jungchen, findest du nicht, dass du noch ein bisschen zu jung dafür bist, hier herumzuliegen? Was ist los mit dir? Bist du betrunken?«

Rey hatte völlig abgeschaltet und keine Lust zu antworten. Er verspürte keinen Hunger mehr und keinen Durst. Hartnäckig stellte Daisy weitere Fragen. Rey erwiderte nichts. Aber Rosa flüsterte ihr ins Ohr: »Lass ihn nicht einfach da liegen. Hilf ihm.« Und jedes Wort von Rosa war heilig. Daisy half ihm aufzustehen. Sie stützte ihn auf ihre Schulter und brachte ihn ins Haus. In der Bar gegenüber, an der Ecke Virtudes und Águila, tranken zwei Nachbarn Rum und beobachteten die Mühe, die die Zigeunerin mit dem Vagabunden hatte.

»Das hat der Kartenlegerin gerade noch gefehlt. Früher hat sie streunende Hunde und Katzen aufgelesen, jetzt sind's Bettler.«

»Sie ist ein guter Mensch, die Zigeunerin. Mich sollte sie mal auflesen.«

»Mager ist sie und alt … na ja, klar, darum nennt man dich auch ›Omasauger‹.«

»Hör auf, Kumpel, lass diesen blöden Spitznamen. Ich respektiere dich doch auch.«

»Hahaha.«

»Sie ist zwar alt, aber noch in Form. Dazu mit Haus und Scheinchen.«

»Meinst du, sie hat schön was unter der Matratze?«

»Klar. Wenn sie jeden Tag zwanzig Konsultationen hat.

Falls sie sich je meiner annehmen sollte, würde ich leben wie ein König.«

»Mensch, wenn sie dir so gut gefällt, warum machst du dich dann nicht an sie heran?«

»Sie beachtet mich nicht. Seit Jahren bin ich hinter ihr her, aber immer schlüpft sie mir zwischen den Fingern hindurch.«

Daisy schloss die Tür. Rey war sehr mager und abgezehrt, aber trotzdem war er ihr zu viel. Sie ließ ihn am Boden liegen. Immerhin hatte er schon die Augen geöffnet. Sie gab ihm ein Glas Wasser mit Zucker. Rey erholte sich etwas.

»Bist du verletzt, krank oder so?«

»Nein.«

»Wie heißt du?«

»Rey.«

»Ich heiße Daisy. Jetzt mache ich erst mal etwas Wasser warm, damit du dich waschen kannst, und dann koche ich etwas für uns beide.«

»Warum tust du das?«

»Für die Gottheiten. Sie haben mich dazu angewiesen.«

»Völlig ... ich will sterben.«

»Sprich nicht so und spiel dich nicht auf, das ist böse. Schluss jetzt, hoch mit dir und ab ins Wasser!«

Rey hatte nicht die Kraft, sich dem Bad zu widersetzen. Das Haus stammte aus dem 19. Jahrhundert, war groß und baufällig. Kolonialstil, mit dicken Wänden aus Stein und sehr hohen Stützbalken. Es hatte Diele, Wohnzimmer, Vorzimmer, vier Schlafzimmer. Alles unverhältnismäßig groß. Die vier Schlafzimmer gingen auf einen geräumigen Innenhof. Im hinteren Trakt lagen eine riesige Küche, das Esszimmer und das Bad. Mütterlich versah Daisy Rey mit Seife, Handtuch, einer Hose, Unterhose, Strümpfen und einem kurzärmeligen Hemd. Alles vom Militär. Seit Jahren war sie Offizierswitwe und hatte alles aufbewahrt: Dienstmützen, Stiefel, Medaillen, Diplome, Trophäen. Wenn sie einen jungen Mann bei sich im Haus hatte – junge Männer entzückten sie, aber sie hütete sich sehr vor den giftigen Zungen der Nachbarn –, nahm sie sich seiner an und machte ihm ihre Aufwartung mit all den Fetischen. So verabschiedete sie sich nach und nach von der Erinnerung an den Verstorbenen, der immer ihr Mann, Vater, Gatte, Freund, Beschützer, Gebieter gewesen war, der sie schwängerte und vier Mal gebären ließ. Er war ihr Ein und Alles. Die größte Verrücktheit der beiden war, miteinander zu vögeln, wenn er Uniform und die Pistole am Gurt trug. Nur der Schwanz und die Eier wurden aus dem Hosenschlitz hervorgeholt. Das brachte Daisy immer ganz aus dem Häuschen. Mit gerade fünfzig starb er, und alles hatte ein abruptes Ende. Von da an wurde Daisy immer mehr zur Zigeunerin. Mehr und mehr. Irgendwas zog sie. Sie wohnte allein in dem großen Haus. Drei Söhne lebten in Miami, ein anderer bei seiner Frau und sie allein mit den Gottheiten und Rosas ständig gegenwärtigem Geist, der ihr ins Ohr flüsterte.

Als Rey aus dem Bad kam, war er ein anderer Mensch. Daisy bereitete ein anständiges Essen zu: Reis, schwarze Bohnen, geschmortes Fleisch, gebratene reife Bananen, Salat mit Avocados, Bohnen und Ananas, kaltes Wasser und Kaffee.

»Willst du eine Zigarre oder ein Glas Rum?«

»Ja.«

Zum ersten Mal in seinem Leben fühlte sich Rey als Mensch. Nie zuvor hatte er so gegessen, so schmackhaft und darüber hinaus an einem Tisch sitzend. Immer aß er sonst mit dem Teller in der Hand. Nie hatte eine saubere, nach Parfüm duftende Frau an seiner Seite gesessen, in einem so großen Haus voller Heiligenfiguren und Blumen, nie war er so verhätschelt worden. All das war unglaublich. Wie konnte das geschehen?

»Wie alt bist du, Rey?«

»Ähmm …«

»Du willst mir etwas vorlügen. Sag die Wahrheit.«

»Siebzehn.«

»Das habe ich mir gedacht.«

»Warum?«

»Du wirkst wie dreißig, aber ich wusste, dass du noch ein Kind bist.«

»Dreißig?«

»Das Leben hat dir etwas übel mitgespielt …«

»Kann schon sein.«

»Oder vielleicht hast du dem Leben übel mitgespielt … wer weiß.«

Daisy zündete sich eine Zigarette an, und sie rauchten schweigend ein Weilchen. Sie drückte die Kippe im Aschenbecher aus und sah ihn an.

»Siebzehn also …«

Sie konnte sich nicht länger zurückhalten, ging zu ihm, küsste und umarmte ihn. Er erwiderte es. Als sie die Erwiderung spürte, verlieh sie ihren Gefühlen ein wenig mehr Ausdruck:

»Himmel, du bist aber auch ein niedlicher Mulatte!«

Rey wollte die Begeisterung erwidern, bekam aber keine Erektion. Zu viele Seifen- und Parfümdüfte. Er schwoll gerade mal etwas an. Damit begnügte sich Daisy für den Moment und war – wie alle Frauen – ganz hingerissen, als sie die Perlen an seiner Eichel entdeckte. Rey machte Anstalten, sich auszuziehen. Sie verbat es ihm.

»Nein, nein. Mit Kleidung! Zieh sie nicht aus. Mach den Reißverschluss auf. Ich hole dir eine Pistole.«

»Eine Pistole? Wofür?«

»Damit du sie dir in den Gürtel steckst und Rosa vögelst.«

»Was redest du da? Ich kapiere nichts. Und Pistolen und Wachen und all den Scheiß kann ich nicht ausstehen.«

»Warum nicht?«

»Darum nicht.«

»Warum nicht?«

»Weil … ach verdammt, blas weiter.«

»Du verrückter Kerl, eine Perle hast du da …«

»Zwei.«

»Ja, zwei, du völlig verrückter Kerl.«

Rey schloss die Augen und stellte sich vor, Magda sei bei ihm. Jedes Mal, wenn Daisy – oder Rosa, wer weiß – ihn küssen wollte, drückte er ihren Kopf wieder nach unten. Er wollte Daisys Duft und Sauberkeit nicht riechen. »Magda, schwitz, Magda, schwitz deinen starken Körpergeruch.« So hielt er seine Erektion mehr oder weniger aufrecht und spritzte viel Samen in Magdas Mund, oder in den von Daisy oder den von Rosa. Und das war's. »Wie viel Arbeit das gute Leben doch mit sich bringt, verdammt«, dachte er. Daisy wollte natürlich mehr. Sie war bislang leer ausgegangen. Aber sie war eine alte Expertin und wusste genau, dass man am besten die Zeit für sich arbeiten ließ.

»Willst du einen Mango-Batido?«

»Ja.«

Daisy tat viel Milch in den Batido und ein paar konzentrierte Vitaminpillen, die ihr ihre Söhne regelmäßig aus Miami schickten. Sie hatte nie erfahren, warum. Aber sie schickten sie immer weiter.

»Hier, trink das, Schätzchen, du bist so mager und verwahrlost.«

So vergingen die Tage. Rasch gewöhnte Rey sich an die Vitamintabletten, das gute Essen, die frische Wäsche, selbst wenn sie Militäruniform war. Und daran, dass Daisy ihm jeden Morgen ein paar Pesos gab.

»Da, nimm, mein süßer Bengel, ein paar Pesos, damit du dir etwas kaufen kannst. Aber rasier dich. So gehst du mir nicht auf die Straße. Hast du dir die Zähne geputzt?«

Innerhalb einer Woche hatte sich Rey erholt, an Gewicht zugenommen und war darüber hinaus ganz häuslich geworden: Er frühstückte, aß zu Mittag, zu Abend, alles zu seiner Zeit. Er badete täglich, rasierte sich. Er unternahm nur ein paar Spaziergänge durchs Viertel und entfernte sich nie weit vom Haus. Am Abend dann einen Schluck Rum und eine Zigarre. Daisy war den ganzen Tag lang mit ihren Sprechstunden beschäftigt. Aber nachts verlangte sie immer ihren Anteil. Und Rey veranstaltete im Kopf Seiltanzakte. Nichts von wegen großer Vögelei. Rey brachte es gerade so zuwege. Er schaffte es nicht, ihn völlig steif zu kriegen. Immer machte er die Augen zu und träumte von Magdas Schmutz und Atem. Daisy hatte keinen Eigengeruch. Alles wurde grau, eintönig und langweilig für Rey. Eines Abends wollte Daisy ihm die Karten legen. Rey wollte nicht.

»Das ist wichtig für dich. Ich bin die Einzige, die dir helfen kann.«

»Ich brauche keine Hilfe.«

»Wir alle brauchen Hilfe. Von Gott. Wir sind Liebe und Licht, aber ohne Gott verwandeln wir uns in Hass und Dunkelheit …«

»Ach, lass deine Märchen, von wegen Gott, verdammt. Ich scheiß auf Gott.«

»In meinem Haus wird nicht so geredet. Sag, dass es dir Leid tut.«

»Ich scheiß auf Gott.«

»Sag, dass ... vergib ihm, Gott. Er weiß nicht, was er sagt.«

»Ich scheiß auf Gott.«

»Genug! Ich werde für dich beten. Gott muss dir vergeben.«

»Ins Knie ficken kann sich Gott! Es gibt überhaupt keinen verdammten Gott. Du hast's mit dem Scheiß, weil du wie eine Königin lebst. Natürlich musst du an all diese Heiligen glauben und an deine Spielchen mit den Karten und den ganzen Scheiß. Ich glaube an nichts! Nicht einmal an mich!«

»Ich verstehe dich, Rey. Möge Gott dir vergeben.«

»Erzähl mir nicht immer wieder denselben Scheiß!«

Rey war wütend geworden. Er ging aus dem Haus hinüber in die Bar, um Rum zu trinken. Er war wirklich außer sich vor Wut. In seiner Tasche hatte er zwanzig Pesos, die er auf den Tresen legte, und er sagte zu dem Typen:

»Dafür Rum!«

Der Barmann stellte ihm ein Glas und eine drei viertel volle Flasche billigen Rum hin, einen wahren Rachenputzer. Durstig trank Rey. Innerhalb von zwei Minuten hatte er schön einen sitzen. In der Tür der Bar erschien Daisy und rief ihn.

»Rey, komm bitte einen Moment her.«

»Lass mich in Ruhe.«

»Hör auf, dich zu betrinken, Rey, komm her. Wir gehen nach Hause.«

Um diese Zeit war die Bar fast leer und ganz still. Ab acht Uhr abends war das Viertel tot. Nur Rey, zwei andere Gäste und der Wirt. Einer der Gäste, ein alter, magerer, zu Blödeleien aufgelegter Mulatte, fing an, mit schöner Stimme zu singen:

Sie sind schuld
an allen meinen Ängsten

und allem meinem Gram.
Sie haben mir das Leben
mit süßer Unruhe erfüllt
und auch mit bittrer Scham.
Ihre Liebe ist wie ein Schrei,
den ich hier in der Seele trag …

Rey hielt das nicht aus. Er riss sich zusammen, um dem alten Narren nicht mit der Flasche eins über den Schädel zu ziehen. Er schloss die Augen, um an sich zu halten. Er ergriff die Flasche Rum und ging die Águila hinunter zur Neptuno. Daisy in ihrem leichten Morgenrock, den Hausschlüssel in der Hand, folgte ihm in ihren Gummilatschen und flehte:

»Mein Junge, nach allem, was ich für dich getan habe. Sei jetzt nicht undankbar.«

»Lass mich in Ruhe.«

»Rey, im Namen deiner Mutter, geh nicht so fort. Ich habe dich nie danach gefragt, wer du bist oder woher du kommst. Nichts …«

»Es geht dich auch gar nichts an.«

»Ich weiß, dass es mich nichts angeht. Ich werde dir nie Fragen stellen. Aber lass zu, dass ich mich um dich kümmere, Rey. Hör auf zu trinken.«

»Lass mich in Ruhe und hör auf zu nerven, du Scheißalte.«

»Was heißt hier Alte? Ich und alt?«

»Ja, genau du. Scheißalte. Lass mich in Ruhe und scher dich nach Hause.«

»Nur mit dir. Nicht alleine.«

Daisy kam näher und packte ihn am Arm. Der Streit wurde mit lauten Stimmen geführt. Rey grölte mitten auf der Straße. Sie sprach vorsichtiger. Einige Leute sahen ihnen von ihren Balkons und vom Bürgersteig aus zu. Das bei Havannas

Bewohnern beliebteste Spektakel: ein Zoff auf der Straße zwischen Mann und Frau. Jemand rief von einem Balkon zu Daisy hinunter:

»Mach schon, du Herzensbrecherin … kleine Jungs gefallen dir wohl verdammt gut, du Schlampe.«

Daisy drehte sich in die Richtung, aus der die ungebetene Stimme kam.

»Das hier ist mein Mann! Von wegen Jüngelchen! Sein Schwanz könnte dir den Arsch zerreißen, du Schwanzlutscher! Los, komm runter, du feige Schwuchtel!«

Dieselbe spöttische Stimme näselte, um unerkannt zu bleiben:

»Los, du alte Genießerin, steck dein Söhnchen schön ins Bettchen!«

Daisy erwiderte nichts. Der Spötter witzelte weiter:

»Bring ihn schön heim und gib ihm sein Fläschchen.«

Sie achtete nicht weiter auf das Gespött. Sie presste sich an Rey und streichelte ihm den Arm.

»Schätzchen, du wirst noch verrückt. Lass mich eine Reinigung an dir vornehmen. Du wirst schon sehen, wie dir der Verstand klar wird.«

»Fängst du schon wieder mit diesem Schwachsinn an?«

»Nein, nein, ich sage ja gar nichts. Aber lass uns jetzt nach Hause gehen, mein Liebster. Morgen früh nehme ich eine Reinigung an dir vor. Es ist nur zu deinem Besten, Rey, du wirst sehen, wie gut du dich danach fühlst.«

Rey zog es vor, nicht zu antworten. Er schwieg. Sie gingen weiter. Auf der Águila, wenn man nach Zanja kommt, gegenüber der Telekom, stand ein riesiges, halb zerfallenes, unbewohntes Mietshaus. In großer Dunkelheit. Es war fast Mitternacht. Ein Ort für Schwule, Kontaktsucher, Spanner, junge Mädchen, die für einen Quickie-Handjob ein paar Pesos verdienen wollten, Bettler und alle möglichen Dealer. Rey betrat das Gebäude. Daisy erschrak.

»Himmel, Rey, das hier ist ein gefährlicher Ort.«

»Der Gefährliche hier bin ich! Da, gönn dir einen Schluck.«

Sie setzten sich auf einen großen Stein, beruhigten sich und tranken den Rest der Flasche aus. Langsam fühlte sich Rey wieder unter Kontrolle. Im Halbdunkel um ihn herum war Bewegung: Ein junges Mädchen holte jemandem einen runter. Eine Schwarze und ein Schwarzer vögelten völlig außer Rand und Band; man hörte sie in ein paar Meter Entfernung und ahnte ihre Körper. Ein paar Voyeure gingen verstohlen auf dem Bürgersteig vorüber, rauchten und musterten einander, bereit, jederzeit in Aktion zu treten. Die Atmosphäre war geheimnisvoll, beladen mit heimlich tuendem Gesindel. Flüchtigem Sex. Rey wurde geil. Er stand ihm von allein. Wie ein Speer.

»Hmmm … komm her, meine kleine Alte, komm her.«

Er hob Daisys Hauskleid. Darunter nur ein Höschen. Sein Schwanz stand ihm jetzt stramm, knüppelhart. Er tastete die Zigeunerin gut ab. Sie war schlank, mit stark behaarter Scham. Er holte ihn hervor. Daisy berührte ihn und geriet schier aus dem Häuschen.

»Schätzchen, die Perle zittert ja.«

»Die Perlen! Es sind zwei, verdammt noch mal!«

»Ach ja, Schätzchen, klar, es sind zwei. Los, mach's mir wild.«

Rey spreizte ein wenig ihre Beine, zerriss das Höschen und warf es weg, lehnte sie gegen den Stein und drang in sie ein wie nie zuvor, so dass sie aufschrie.

»Himmel, Schätzchen, das ist mal ein Schwanz … ach, mein Verstorbener, vergib mir, aber das hier ist ein wahrer

Schwanz, ein wirklich echter. Los, schieb ihn ganz rein, bis hinten durch ...«

Drei Voyeure kamen auf ein paar Meter heran und masturbierten angesichts dieses genialen Knüppels. Rey hielt seinen Orgasmus zurück. Er wollte, dass Daisy kam und entschädigt wurde. Sie hatte viele kurze Orgasmen hintereinander, zwei pro Minute. Sie verließ die Wirklichkeit, schrie, stöhnte, biss sich in die Hand. Die dreiundsechzigjährige Alte wurde wieder fünfzehn. Bis er schließlich seinen Saft abspritzte. Genau wie die wichsenden Spanner. Alle kamen gleichzeitig. Eine Art Blütenlese in der Sexualgeschichte der Menschheit. Als Daisy und Rey die Augen öffneten, hatten sich die Spanner bereits wieder auf eine vorsichtige Entfernung zurückgezogen. Und alle waren glücklich.

☆☆☆

In den darauf folgenden Tagen kehrten sie zurück zur Normalität, genauer gesagt, zu Daisys Routine, zu ihren besonderen kleinen Mahlzeiten, den Vitaminen, dem täglichen Baden und Rasieren. Hier und da flüchtete Rey. Er machte einen Spaziergang nach Prado, setzte sich einen Moment, um die Frauen anzusehen, die vorübergingen. Er hatte nichts zu tun, an nichts zu denken, nichts zu erhoffen. Immer zwanzig, dreißig Pesos in der Tasche, ließ er seiner Trägheit freien Lauf. Verschiedentlich sprach er vor, auf der Suche nach Arbeit. Es gab nichts. Sogar auf dem Bau waren alle Stellen vergeben. Daisy beharrte darauf, eine Reinigung an ihm vorzunehmen.

»Hör auf zu suchen. Solange du nicht ein paar Kräuterbäder genommen, dich entäußert und die anderen Heilmittel angewendet hast, wirst du nichts finden. Dir sind alle Wege versperrt, und du willst mir nicht glauben.«

»Ich weiß echt nicht, warum du mir jeden Tag diesen Scheiß erzählst.«

»Weil du ins Verderben läufst. Ich will dir helfen, mein Junge. So kriegst du jedenfalls nichts, weder Arbeit noch Geld oder Frauen. All dein Ramsch muss über Bord.«

Vier Mal am Tag veranstaltete Daisy den gleichen Zauber, sieben Tage in der Woche. Es langweilte schon. Den ganzen Tag lang hielt sie ihre Sprechstunden ab. Abends, fast nachts, badeten sie, aßen und schnappten im Innenhof ein wenig frische Luft. Daisy zog aufreizend durchsichtige Hauskleider und kleine Negliges an mit winzigen Slips und ohne Büstenhalter. Dazu viel Make-up, Parfüm, das Haar straff gebürstet, um gewisse afrikanische Wurzeln zu vergessen, die sich bei ihren Großeltern verloren. Bei all dieser Künstlichkeit stand er Rey nicht besonders. Er war ein rustikaler Typ und zog den Geruch nach Rum, Tabak und Schweiß sowie unrasierte Achselhöhlen vor. Um einen frischen Kopf zu bekommen, rauchte und trank er. Jeden Tag gab er mehr als dreißig Pesos für Rum, Zigaretten und Zigarren aus. In der gegenüberliegenden Bar. Eines Nachmittags ging er wie üblich in die Bar. Daisy war bei ihren Sprechstunden. Sie hatte noch drei Kunden. Sie würde um neun oder vielleicht noch etwas später Schluss machen. Sie nahm ihre Sache sehr ernst. Rey unterdrückte seinen Wunsch fortzugehen. Einfach zu gehen, ohne sich zu verabschieden. Er bestellte einen doppelten Rum. Auf dem Bürgersteig spielte ein kleiner schwarzer Junge ganz für sich: Er legte Steinchen auf den Boden, andere darauf, immer weiter, fertigte ein kleines Monument an, eine kleine Pyramide, und tanzte dann um sie herum, zog sich aus, veranstaltete Trommelklänge und umtanzte das Totem. Rey sah ihm lange zu. Er war ein Junge von fünf oder sechs Jahren, der mit seinem Totem spielte, sehr konzentriert auf das, was er tat. Lächelnd. Fasziniert von seinem Totem.

Ein paar Schritte entfernt fing jemand im Haus an zu schreien. Ein Streit brach aus. Alle paar Tage kam es zu solchen Streitereien. Das Gebäude war eine große Kolonialvilla mit zwei Stockwerken und einem Innenhof, unterteilt in siebenunddreißig kleine Zimmer. Legal wohnten dort hundertachtzig Personen, hinzu kamen ungefähr fünfzig illegale: Familienangehörige aus anderen Provinzen, Freunde in Not, Liebhaber etc., und alle waren auf zwei winzige Bäder angewiesen. Der Innenhof war einst geräumig und luftig gewesen, aber man hatte dort Zimmer angebaut, um all den Raum zu nutzen. Jetzt war davon nur noch ein enger Korridor von zwei Meter Breite geblieben, über dem ständig Wäsche zum Trocknen hing. In diesem Korridor veranstalteten die Nachbarn ausgelassene Feiern oder Zoff, hauten sich zwei Schwarze um einen Mann oder tranken Kaffee in aller Freundschaft und rauchten Marihuana oder – im Dunkel der Nacht – vögelten und seufzten Liebende miteinander im Stehen.

Was sich jetzt gerade in dem Korridor anbahnte, hatte man schon lange nicht mehr gesehen: Ein hellhäutiger Mulatte aus Oriente fing an, mit einem riesigen Schwarzen um irgendeinen Betrug zu streiten. Es wurde zu keiner Zeit klar, wer der Betrüger war. Und sie wurden immer hitziger. Langsam kamen die Brüder und Cousins des Schwarzen heraus. Seine Freunde. Die Kollegen von der Gefängnismeuterei. Schnell waren achtzehn bedrohliehe Schwarze zusammen, alle darauf aus, dem einsamen Mulatten aus Oriente, dem niemand beistand, den Schädel einzuschlagen. Plötzlich hatte der Mulatte eine Machete in der Hand. Seine Frau hatte sie ihm mit den Worten gebracht:

»Lass dich nicht verarschen, schließlich bist du ein Mann.«

Der Mulatte dachte nicht weiter nach und fing an, rechts und links Hiebe auszuteilen. Einem schlitzte er den Wanst auf, einem anderen hackte er den Arm ab. Das Blut floss in Strömen, tiefrot und dick. Auf einmal wurde der Korridor wirklich sehr klein und eng. Den einzigen Ausgang zur Straße hatte der Mulatte verstellt. Nach hinten gab es kein Entkommen. Der Typ hatte eine Wut von vier Paar Eiern, und als er Blut sah, bemächtigte sich Oggún seiner. Jetzt wollte er richtig Blut sehen. Die unbewaffneten Schwarzen waren aufgeschreckt wie Tiger im Dschungel. Sie wollten die Wände hochkrabbeln wie Fliegen, mit weit aufgerissenen Augen. Von oben kreischten zwei alte Weiber herunter und gossen Eimer mit Wasser aus. Sie waren sich sicher, die Burschen so abkühlen zu können. Der Mulatte konnte nichts mehr sehen. Er schlug mit der Machete auf alles ein, was sich ihm näherte, ohne sich dabei von seinem Posten zu rühren, damit niemand zum Portal flüchten konnte. Er war bereit, das Blutbad zu vollenden. Rasend vor Wut setzte er ihnen zu wie ein mörderisches Raubtier. Fünf Schwarze wurden verletzt und zwei bluteten. Mindestens zwanzig Eimer Wasser waren über sie ausgeschüttet worden. Alle Hunde bellten, die Frauen kreischten:

»Bindet ihn fest! Bindet ihn fest, diesen Hurensohn aus dem Oriente!«

»Gestern erst angekommen, will er heute schon Herr über Havanna sein!«

»Ruft die Polizei!«

»Holt einen Knüppel! Habt keine Angst vor ihm! Holt einen Knüppel!«

»Feiges Schwein! Mit bloßer Hand traust du dich nicht zu schlagen! Feiges Schwein!«

Endlich kamen zwei Polizisten. Wütend, wie er war, sah der Mann aus Oriente nicht, wie sie sich von hinten näherten. Mit zwei Karateschlägen ins Genick setzten sie ihn außer Gefecht. Der Typ bekam keine Luft mehr, war wie gelähmt und ließ Arme und Machete fallen. Man legte ihm Handschellen an. Langsam bekam der Mulatte wieder Luft und fing an zu schreien und um sich zu treten, um sich von ihnen zu befreien. Einer der Polizisten ließ seinen Gummiknüppel auf seinen Rücken niederkrachen. Der Kerl fiel zu Boden, auf den Mund. Der Polizist verabreichte ihm noch ein paar weitere Schläge mit dem Gummiknüppel, kreuz und quer über die Wirbelsäule.

»Hör jetzt auf, den wilden Mann zu spielen, und halt's Maul!«

Der Mulatte verstummte und wimmerte leise:

»Du feige Sau, Scheißkerl, warum hast du mich gefesselt, du Scheißer …?«

Der Polizist zog ihm noch ein paar über, dass die Knochen knackten. Der Mulatte verlor fast das Bewusstsein und schwieg.

Die Schwarzen wollten davonlaufen. Die Polizisten zogen ihre Pistolen und schossen vier Mal ins Leere. Das Geknalle hing in der Luft. Vier flüchteten auf allen erdenklichen Wegen. Elf Schwarze blieben zurück und pressten sich an die Wand. Ganz ruhig. Streifenwagen wurden angefordert. Die Frauen fingen jetzt an, den Polizisten mit ihrem Gekeife zuzusetzen:

»Lasst sie frei. Sie haben nichts getan. Nehmt sie ja nicht mit!«

»Der mit der Machete hat angefangen.«

»Der mit der Machete! Der aus Oriente!«

»Diese Jungs sind von hier und anständig. Feine Kerle.«

»Der aus Oriente ist der Scheißkerl. Hier gibt's sonst nie Krawall.«

Es kam Verstärkung. Zwei Streifenwagen. Alle wurden mitgenommen. Die Frauen kreischten aufgebracht weiter, frech, hysterisch. Die Polizisten bemühten sich, die Raubtiere unter Kontrolle zu bekommen. Schließlich räumten sie das Terrain. Das Haus verblieb in Aufregung.

Gegenüber lehnte sich Daisy aus dem Fenster. Sie sah eine Weile hinaus, um dann ihrem Kunden mitzuteilen:

»Die Schwarzen drüben im Haus zanken sich. Wie immer. Jeden Tag geht das so.«

Und legte weiter Karten.

In der Bar nutzte Rey die Gelegenheit, sich Ivón zu nähern, einer kleinen Schwarzen mit knackigem Arsch und prallen Brüsten, süß und schweigsam, die in einem der Zimmer im Haus wohnte. Allein mit ihrer fünfjährigen Tochter. Seit Tagen hatte Rey sie im Auge. Und jetzt war der Moment gekommen. Ivón blieb auf dem Bürgersteig stehen. Angesichts der Schlägerei wollte sie abwarten, bis alles vorbei war. Schon seit längerem wollte Rey ihr seinen Schwanz reinstecken. Er nutzte die Gelegenheit und lächelte ihr zu. Von Verliebtheit und den richtigen Worten wusste er nichts. So fiel ihm nichts Besseres ein, als ihr Rum anzubieten.

»Willst du einen Schluck?«

»Nein, danke.«

»Ich bin der Nachbar von gegenüber.«

»Ja. Ich habe dich mit der Zigeunerin gesehen. Was ist da im Haus los? Ziemlich übler Krach, was?«

»Fünf blutverschmierte Verletzte haben sie rausgeholt. Da war ein Typ mit Machete. Hat ihm richtig gefallen.«

»Ach je.«

»Komm, nimm einen Schluck.«

»Hahaha, die Alte wird dich umbringen, wenn sie dich mit einer anderen Frau sprechen sieht …«

»Und was macht man mit dir?«

»Mit miiir? Nee, mein Lieber, ich bin Herrin meiner selbst.«

»Ich auch.«

»Das mach einer anderen weis.«

»Gut, lassen wir das. Wie heißt du?«

»Ivón.«

»Rey.«

Sie gaben sich die Hand, lächelten einander an. Ivón nahm ein Gläschen kratzenden Rum an. Straight. Ohne Eis.

»Ich trinke schon lange nicht mehr.«

»Und warum?«

»Nein, weil … nichts. Ich trinke nicht.«

»Nichts was?«

»Ich trinke nicht gern allein.«

»Ivón, du mit diesem Körper, mit diesem Lächeln … du bist allein? So richtig allein?«

»Auch wenn du's nicht glaubst.«

»Hahaha. Und wie ernst du das sagst. Wie lange bist du denn schon allein? Eine Woche?«

»Monatelang.«

»Vielleicht, weil du sehr anspruchsvoll bist.«

»Ich kann mit diesen Schwarzen nichts anfangen. Sie fangen an zu trinken und, na, du siehst ja: Zoff und Hiebe mit der Machete. Ich mag nichts Schweinisches und Vulgäres.«

»Du bist eben sehr fein. Eine feine kleine Schwarze und eine zum Ausführen.«

»Bestimmt bin ich nicht fein, aber ich kann nur sagen, vulgäre Männer mag ich nicht.«

»Das heißt, um die nötigen Voraussetzungen zu erfüllen, muss ich mir gute Manieren zulegen.«

»Immer mit der Ruhe …«

»Schätzchen, ich bin die Ruhe selbst.«

Ivón nahm noch einen Doppelten an. Sie heizten einander weiter ein. Rey gefiel die Frau. Immerhin war sie so jung wie er, hatte einen schönen Körper und schien nicht so klatschsüchtig und zänkisch zu sein. Das war gut, wenn man so nah beieinander wohnte. Sie war eine sehr dunkle Schwarze und er ein heller Mulatte. Vielleicht bekamen sie sogar einen kleinen Mulatten, der ihnen ähnelte. Rey stellte sie sich schwanger vor, mit einem dicken Bauch von ihm. Sie hatten jetzt eine Reihe Gläser intus und waren ziemlich ausgelassen. Es wurde langsam dunkel. Sie verstanden sich wirklich gut. Daisy hielt weiter ihre Sprechstunden ab, als die beiden ins Haus gingen, ohne dass sie jemand sah. Jedenfalls glaubten sie das. Es war still und ruhig. Ivóns Zimmer war klein: vier mal vier Meter, nur eine Tür und ein Fenster. Darin standen ein wackliges Bett mit einer zerschlissenen Matratze und ein kleiner Tisch mit einem Petroleumkocher. Nirgends ein Platz zum Hinsetzen. Auf einem Stuhl, der fast auseinander fiel, lagen, sorgfältig zusammengefaltet und frisch gewaschen, ein paar Blusen und Röcke und ein paar Kinderkleidungsstücke. Unter dem Bett ein Paar ausgetretene Pantoffeln, ein Karton mit etwas Reis und ein Kochtopf. Es war sehr heiß und roch nach Moder, Feuchtigkeit, abgestandener Luft und schmutzigen Laken. Sie traten ein. Rey hielt immer noch sein Glas Rum. Bei offener Tür setzten sie sich aufs Bett. Rey stellte das Glas auf den Boden, küsste sie, versuchte sie hinzulegen. Sie widersetzte sich.

»Nein. Meine Tochter muss jeden Moment kommen. So geht das nicht. Glaubst du, ich bin so eine Dahergelaufene?«

»Du hast eine Tochter?«

»Ja. Fünf Jahre alt. Sie ist bei der Großmutter.«

»Ist das weit?«

»Gleich hier oben im Haus.«

»Geh hoch. Denk dir was aus, damit sie noch ein Weilchen dort bleibt.«

»Nein. Sie wird es merken.«

»Und was kümmert dich das?«

»Sie ist die Großmutter väterlicherseits. Dieses Zimmer gehört ihm.«

»Wo ist er?«

»Im Gefängnis.«

»Ah.«

»Machen wir die Tür zu. Aber nur ein Weilchen, Rey, nur einen Moment.«

Ivón schloss die Tür. Rey war schon wie Compay Secundo: Ihm kam der Sabber … aus der Eichel. Es wurde ein großes Fest mit großer Eichel. Rey kam und machte weiter mit seinem strammen Tier, und die Perlen vibrierten vor Erregung auf der violettroten Vagina von Ivón. Rey war begeistert von dem vorstehenden Arsch, fest, vollkommen, schwarz, behaart, unglaublich schön, daneben eine duftende Vagina mit schwarzen Lippen, dunkelviolett im Innern, eng, fähig, den Schwanz fest zu packen und ihn mit kräftigen Muskeln zu massieren, aufregender als von Hand. Dazu der wunderschöne Bauch mit viel Flaum unterhalb des Nabels. Die Brüste rund, geschwollen, fest, mit großen, runden, zarten Warzen. Ivón wirkte nackt wie ein gerade geschlechtsreifes, kleines Mädchen. Da waren keine Striemen, nichts wies auf Niederkunft und Alter hin. Sie war vierunddreißig, wirkte wie zweiundzwanzig. Und wie zärtlich sie war! Rey sagte es ihr ein ums andere Mal.

»Ach, Ivón, wie gerne würde ich hier mit dir leben.«

»Genieß das hier, Schätzchen. Vergiss alles andere … wenn

du so weitermachst mit deinem Schwanz, werde ich mich noch in dich verlieben … Wie ist das nur möglich …?«

Sie waren in Schweiß gebadet. Es gab keinen Ventilator. Das hier war der reinste Ofen. Zwei Mal ging Ivón aus dem Zimmer, holte mehr Rum. Sie regelte die Angelegenheit mit ihrer Tochter so, dass diese bei einer Nachbarin bleiben konnte. Die Schwiegermutter durfte nicht wissen, was sie da tat. Wenn der schwarze Riesenkerl im Bau etwas erfuhr, war Ivóns Leben keinen Centavo mehr wert. Eines Tages würde der Typ rauskommen. Und dann würde er schnurstracks kommen, um ein Blutbad anzurichten. Hin und wieder ging Ivón ein bisschen anschaffen. In ein, zwei Tagen verdiente sie fünfzig oder hundert Dollar. Aber das war etwas anderes. Sie musste ihre Tochter durchbringen. Seelenruhig erzählte sie das dem Kerl, als sie ihn im Knast besuchte.

Der schnauzte sie sofort an:

»Und was ist mit mir?«

»Da, Schätzchen, das ist für dich.«

Sie drückte ihm zehn, fünfzehn Dollar in die Hand.

»Was, mehr nicht?«

»Wie viel willst du denn? Womit soll ich deine Tochter aufziehen? Und ich? Lebe ich etwa von Luft?«

»Schon gut, schon gut.«

Ivón wurde mit allem allein fertig. Rey wollte unbedingt bleiben, schon halb betrunken.

»Ich werde hier bleiben und mit dir leben.«

»Nein, Schätzchen, nein. Wenn der schwarze Mordskerl rauskommt, erdolcht er uns beide. Zwanzig Jahre haben sie ihm aufgebrummt, aber zwei hat er schon hinter sich, und sie können ihn jeden Moment freilassen. Der Mann ist gefährlich.«

»Ich bin knallhart, Ivón.«

»Ja, ja ...«

»Weißt du, wie man mich nennt?«

»Nein.«

»Den König von Havanna. Der köstlichste Schwanz Kubas.«

»Das stimmt, Schätzchen. Du bist der Wahnsinnige ... der totale Wahnsinn im Bett ... Aber solche wie dich gibt es zu Millionen, Millionen, und nicht nur in Kuba. Jeder Italiener, jeder Spanier, geradewegs in den Himmel ... also spiel dich hier nicht als Macker auf und geh wieder zu deiner Alten, damit sie dich aushält.«

»Sie hält mich nicht aus.«

»Natürlich nicht! Du vögelst die Alte selbstverständlich umsonst. Hör auf, mich zu verarschen, Jungchen! Mach weiter mit der Zigeunerin, und wenn es geht, sehen wir uns und haben ein Weilchen Spaß, und dann geht jeder wieder seiner Wege. Aber schön locker, ohne Zank und gar nichts.«

»Nein, nein, ich will, dass du meine Frau bist ... und dich schwängern, dir einen dicken Bauch machen.«

»Ach, lass das besoffene Gelaber. Um nichts in der Welt trage ich noch einen Hungerleider aus. Sieh dir die Kleine an ... jetzt bin ich diejenige, die für sie zu sorgen hat, der Kerl sitzt im Knast. Weil er den Schönen markiert und sich mit jedem anlegt. Falls ich noch mal ein Kind kriegen sollte, dann von einem Yankee mit vielen, vielen Scheinchen, aber sonst ist nichts mit Schwangerschaft ... ich bin doch nicht blöd!«

»Ja, aber ...«

»Nichts aber. Zieh dich an, damit du dich verdrücken kannst, denn es wird schon hell, und man darf dich hier nicht sehen.«

Sie stritten noch ein wenig weiter. Rey, der nicht gehen wollte, Ivón, die wollte, dass er verschwand. Schließlich ging er hinaus in den kühlen frühen Morgen. Es war noch dunkel. Er ging direkt zu Daisys Tür. Er wollte anklopfen, tat es aber nicht. Nein. Er brauchte noch einen Schluck Rum. Und eine Zigarre. Keinen Peso besaß er mehr. Er ging weiter. Und wie immer, jedes Mal, wenn er nicht wusste, wohin, schlug er den Weg zum Bahnhof im Jesús-María-Viertel ein. »Ach, Magda, Magda.« Einen Moment lang dachte er: »Wie gut mir doch Ivón gefällt. Aber es stimmt, was sie sagt. Wenn der schwarze Klotz aus dem Knast kommt, wird er auf Streit aus sein, uns den Kopf abhacken, und wir wissen nicht einmal, wer's gewesen ist. Sie ist klug, eine Frau, die weiß, was sie tut.« Er ging die Águila hoch. Es war fast fünf Uhr morgens. Finstere Nacht. Eine kühle Nacht. Rey nieste, mehrmals hintereinander. Ihm war ein wenig kalt, aber in der Luft lag außerdem ein penetranter, säuerlicher Geruch. In der Ferne heulten Sirenen. Aus Richtung Tallapiedra. Aus der Dunkelheit der Straßen, die von dort herführten, tauchten Tausende Menschen auf, die direkt aus dem Bett kamen. In Wolldecken gehüllt, in kurzen Hosen und Latschen, die Kinder hinter sich herschleifend oder schlafend auf dem Arm. Fast nackte Frauen. Schläfrige alte Männer und Frauen, bedeckt mit einem Handtuch oder Laken. Einige trugen Regenmäntel, viele alte Männer Umhänge aus Wolle. Alle hatten überstürzt ihre Betten verlassen und waren fortgezogen. Was war geschehen? Die Sirenen heulten beharrlich weiter, tönten immer grausiger. Rey lief gegen den Strom an. Langsam klärte sich sein Verstand. Vom Rum, vom Samenverbrauch und von der Müdigkeit. Stumpf ging er weiter. Viele Leute beugten sich über ihre Balkone. Der saure Geruch wurde ums Kapitol herum, Richtung Fraternidad-Park, noch stechender. Er setzte sich in der Nase fest. Irgendjemand fragte vom Balkon herab, was geschehen war. Man antwortete ihm:

»Ammoniakaustritt.«

»Es heißt, in Tallapiedra kann es zur Explosion kommen.«

»Ein Haufen Leute leidet unter Erstickungsanfällen. Man bringt sie in die Notaufnahmen.«

Von den Balkons herab wurden immer mehr Fragen laut. Die Flüchtigen kamen aus der Gefahrenzone, aus der Umgebung von Tallapiedra. Ein Patrouillenwagen mit Lautsprecher fuhr langsam durch Águila. Das Rotlicht blinkte in der Dunkelheit. Es erhellte kurz die Gebäuderuinen, die gespenstischen Leute. Die Stentorstimme eines Polizisten hallte von den Wänden wider:

»Begeben Sie sich geordnet hinunter zum Malecón. Verlassen Sie diesen Bereich. Warten Sie auf dem Malecón, bis der Alarm aufgehoben wird. Vermeiden Sie Unfälle. Es besteht keine Gefahr. Vermeiden Sie alle Panik. Räumen Sie diesen Bereich, räumen Sie diesen Bereich. Geordnet, aber schnell. In Richtung Malecón. Es besteht keine Gefahr, aber Richtung Malecón.«

Rey stieg weiter gegen die Strömung an. Es war eine Unmenge schläfriger Leute, die da mitten in der Nacht hinunter zum Malecón strömte. Der Ammoniakgeruch in der Luft wurde immer intensiver. Rey dachte an Magda: »Sie erstickt. Sie muss in ihrem Zimmer sein.« Er kam bis Monte. Feuerwehr- und Streifenwagen der Polizei. Sie hatten einen Kordon gebildet, ließen ihn nicht vorbei. Der Geruch war hier sehr stark. Die Polizisten hatten Taschentücher vors Gesicht gebunden und wurden brutal zu ihm.

»Runter, runter, zum Malecón. Sie können hier nicht durch, Bürger!«

Es waren Tausende Evakuierte. Auch die Sirenen der Polizeiautos und Krankenwagen heulten. Es galt, alle zu wecken und schnellstens aus ihren Häusern zu holen. Es gab keine

Möglichkeit, zu Magda zu kommen. Er wollte sich nicht mit den Polizisten und Feuerwehrleuten streiten. Das brachte nichts. Über Industria zog er sich zurück und setzte sich hinter dem Kapitol auf den Bordstein, gegenüber der Partagás. Der Ammoniakgeruch erschwerte das Atmen. Tausende Leute kamen vorüber, hustend, müde, vielleicht schläfrig, halb vergiftet. Der eine oder andere stieß ihn an die Schulter:

»Hey, Junge, los, komm mit. Bleib nicht hier sitzen.«

»Du wirst hier ersticken. Komm mit runter.«

Er bewegte sich nicht. Er hatte nur Magda im Kopf. Die Leute zogen immer weiter an ihm vorüber, brachten sich in Sicherheit. Wohl eine halbe Stunde saß er da. Eine Stunde. Es wurde langsam hell. Der Geruch war verflogen. Oder hatte er sich daran gewöhnt? Die Sirenen heulten nicht mehr. Er stand auf, streckte die Beine, machte ein paar Bewegungen. Dann schlug er erneut den Weg nach Jesús María ein. In dem Moment begannen wieder die Sirenen zu heulen. Die Polizisten und die Feuerwehrleute zogen sich langsam zurück. Ein Streifenwagen, zwei Streifenwagen, drei Wagen, vier, aus allen wurde zugleich etwas über Lautsprecher angesagt. Man verstand nichts davon. Rey meinte zu hören:

»Sie können zurückkommen … Entwarnung … unter Kontrolle … Austritt … kommen Sie zurück, vermeiden Sie … Unfälle … Erstickungen … sofortige Rückkehr in die Wohnungen …«

Rey beeilte sich noch etwas mehr. Er ging die Ángeles hinunter, direkt zu Magdas Haus. Genauer gesagt, zu den Trümmern, in denen Magda wohnte.

Unversehens prallten sie vor dem Gebäude fast aufeinander.

»He, Magda!«

»Rey!«

»Verdammt, gut, dass du rechtzeitig rausgekommen bist.«

»Hahaha.«

»Worüber lachst du? Ich bin sicher, es hätte nicht viel gefehlt und du wärst erstickt.«

»Woher weißt du das?«

»Weil du ratzt wie ein Baumstamm ... wahrscheinlich hast du nicht mal die Sirenen gehört.«

»Hahaha, wie gut du mich kennst, Schätzchen. Genauso war's. Es hätte nicht viel gefehlt und ich wäre hopsgegangen. Beinahe wäre ich jetzt drüben, auf der anderen Seite.«

»Und was ...?«

»Der Nachbar. Der Alte von nebenan. Er trat gegen meine Tür, bis ich wach wurde.«

»Er hat dir das Leben gerettet.«

»Man hat uns beide ins Krankenhaus gebracht, halb erstickt.«

»Was ist mit ihm?«

»Man hat ihn dabehalten. Er ist schon sehr alt, weißt du. Aber so was ... ungefähr fünfhundert halb erstickte Menschen liegen da. Den Alten haben sie in eine Ecke geschoben. Und ich war völlig hin ... total.«

Sie redeten und gingen die Treppe hoch. Rey fühlte sich glücklich in seiner Welt. Schon wenn er Magdalena ansah, bekam er eine herrliche Erektion. Er verbarg sie nicht. Er stellte gern seinen strammen Prügel zur Schau.

»Rey, wohin gehst du überhaupt? Habe ich dir nicht gesagt, du sollst nicht mehr zu mir kommen?«

»Schau mal, Schnuckelchen, sieh an, was du mit mir machst.«

Magda sah hin. Seit Tagen hatte sie keinen Sex gehabt.

»Und wieso steht der Schwanz Parade? Dabei habe ich ihn nicht mal angefasst.«

»Ich brauche dich nur anzusehen, und schon geht's los. Was soll ich machen?«

»O je, Schätzchen, du wirst jeden Tag verrückter.«

Magda griff ihm an die Hose und drückte ihn, ließ ihn nur einen kurzen Moment lang los, um das Vorhängeschloss zu öffnen. Sie traten ein. Und wieder drückte sie ihn und massierte ihn an den Perlen. Magda war abgemagert bei all dem Hungern, wusch sich aus Mangel an Wasser und Seife nur selten, rasierte sich nicht die Achseln, weil sie kein Messer hatte; ihre Kleidung war schmutzig, ihre Zähne fleckig. Wenn sie mal ein paar Pesos auftrieb, gab sie diese für Rum und Zigaretten aus. Alles in allem ein Desaster. Eine Schweinerei. Beide waren dreckig wie Schweine. Sie waren nicht aus Staub entstanden und würden wieder zu Staub werden. Nein. Sie waren aus Scheiße entstanden. Und in der Scheiße würden sie weitermachen.

Sie zogen sich nackt aus. Magdas Rippen stachen unter der Haut hervor. Das ganze Skelett war zu sehen. Rey hingegen war seit kurzem etwas erholter und vitaminisierter. Wie dem auch sei, die Katze lässt das Mausen nicht. Es war der Wahn. Sie wurden nicht müde. Wenn dies nicht Liebe war, so kam es ihr doch sehr nahe. Die Paranoia des Sex, der Zärtlichkeiten, der Hingabe. Irgendwann steckte Magda Rey den Finger in den Arsch. Zwei Finger. Drei Finger. Und zum ersten Mal genoss es Rey. Magda leckte ihm den Arsch und bearbeitete ihn dann weiter mit den Fingern. Und Rey ließ es zu und schrie und stöhnte, ermattet vor Lust. Etwas in seiner Machismo-Großtuerei hatte das bislang nicht zugelassen. Es war die völlige Hingabe.

Wie immer ernährten sie sich von Rum, Marihuana, Erdnüssen, Zigaretten. Als es Nacht wurde, schliefen sie. Am nächsten Morgen machten sie weiter. Ein paar Mal ging Rey los, um Rum, Brot mit Fleischkroketten, Zigaretten zu besorgen. Für mehr war kein Geld da. Magda kochte ein wenig Reis. Sie aßen einen Teller voll, dazu Avocados. Wieder wurde es Nacht. Sie schliefen ein paar Stunden, und wieder stand Rey der Knüppel stramm. Und sie machten weiter und immer weiter. Am dritten Morgen reagierte Magdalena:

»Rey, ich habe noch zwanzig Pesos und muss Erdnüsse kaufen. Ich kann das Geld nicht für Rum ausgeben.«

»In Ordnung.«

»Ich gehe zum Platz und komme gleich wieder.«

Über achtundvierzig Stunden lang hatten sie sich von der Welt abgeschottet, hatten ihre hemmungslose Liebe und ihren Wahnsinnssex wiederbelebt. Sie fühlten sich sehr wohl. Magda war erneut stolz darauf, einen solchen Mann zu haben.

»Du bist wahrhaftig der König von Havanna, Schätzchen. Du bist ein Verrückter.«

»Ich mache schon mal Tütchen fertig.«

»In knapp einer Stunde bin ich wieder zurück. Hundert Tütchen reichen.«

Rey fertigte die hundert Papiertütchen an. Die Stunden vergingen. Er warf sich zum Schlafen auf den Strohsack. Die Nacht brach herein. Rasend vor Hunger erwachte er inmitten der Dunkelheit. Magda war noch immer fort. Er hatte weder Geld noch Lust, auf die Straße zu gehen. Ein wenig Rum und ein paar Zigaretten waren noch übrig geblieben. Nach einigen Schlucken fiel er k. o. um. Er schlief bis zum nächsten Tag. Mit einem schrecklichen Kater und einer Gastritis wachte er auf. Unter großen Anstrengungen kam er irgendwie auf die Straße. Trotz der sauberen Kleidung hatte er wieder das Äußere eines Penners angenommen. Mit tief dunklen Rändern unter den Augen, unreiner Haut und erschöpfter, dreckiger Säufermiene. Er ging die Factoría hinunter, kam zur

Monte. Sein Körper und Geist waren eine Mischung aus Hunger und Erschöpfung, so dass er nicht klar denken konnte. Er ging einfach weiter, Schritt für Schritt, kam zur Galiano und blieb an der Kreuzung stehen. Ungeheuer viele Leute waren am Verkaufen und Kaufen. Ohne weiter nachzudenken, streckte er die Hand aus und murmelte den Vorübergehenden etwas zu. Niemand beachtete ihn. »Ich habe Hunger, bitte ... ich habe Hunger, bitte ... geben Sie ... ich habe Hunger, bitte geben Sie mir etwas für ... ich habe Hunger, bitte gebensiemir ...« Niemand gab ihm einen Centavo. Er musste etwas stehlen, jemandem mit Gewalt eine Tasche entreißen. Er fuhr fort mit seiner Bettellitanei und hielt gleichzeitig die Augen offen. Sobald man nicht aufpasste ... es standen hier mehrere Polizisten herum. Das laute Klirren von berstendem Glas. Ein Schwarzer in kurzen Hosen, ohne Hemd, mit einem einzigen Gummischlappen, der andere Fuß ohne Schuh, warf einen Stein in das Schaufenster eines Ledergeschäfts. Er wollte sich eine Ledertasche schnappen. Keine Schuhe, nur eine Tasche. Er zerschnitt sich die Füße, die Arme, die Hände. Ein paar Touristen filmten ihn auf Video und schossen Fotos. Zwei Polizisten kamen angelaufen. Wutentbrannt natürlich. Sie zogen ihre schwarzen Gummiknüppel aus dem Futteral, sahen die Videokameras, steckten die Gummiknüppel wieder ein. Der Typ hatte die Tasche schon in der Hand. Er war blutüberströmt, flüchtete aber nicht. Hunderte von Leuten waren stehen geblieben, um zuzuschauen. Friedlich nahmen die Polizisten ihm die Tasche ab und packten ihn. Der Typ riss sich frei und fing an, sie zu beschimpfen, denn er wollte seine Ledertasche wiederhaben. Bestimmt war er verrückt. Die Polizisten packten ihn wieder und bemühten sich, ihn mit allergrößter Vorsicht, als handele es sich um ein Sahnebaiser, wegzuführen. Ein paar lebenslustige, gut gelaunte schwarze Frauen, den Arsch in eng anliegendes Lycra verpackt, nutzten das Durcheinander, um aus dem Schaufenster ein paar Schuhe zu klauen. Sie mussten feststellen, dass von jedem Paar nur ein Schuh auslag. Nur der linke wurde ausgestellt. Der rechte wurde gut verwahrt. Daraufhin warfen sie die Schuhe wieder ins Fenster zurück. Zwei Angestellte kamen angerannt und packten Schuhe, Taschen und Sandalen im Laden zusammen. Die Kameras fingen alles ein. Zwei weitere wutschnaubende Polizisten kamen herbeigelaufen. Die beiden in Aktion raunten ihnen rasch etwas zu. Die neuen Protagonisten sahen in die Kameras. Oh, verstehe. Sie ließen ihre schwarzen Knüppel schön stecken. Alle vier nahmen jetzt den Kerl mit, ganz behutsam, der unbedingt zurück und die Tasche schnappen wollte. Die Leute gingen weiter. Die Touristen machten eine letzte Aufnahme. Alles hatte sich innerhalb von zwei, drei Minuten abgespielt. Die ganze Zeit über hatte Rey auf eine günstige Gelegenheit gelauert. Nichts da. Die Frauen klemmten ihre Handtaschen fest unter den Arm. Kein dummer Tourist war unter den Leuten. Nichts. Er bettelte weiter, ohne Hoffnung, aber er bettelte weiter.

Dann zogen Wolken auf. Innerhalb von fünfzehn Minuten bedeckte sich der Himmel mit dicken schwarzen Gewitterwolken. Es blies ein starker Nordwind. Donner und Blitze. Dicke Tropfen regneten herab. Die Straßenhändler sammelten eilig ihre Sachen ein. Rey dachte daran, einem Typen, der Brote mit Spanferkel von einem Karren aus verkaufte, ein paar davon zu stibitzen. Aber er traute sich nicht. Es standen zu viele Leute herum. Da fielen dem Kerl zwei Brote mit gebratenem Spanferkel auf den Boden. Drei Brote. Fast noch ein viertes, das er jedoch in der Luft abfangen konnte. Er machte Anstalten, die heruntergefallenen Brote vom Boden aufzuheben, aber zu viele Leute sahen zu. Nein. Mit einem Satz war Rey beim Karren. Er griff nach den Broten und biss hinein. Hm, Brot mit Spanferkel! Fast hätte er den Typen noch um etwas pikante Sauce gebeten. Aber der Mann sah ihn böse an, und Rey verkniff es sich.

Regen und Wind nahmen zu, wurden zu einem dichten Vorhang. Donner und Blitze. Die Leute flüchteten sich in die Hauseingänge. Einige betraten Ultra. Verbrachten die Zeit damit, in einen Laden zu schauen. Schon ließ der Regen nach, und alle wollten weitergehen.

Aber er hörte nicht auf. Stunden um Stunden regnete es. Die Leute brachen auf und wurden nass. Nach und nach leerten sich die Hauseingänge. Rey blieb zurück mit seinem Gebettel. Der Typ mit den Spanferkelbroten verkaufte nichts mehr. Um neun Uhr abends warf er die übrig gebliebenen Brote weg. Das Fleisch nahm er heraus und in seinem Karren mit. Es waren achtzehn Brote ohne Fleisch, aber mit Sauce. Unter der höllischen Sintflut sammelte Rey die Brote ein, wickelte sie in einen Polyäthylenfetzen und ging wieder die Ángeles hinunter zum Haus. Bis auf die Haut durchnässt, aber zufrieden kam er an. Magda war nicht da. Um seinem Unmut Luft zu machen, rief er laut:

»Verdammt noch mal, seit zwölf Stunden ist sie weg, um Erdnüsse zu besorgen! Muss sie die erst aussäen?«

Er aß einige Brote. Das Zimmer wurde von allen Seiten durchnässt. Durch das eingebrochene Dach, die Risse in der Wand und das kleine Fenster, kaum bedeckt von einem Stück Brett, drang Wasser. Inmitten der Dunkelheit – das Wasser lief über den Boden – fand Rey eine trockene Ecke an der Tür. Dorthin legte er den Strohsack und schlief ein zum Rauschen des unablässigen Regens, zu den Windböen und dem Donnern.

Am nächsten Morgen regnete es immer noch. Eine Stunde lang hörte es auf, dann regnete es vier Stunden lang intensiv weiter. Woher kam bloß all das Wasser? Rey verbrachte die ganze Zeit allein und aß die Brote. Er machte sich Sorgen wegen Magdas Ausbleiben. »Wahrscheinlich ist sie mit einem dieser alten Kerle zusammen und kommt mit Pesos zurück«, dachte er. Zum Glück blieb das kleine Stückchen Boden trocken. Das übrige Zimmer war geradezu ein Bach. »Hier drinnen kommt mehr Wasser runter als draußen«, dachte er. Nachts schlief er ein wenig. Der Tag brach an. Es regnete immer noch. Langsam wurde es zu viel. Der Wind war abgeflaut. »Vielleicht ein Zyklon?« Nie zuvor hatte er einen erlebt, kannte so etwas nur aus Erzählungen seiner Großmutter und seiner Mutter. Seit eineinhalb Tagen regnete es. Ein paar Brote waren ihm noch verblieben. Er zählte sie. Sieben. Er ging hinaus auf den Flur. Überall rann Wasser herab. Das Gebäude war fast völlig demoliert. In dem Stück, das noch stand, hatte Sandra gewohnt, außerdem der Alte, der Magda und ihnen beiden das Leben gerettet hatte. Jetzt war niemand mehr da. Sandra war im Gefängnis, der Alte im Krankenhaus oder tot, Magda verschollen im Regen. Rey konnte seinen Drang nicht länger zurückhalten: Er kauerte sich nieder und schiss ruhig und ausgiebig. Mit dem Tütenpapier wischte er sich ab. Fast war er fertig, als Magda, bis auf die Haut durchnässt, die Treppe hochkam. Das Wasser triefte an ihr herunter. Als sie Rey scheißen sah, fing sie laut an zu lachen.

»Was gibt's da zu lachen?«

»Du siehst aus wie ein scheißender Affe.«

»Zwei Tage lang haust du ab, und das Lachen ist dir immer noch nicht vergangen.«

»Wenn dir das nicht passt, kannst du ja gehen. Wir sind hier bei mir, Schätzchen.«

»Was heißt hier bei dir?«

Sie gingen ins Zimmer hinein. Magda erschrak.

»Himmel, so nass war's hier noch nie!«

»Lenk nicht vom Thema ab, Magda.«

»Gut, dass du den Strohsack ins Trockene gebracht hast.«

»Magda, was treibst du? Was ist das für eine Hurerei?«

»Schau, ich habe Erdnüsse mitgebracht und ein paar Schachteln mit Essen ...«

»Magda, antworte mir.«

»Ach, hör auf, Schätzchen, spiel jetzt nicht schon wieder den Mann im Haus!«

»Spiel ich auch nicht. Zwei Tage lang habe ich hier auf dich gewartet. Und du warst einfach weg.«

»Schon gut, kleiner Hitzkopf, lass uns jetzt essen ...«

»Wir werden nichts essen, verdammt, Magda ... Mach dich nicht über mich lustig.«

»Bist du wild?«

»Klar bin ich wild! Ich bin total spitz! Du Nutte!«

»Nix Nutte und nix spitz. Rey, verdammt noch mal! Spiel hier nicht den harten Macker. Du bist ein dummer Junge und Hungerleider von siebzehn. Ich war beim Vater meines Sohnes, der ist ein riesengroßer, starker Schwarzer von vierzig mit einem Haus und allem Drum und Dran, und er liebt mich sehr und hat Pesos. Ja, das ist ein Mann! Mit vielen Scheinen und vielem, was mir hilft! Du hingegen bist ein Einfaltspinsel, Rey, ein verdammter Nichtsnutz, also hör auf zu nerven.«

Rey stürzte sich auf sie und gab ihr ein paar Ohrfeigen. Magda verteidigte sich und zerkratzte ihm das Gesicht. Rey versetzte ihr einen ordentlichen Kinnhaken. Sie fiel zu Boden. Wieder und wieder trat er nach ihr. Sie packte einen Fuß, so dass er das Gleichgewicht verlor. Sie wälzten sich in dem schlammigen Wasser. Das kühlte beide ein wenig ab. Sie beschimpften einander nicht mehr, lagen ruhig da, ohne sich zu bewegen. Magda fing an zu schluchzen. Rey wurde weich, als er sie weinen sah.

»Magda, im Namen deiner Mutter, wein doch nicht.«

»Ach, Rey, ich liebe dich so sehr, so sehr, Rey. Du hast keine Ahnung, wie sehr ich dich mag, wie sehr du mir gefehlt hast.«

»Und dein Schwarzer?«

»Den auch.«

»Auch was?«

»Den mag ich auch. Ich bin in euch beide verliebt. Siehst du das nicht, du Trottel, Idiot?«

»Beleidige mich nicht!«

»Ich liebe euch beide. Ach, Rey, ich sitze zwischen zwei Stühlen … aber vergiss das jetzt. Jetzt bin ich bei dir.«

»Ja, und dasselbe sagst du ihm.«

»Nein, Schätzchen, nein.«

»Ach …«

Rey verstand das alles nicht. Die Eifersucht brachte ihn erneut in Rage. Magda streichelte und küsste ihn mit so viel Zärtlichkeit, dass er sich wieder beruhigte. Sie zogen sich aus, legten sich auf den Strohsack und liebten sich zärtlich wie nie zuvor. Rey drang tief in sie ein, mit aller Liebe dieser Welt, und sie liebten sich erneut voller Leidenschaft.

Magda hatte ein wenig Geld. Rey wollte es von ihr haben, um Rum zu kaufen.

»Spinnst du, Rey? Alles ist geschlossen. Überall sind Überschwemmungen.«

»Woher weißt du das?«

»Der Vater meines Sohnes hat ein normales Haus, sogar mit Radio. Keinen solchen Schweinestall wie das hier.«

»Aha.«

»Außerdem musste ich zu Fuß kommen. Es fahren keine Busse, nichts, gar nichts. Jetzt ist das hier wirklich hin.«

»Dann gibt's also weder Rum noch Zigaretten?«

»Nichts gibt's, Schätzchen, gar nichts.«

Es gab nichts, aber sie beteten sich gegenseitig an. Draußen regnete es weiter in Strömen. Manchmal mit starkem Wind. Am nächsten Tag um drei Uhr nachmittags war der Sturm immer noch auf seinem Höhepunkt. Seit zweiundsiebzig Stunden regnete es über Havanna zu stürmischen Winden, Böen, Donnerschlag. Die Stadt stand still.

»Wenn es aufhört zu regnen, möchte ich hinaus aufs Land. Es ist lange her, seit ich den Jungen zuletzt gesehen habe.«

»Wen du wirklich sehen willst, ist der Vater des Jungen. Mach mir nichts vor.«

»Iiich?«

»Ja, duuuu. Spiel nicht das Unschuldslamm.«

»Wie zynisch du bist.«

»Und du eine Hurentochter.«

»Hahaha.«

Es wurde dunkel. Die Nacht brach herein, und Magda lachte laut weiter. Es gefiel ihr, Reys Zorn herauszufordern. In dem Moment gaben die Mauern langsam nach. Sie hatten sich mit tonnenschwerem Wasser voll gesaugt. Die brüchigen, rissig gewordenen Steine, die über ein Jahrhundert lang standgehalten hatten, beschlossen, dass es jetzt reichte, und brachen ein. Unter lautem Krachen stürzte alles herab. Das Dach und die Mauern. Auch der Fußboden gab nach, und alles fiel noch einmal fünf Meter tiefer zur Erde. Nur das trockenere und festere Stück Mauer neben dem Eingang blieb stehen. Genau dort saßen sie auf ihrem Strohsack. Inmitten des Staubs und der Dunkelheit tasteten sie nach einander und umarmten sich. Sie waren am Leben!

»Himmel, Rey, alles in Ordnung mit dir? Los, wir müssen hier schnellstens weg! Mach schon!«

»Nein, nein, o verdammt, auuu … Scheiße!«

Rey wollte sein linkes Bein anziehen, das unter einem riesigen Steinbrocken eingeklemmt war. Er schaffte es nicht. Endlich gelang es Magda, trotz Staub und Dunkelheit zu sehen, was geschehen war. Sie wollte versuchen, ihm zu helfen, den Schuttbrocken wegzuschieben. Vergebens. Er war viel zu schwer. Sie hörten, wie die noch stehenden Stücke von Mauer und Dach knarrten. Jeden Moment konnte auch dieser Teil einstürzen. In seiner Verzweiflung, festgeklemmt, wie er war, tastete Rey um sich und fand ein Stück Rohr. Er zog es heran.

»Da, Magda, nimm das und benutz es als Hebel!«

Sie setzte mehrmals an. Der Steinbrocken bewegte sich etwas. Noch ein wenig mehr. Rey zerrte mit aller Kraft und zog sein Bein zu sich, das in der Falle eingequetscht gewesen war. Höchste Zeit, von hier wegzukommen. Sie traten hinaus auf den Flur. Es gab keine Treppe mehr. Auch sie war eingestürzt. Sie standen jetzt auf einem winzigen Stück Boden und Mauer in fünf Meter Höhe. Unglaublicherweise hielt es sich noch aufrecht. Rey dachte nicht weiter nach. Er packte Magda bei der Hand und sagte zu ihr nur:

»Los!«

Sie sprangen und landeten auf allen vieren in den Trümmern, rissen sich Hände und Knie auf. Rey humpelte. Sie flüchteten zur Straße. Trotz des Regens stand dort eine Gruppe von dreißig, vierzig Schaulustigen. Einer rief:

»Seht nur, da sind zwei Überlebende!«

Sie sahen nicht zurück, liefen direkt zum Bahnhof. Hinter ihrem Rücken krachte es laut: Auch das letzte Stück von Magdas Zimmer gab nach.

Rey humpelte. Der Knöchel tat ihm weh. Er trug nur eine

kurze Hose. Magda hatte Shorts und eine zerlumpte Bluse an, die sie gerade noch hatte greifen können. Beide liefen ohne Schuhe. Sie waren von weißem Staub bedeckt, verängstigt, orientierungslos, sahen aus wie zwei der Hölle Entlaufene. Der Bahnhof war voll evakuierter Familien, weinender Kinder, Leute, die um einen Eimer Wasser Schlange standen. Auch in der Umgebung liefen viele Leute umher. Hier war Katastrophengebiet. Dutzende Gebäude waren eingestürzt. Niemand wusste, wie viele Tote und Verletzte es bisher gab. Und es regnete weiter in Strömen. Magda hängte sich an Reys Arm, als sie sich in Egido in einen Türrahmen geflüchtet hatten.

»Verdammt, Rey, ich habe eine Kiste Erdnüsse und fünfzig Pesos verloren.«

»Ist ganz egal. Wir haben Glück, dass wir unser Leben retten konnten.«

»Tut dir das Bein weh?«

»Der Knöchel.«

Magda untersuchte es. Es war nicht entzündet, tat ihm nur weh.

»Ist vielleicht ein Knochen gebrochen?«

»Was weiß ich.«

Gegenüber am Bahnhofsportal stand ein Feldzelt mit der Flagge des Roten Kreuzes.

»Sieh mal, Rey, da gibt's bestimmt einen Arzt.«

»Nein, nein, nein.«

»Was heißt hier nein? Los, komm schon.«

»Nein. Ich gehe nicht.«

»Warum nicht, Rey?«

»Ich mag keine Ärzte und keine Zahnärzte und all das.«

»Rey, jetzt stell dich nicht so an! Los, komm!«

Magda packte ihn am Arm und zerrte ihn fast hinter sich

her. Das Zelt war nur für schwere Notfälle. Man konnte ihn nicht behandeln. Jemand wies sie darauf hin, dass man in den Lagerräumen des Innenhofs ein kleines Lazarett errichtet hatte. Noch tiefer durchnässt, kamen sie in den Innenhof des Bahnhofs. Das Lazarett war die reinste Irrenanstalt. Es befand sich in den Lagerräumen der Expressgüter. Inmitten aller möglichen Gegenstände, die aus den Provinzen angekommen waren, aber nicht ausgeliefert werden konnten, hatte man Feldbetten, Pritschen oder auch nur einfach Matratzen am Boden aufgereiht. Kranke, Ärzte und viele andere Leute wuselten umher. Alle gingen, liefen, schrien, sprachen. Alles gleichzeitig. Nachdem Magda viel Theater gemacht hatte – Rey sagte kein Wort –, nahm sich eine Krankenschwester ihrer an. Sie untersuchte seinen Knöchel.

»Ja, schon möglich, dass er gebrochen ist ... ich weiß nicht ... obwohl er nicht angeschwollen ist ... Tut er dir weh? Ich weiß nicht, was ich dir sagen soll, du musst zu einem Orthopäden.«

»Na gut, gehen wir.«

»Neiiin, mein Kleiner, hier geht das nicht.«

»Warum nicht, Süße?«

»Weil's hier keine Orthopäden gibt. Geht in ein normales Krankenhaus. Dieses hier ist nur für Notfälle.«

»Aber das hier ist ein Notfall, Schwester! Meinem Mann ist ein Steinbrocken auf den Fuß gefallen. Das ganze Haus ist über uns eingestürzt, und ...«

»Bitte beruhigen Sie sich, Señora! Und schreien Sie nicht, Sie sind hier nicht zu Hause. Er ist weder verwundet, noch blutet er, also ist das keine schwere Verletzung und kein Notfall. Es-gibt-hier-kei-nen-Or-tho-pä-den! Ist das jetzt klar? Es ist nicht so, dass ich ihn nicht behandeln will, nur gibt-es-hier-kei-nen-Or-tho-pä-den! Verstehen Sie doch.«

Und schon lief die Krankenschwester woandershin. Dutzende warteten darauf, dass man sich um sie kümmerte. Rey und Magda gingen fort, traten wieder hinaus in den Regen.

»Gott sei Dank, immerhin haben die Blitze nachgelassen, gesegnet sei Santa Bárbara.«

»Warum?«

»Blitze machen mir Angst.«

Rey hinkte weiter, gestützt auf Magda. Die Stadt war völlig gelähmt. Und im Dunkeln. Nach tagelangem Regen war die Stadt in einen komaähnlichen Zustand gefallen. Stromfluss, Wasserversorgung, Telefonverbindungen, Gas und öffentliche Transportmittel waren unterbrochen. Rey und Magda merkten es gar nicht.

Hier und da ließ der Regen nach und verwandelte sich in einen feinen Sprühregen. Sie gingen über die Avenida del Puerto hinüber zu den Hochgleisen der Bahn. In der Umgebung von Tallapiedra gab es genügend Unterschlüpfe: ausrangierte, verrostete Maschinen, Metallbleche, Gebüsch. Sie krochen unter einen halb vergammelten LKW. Hier waren sie immerhin im Trockenen. Sie mussten niesen, hatten sich erkältet. Nur ein wenig ausruhen wollten sie und schliefen ein.

Am nächsten Tag taten ihnen alle Knochen weh. Sie wollten aufstehen. Rey strengte sich an und setzte sich in Bewegung. Es war bewölkt, Regen und Wind hatten aber nachgelassen. Reynaldo schlug seine alte Route ein. Er wusste, wohin er ging.

»Wohin gehen wir, Rey?«

»Zu meinem Häuschen, du wirst schon sehen.«

»Hahaha.«

»Magda, Himmel noch mal, lach nicht so dreckig!«

»Zu meinem Häuschen! Wenn man dich so hört, könnte man's fast glauben.«

»Du musst dich aber auch über alles lustig machen.«

Eine Stunde lang gingen sie weiter. Als ihnen wieder warm war, fühlten sie sich besser und legten einen Schritt zu. Magda seufzte:

»Bittet, und es wird euch gegeben.«

»Was?«

»Das sagen die Pfarrer immer.«

»Gehst du in die Kirche?«

»Nein, aber ich stell mich mit meinen Erdnüssen ans Portal. Und dann sagen die Pfarrer immer: »Bitte, und es wird dir gegeben.«

»Schöne Scheiße.«

»Hmmm.«

»Bitte um ein Haus, Magda. Mal sehen, ob es uns vom Himmel fällt.«

»Und was zu essen, Rey. Was ich für'nen Hunger habe!«

»Ich auch.«

Der Schrottplatz mit den verrosteten Karosserien war in Sicht. Rey fasste neuen Mut. Um sie herum war viel grünes und dorniges Gestrüpp und Morast. Kleine Rinnsale Wasser liefen über den Erdboden. Nach vier Tagen Regen konnte der Boden kein Wasser mehr aufnehmen. Rey zeigte ihr den Weg. Barfuß durch Wasser und Schlamm glitschend, traten sie ein. Er kannte diesen Ort in- und auswendig, fand aber den Container nicht. Sie schlüpften im Schildpanzer eines alten Autobusses unter. Man hatte Blechstücke von ihm abgerissen, aber einige waren doch noch geblieben. Der Hunger biss ihnen in die Eingeweide.

»Magda, ich kann nicht mehr.«

»Wir müssen etwas zu essen auftreiben, Rey. Wenn wir hier bleiben, verhungern wir.«

»Ich muss schlafen, ich kann nicht mehr.«

»Männer sind wirklich Jammerlappen … ganz so schlimm ist's doch nicht, Rey. Es könnte schlimmer sein.«

»Ja, immer kann's noch schlimmer sein … verdammt.«

»Ach, komm, lass deinen Knöchel sehen. Tut er noch weh?«

»Ja, ziemlich.«

»Jammerlappen! Du bist mir ein schöner Jammerlappen.«

»Warum fragst du dann erst? Hör jetzt auf zu frotzeln.«

»Schau, Rey, da hinten stehen ein paar kleine Häuser.«

»Ja, ich bin an die Leute da nie näher herangegangen, weil …«

»Weil du ein Eigenbrötler bist, aber ich gehe hin. Vielleicht geben sie mir etwas zu essen.«

»Nichts werden sie dir geben.«

»Wollen wir wetten?«

»Ja, ich setze hundert Grüne, dass sie nichts geben.«

»Und ich hundert, dass sie sehr wohl was geben. Los, leg deine hundert hin … hahaha.«

»… wir und hundert Dollar, ha …«

»Ich gehe jetzt. Deck den Tisch, Teller, Servietten, alles, gleich bin ich nämlich mit den Fressalien wieder zurück, hahaha.«

Magda zog los. Im Bus waren ein paar Reste von Sitzen übrig. Rey richtete so etwas wie ein Sofa her und machte es sich zum Schlafen bequem. Von der riesigen städtischen Müllhalde in nur ein paar hundert Meter Entfernung ging ein Gestank aus, dass einem übel wurde. Rey schnupperte und fühlte sich heimisch. Die Gerüche der Armut: Scheiße und Fäulnis. Er empfand seine Umgebung als wohnlich und schützend. Hm, wie gemütlich! Und ruhig schlief er ein.

Zwei Stunden später kam Magda zurück. Sie brachte einen Teller Reis, zwei gekochte Kartoffeln, einen Krug Wasser mit Zucker und weckte Rey.

»Komm schon, Schätzchen, iss das hier und gib mir meine hundert Grünen, ich habe gewonnen.«

»Und was ist mit dir?«

»Ich habe schon gegessen.«

»Du hast schon gegessen? Wer hat dir das gegeben?«

»Ach, hahaha ...«

»Du und die Alten, die Alten und du.«

»Iss und hör auf, mich zu schelten.«

Rey schlief wieder ein. Magda schnarchte schon an seiner Seite. Als er aufwachte, war es dunkel. Magda war fort. Solange er still lag, tat ihm der Knöchel nicht weh. Er schlief wieder ein.

Magda kam am darauf folgenden Nachmittag zurück. Sie brachte eine Pizza, fünf Pesos, Zigaretten mit. Man hatte ihr ein Paar alte Schuhe geschenkt.

»Hey, wie flink du bist.«

»Iss die Pizza. Wir müssen einen Arzt aufsuchen. Dein Knöchel ...«

»Nein. Keinen Arzt. Er heilt von allein.«

»Aber er tut dir immer noch weh.«

»Wenn ich ihn bewege.«

In einer Plastiktüte brachte Magda eine Bluse, einen Rock, eine Hose und ein Hemd mit kurzem Arm. Alles gebraucht, aber sauber. Sie zogen sich an.

»Ich muss dir Schuhe oder ein Paar Latschen beschaffen. So kannst du nicht weiter herumlaufen.«

Eine Weile schwiegen sie und sahen sich an. Magda begann laut zu lachen und steckte Rey an. Sie zogen sich wieder aus und betrachteten sich gegenseitig von oben bis unten. Reys Schwanz stand schon wieder auf Hab Acht! Magda stellte sich rittlings über ihn. Und Rey leckte ihr die saure, schmutzige Möse mit dem Geruch von Fisch. So gefiel sie ihm, schön stinkend. Dann fing sie an, an ihm zu lutschen. Sie gingen in Stellung Neunundsechzig. Seit vielen Tagen hatten sie sich nicht gewaschen. Sie waren zwei Schweine, gierig nach einander wie Tiere. Und erneut begingen sie eine ihrer verrückten Orgien. Ein ums andere Mal sagte sie zu ihm:

»Was hast du nur mit mir gemacht, du Schuft? Wie sehr ich dich liebe! Ach, wie sehr ich dich mag! Steck ihn tiefer rein! Ganz bis hinten durch! Mach mir ein Kind, verdammt, mach mir ein Kind!«

»Wirklich? Willst du wirklich, dass ich dir ein Kind mache?«

»Ach jaaa! Steck mir deinen Riesenschwanz bis hinten durch! Bis zum Äußersten! Mach mir ein Kind! Jeden Tag verliebe ich mich mehr in dich. Los, komm schon, ich will ein Kind von dir!«

So verbrachten sie die Tage. Für Rey vergingen sie langsam. Immer wartete er darauf, dass Magda zurückkam. Manchmal kam sie erst spät nachts oder in den frühen Morgenstunden. Immer brachte sie etwas zu essen, Geld, alte Kleidungsstücke mit. Rey wurde eifersüchtig, besonders, als sie einen ganzen Tag lang wegblieb. Es gab einen Riesenkrach. Sie schlugen und beschimpften sich. Die Eifersucht machte ihn rasend. Sie beruhigte ihn, indem sie ihn mit Rum, Marihuana, Geld, etwas zu essen abfüllte. Und danach wilden Sex. Es war ein Hass-Liebe-Ritual. Gewalt und Zärtlichkeit. Ihr kamen vor Rührung die Tränen, wenn er sie von hinten nahm, sehr gründlich, und sie zärtlich küsste, bis er schnaubte wie ein Stier und seine heißen, fruchtbaren, ausgiebigen Samenströme in sie abspritzte.

»Da, nimm das, du Schlampe, ich werde dir schon ein Kind machen, verdammt! Nimm den Saft, ich krieg dich schon schwanger!«

Sie spürte, wie er heiß und dickflüssig austrat und in sie eindrang. So ging's jeden Tag. Sie kam immer zurück. Zu allen möglichen Zeiten. Und ließ ihn im Ungewissen und rasen vor Eifersucht. Sie bekam jeden Tag ihre Ration Prügel und danach ihre Ration Liebe und Samen. Rey konnte schon wieder gehen. Er hinkte. Und es tat ihm noch etwas weh. Er fand ein Stück verrostete Säge. Geduldig schärfte er es und fertigte sich ein Messer an, ein kleines, aber sehr scharfes. Er schnitt einen Ast ab und schnitzte sich einen Stock. Zeit hatte er im Überfluss. Er schnitzte eine Taube, eine Schlange, ein Schwert hinein, musste an die Zeit der Tätowierungen denken. Die Zeichnungen gelangen ihm gut. Er nutzte seine Zeit und schnitzte geduldig. Jetzt, auf den Stock gestützt, konnte er besser gehen. Er verbrachte viel Zeit allein, träumte davon, Magda zu schwängern. Ein, zwei, drei Mal. Drei oder vier Jungs zu haben. Er liebte diese Frau, betete sie an, wollte sie ganz für sich allein. Das einzig Nervtötende war, dass sie immer zu lange weg war und er nie wusste, bei wem, was sie tat, wo sie sich herumtrieb. Ihm ging durch den Kopf, ein paar Bretter und ein paar Fetzen Polyäthylen zusammenzusuchen und daraus ein Häuschen zu bauen. Gleich hier, weit weg von den Leuten. Vielleicht konnte auch er Erdnüsse verkaufen. Oder sich eine andere Arbeit suchen. Und Magda unter Kontrolle halten. Ihr Selbstrespekt beibringen, damit sie die Hurerei sein ließ. »Sie ist ein Flittchen, aber wie sehr mag ich sie. Wie sehr ich dieses Flittchen mag«, dachte er.

Er sammelte alles Material aus der Umgebung zusammen. An dem Tag kam Magda früh zurück, es war noch hell. Sie brachte vierzig Pesos, Essen und Rum mit und hatte gebadet.

»Was hast du mit den Brettern vor, Rey?«

»Ich will ein Häuschen bauen.«

»Hier?«

»Hier.«

»Verdammt!«

»Was heißt hier verdammt?«

»Weil ich schon sechzig Pesos gespart habe. Ich will wieder mit den Erdnüssen anfangen.«

»Ja und? Vielleicht verkaufe ich ja auch Erdnüsse … oder sonst was … was weiß ich.«

»Hmmm … ich weiß nicht.«

»Was heißt, du weißt nicht? Rede nicht um den heißen Brei herum. Sprich schon.«

»Ich glaube, du hast mir ein Kind gemacht.«

»Iiich?«

»Ja, duuu! Der einzige Mann, den ich habe, bist du, und dein Saft steht mir bis zum Hals, also keine Ausreden. Es ist von dir!«

»Was ist mit den Alten? Mit diesem Haufen alter Männer, die …?«

»Nichts, gar nichts. Diese Greise machen niemanden schwanger, weder haben sie Saft, noch steht er ihnen überhaupt, verdammt noch mal. Das hier ist von dir! Mach jetzt keinen Rückzieher!«

Magda hatte eine Kerze mitgebracht. Und sie vögelten wild in ihrem winzigen Lichtschein. Erschöpft schliefen sie ein. Am nächsten Tag brach Magda sehr früh auf. Rey begann sein Häuschen zu bauen. Um ihm stabilen Halt zu geben, stützte er es gegen die Karosserie des Busses. Den ganzen Tag verbrachte er damit. Und war am Ende sehr stolz. Werkzeuge hatte er keine, nur das kleine Messer aus Stahl und ein Stück Eisen, das ihm als Hammer diente. Er war wirklich der König von Havanna!

Doch an dem Abend kam Magda nicht zurück. Auch nicht am darauf folgenden Tag. Rey machte sich Sorgen, war wütend, raste vor Eifersucht und Frustration, steigerte sich hinein. »Diese verfluchte Schlampe zieht mich voll in die Scheiße. Und niemand hat das Recht, mich in die Scheiße zu ziehen.«

Fast hätte er sein Häuschen zerstört. Um sich abzulenken, baute er eine kleine Holzbank mit alten Nägeln, die er aus einigen Verpackungskisten zog. Doch auch das vermochte seine Wut nicht zu besänftigen. Drei Tage und drei Nächte vergingen. Am Nachmittag des vierten Tages kam Magda zurück. Fröhlich strahlend kam sie in der Abenddämmerung an. Ihr Hals war bedeckt von bläulichen Knutschflecken und Bissspuren. Ausgesprochen glücklich lächelte sie. Sie trug einen Rock, eine Bluse, Plastikschuhe. Natürlich war alles alt, sah aber gut erhalten aus. Brutal packte Rey sie am Hals und schlug sie zwei Mal ins Gesicht.

»Wo hast du gesteckt, du hinterhältige Nutte? Vier Tage warst du weg!«

»Hey, lass mich los! Lass mich sofort los!«

»Ich bin dein Mann, und du hast mich zu respektieren!«

»Weder respektiere ich dich, noch bist du mein Mann oder sonst was!«

»Und was sind das hier für Knutschflecken, du unverschämte Schlampe? Bei wem warst du? Sag's mir!«

»Ich habe Erdnüsse verkauft.«

»Erdnüsse! Von wegen! Von wem hast du diese Knutschflecken?«

»Das geht dich überhaupt nichts an!«

Rey knallte ihr noch ein paar.

»Los, du Schlampe, sag's schon! Wer?«

»Das werde ich dir nicht sagen, dass du's nur weißt!«

Rey wurde immer wütender. Er schlug sie voller Wucht, versetzte ihr ein paar Fausthiebe und verrenkte ihr fast das Kinn.

»Ich war beim Vater meines Kindes! Der ist wenigstens ein Mann! Er hört mir zu, schenkt mir Kleidung, Essen, Geld, führt mich aus. Dieser schwarze Riesenkerl ist ein richtiger Mann!«

Blind vor Wut gab ihr Rey noch ein paar Ohrfeigen.

»Und was bin ich, du Drecksschlampe?«

»Du bist ein Hungerleider! Ein Nichtsnutz! Ein Taugenichts! Wartest nur immer den ganzen Tag auf mich, du Memme. Ich mag richtige Männer, keine kleinen Jungs wie du … du elender Wicht!«

»Und du bist eine Nutte!«

»Nutte, aber mit dem Mann, den ich mag! Drei Tage hintereinander hat ihn mir der Kerl reingesteckt. Pausenlos. Du bist ein Jüngelchen neben ihm. Und wenn ich schwanger bin, dann von ihm! Dass du's nur weißt und aufhörst, den harten Burschen zu spielen. Ich werde ihm noch einen Sohn schenken!«

Als er das hörte, drehte Rey vollständig durch. Er ergriff das kleine Messer, und mit einem einzigen Schnitt schlitzte er ihr die linke Wange vom Ohr bis zum Kinn auf. Die Wunde war so tief, dass man die Knochen, die Sehnen, die Zähne sah. Es gefiel ihm, sie so zu sehen, entstellt, mit aufgeschlitztem Gesicht und voller Blut, das ihr den Hals hinunterrann.

»Na, du Schlampe, siehst du jetzt, was für ein Mann ich bin?«

Entsetzt hielt sie die Hände an die Wunde und schrie ihn weiter an:

»Du feige Memme, du Arschloch! Der Neger wird dich umbringen! Ich werde ihn auf dich hetzen, damit er dich umbringt!«

Außer Kontrolle, versetzte Rey ihr einen weiteren Schnitt am Hals. Schnitt ihr die Halsschlagader durch. Mit einer einzigen Bewegung. Ein Strahl Blut schoss heraus und besudelte sie beide. Magda riss die Augen weit auf. Ein weiterer Strahl Blut unter Druck. Das Zerplatzen des Herzens. Noch einer, schon viel schwächer. Magda wurde ohnmächtig, fiel zu Boden. Viel Blut strömte aus der Wunde. In wenigen Sekunden war sie tot. Rey war geschockt, wusste nicht, was tun. Er zog Magda die Kleider aus, sich selbst. Beide Körper waren mit demselben klebrigen Blut verschmiert. Es gerann schnell. Der Erdboden saugte es auf, noch warm, wie es war. Und Rey bekam eine Erektion. Er spreizte ihre Beine, steckte ihn rein. Sie regte sich nicht.

»Beweg dich, du Schlampe, beweg dich und hol den Saft aus mir raus, du Dreckshure! Sag was, los, sag was zu mir!«

Innerhalb weniger Sekunden verspritzte Rey seinen Samen. Er zog seinen noch aufgerichteten Schwanz, aus dem weiter der Saft quoll, heraus und setzte sich auf Magdas Unterleib. Es wurde dunkel. Und er blieb da sitzen, auf der Leiche inmitten der Blutlache. In der Dunkelheit, ohne zu wissen, was er tun sollte.

Nach einiger Zeit stand er auf. Sein Verstand war völlig leer. Nichts war zu hören. Nur der widerliche Gestank der Müllhalde erinnerte ihn daran, dass er nicht allein auf der Welt war. Er ging wieder hinein, suchte einen Kerzenstumpen, zündete ihn an, um Magda genauer anzusehen. Ganz nahe an ihr Gesicht hielt er das Licht. Es hatte einen vor Entsetzen unerträglichen Ausdruck. Und die Augen geöffnet. Der tiefe Schnitt über die linke Wange machte es noch abstoßender. Aufmerksam hielt er das Licht über den ganzen blutverkrusteten Körper. Über ihre winzigen Brustwarzen, ihren Bauchnabel, ihre behaarte Scham. O je, da hatte er schon wieder eine Erektion. Er stellte die Kerze auf die Erde, masturbierte ein wenig, den Blick fest auf Magdas Möse gerichtet. Er spreizte sie etwas mit den Fingern und hielt die Kerze dicht daran, um besser sehen zu können.

»Ich werde meinen Saft nicht außen auf dich spritzen. Bilde dir das bloß nicht ein.«

Er drang in sie ein. Nie hatte er etwas so Kaltes an seinem Schwanz gespürt. Und gleich darauf kam er. Ohne sie weiter oben anzufassen. Das wollte er nicht sehen, war völlig in Anspruch genommen von Magdas Möse. Der restliche Körper war eine Schweinerei aus geronnenem Blut. Als er seinen ganzen Saft verspritzt hatte, zog er ihn raus. Er schüttelte den Rest ab und sagte laut zu ihr:

»Verarschen kannst du einen anderen, Magdalena! Ich bin der König von Havanna! Über mich macht sich niemand lustig, und schon gar nicht eine solche Straßennutte wie du!«

Jetzt war er befriedigt. Er löschte den Kerzenstumpen, legte sich hin und schlief ruhig die ganze Nacht durch. Als er am nächsten Tag aufwachte, dämmerte es, und er fühlte sich gut. Er sah auf die blutbefleckte Leiche neben sich mit dem Blick des Entsetzens. Und sprach wieder zu ihr.

»Willst du dich wieder über mich lustig machen? Willst du dich immer weiter über mich lustig machen? Sieh nur, was mit dir geschehen ist. Mach dich weiter lustig und ich zerschneide dir noch mehr. Ich bin der König von Havanna, und man hat mich zu respektieren!«

Er sah zur Tür hinaus. Absolute Ruhe. Niemand in der ganzen Umgebung. Er besah sich Hände, Arme, Brust. Alles war besudelt von dem geronnenen Blut. Sogar das Haar war davon verklebt. Er kratzte sich mit dem kleinen Messer. Vorsichtig. Trocken schabte er die ganze Kruste ab. Er durchsuchte Magdas Blusentaschen. Nichts, aber dann fand er eine Plastiktüte, die er in der Dunkelheit gar nicht gesehen hatte. Darin waren dreißig Pesos, zwei Brote, Zigaretten, ein sauberes Hemd. Er aß die Brote, probierte das Hemd an. Es passte ihm. Das Geld und die Zigaretten steckte er ein. Dann ging er hinaus. Er befestigte ein Stück Weißblech an der Tür, schön unterkeilt von einem Eisenstück, und entfernte sich dann Richtung Landstraße. Es war unwahrscheinlich, dass jemand dieses Häuschen fand inmitten von Gestrüpp und rostigem Schrott. Sobald man sich ein paar Schritte entfernte, war davon nichts mehr zu sehen, gut getarnt unter all der Sauerei.

Auf den Stock gestützt, setzte er mit dem Hinkebein seinen Weg fort. Er fühlte sich gut, frei, unabhängig, ruhig.

Sogar fröhlich. Fast euphorisch. Er ging bis Regla, durchquerte das ganze Dorf, kam zur Mole. Er kaufte eine Flasche Rum und setzte sich ans Meer, auf die Stufen, die ihm so gefielen. Ihm gegenüber lag ein Stück Sand, verschmutzt von Öl und Abfällen aller Art. Hinter seinem Rücken die Kirche. Vorne die Bucht mit einigen wenigen vor Anker liegenden Schiffen. Weiter hinten Havanna, herrlich, schön, verführerisch. Zu seiner Linken fuhr alle fünfzehn, zwanzig Minuten die mit Passagieren voll beladene Fähre ein. Die Sonne brannte heiß, aber es herrschte auch Stille und Einsamkeit. Ein paar Kinder planschten am Ufer, liefen in das von Öl, Kot und Abwässern verschmutzte Wasser. Das war eine gute Idee. Auch er nahm seine ganze Kraft zusammen, ging ins Wasser und rieb sich ein wenig ab. Er wusch die noch verbliebenen Blutkrusten fort. Dann ging er wieder an Land, setzte sich gemütlich auf die Stufen und trank Rum, betrachtete die Landschaft und dachte an nichts.

Er trank die Flasche aus, warf sie ins Meer. Er war breit wie eine Natter. Ihm fiel ein, dass er Magda beerdigen oder ins Meer werfen sollte. »Irgendwas muss ich tun, denn wenn die Aasgeier sie finden … Scheiße, die Aasgeier! Bestimmt umkreisen sie Magda schon, um sie dann zu vertilgen.«

Betrunken, humpelnd, stolpernd, gehetzt kehrte er zu seinem Häuschen zurück. Er dachte: »Die Aasgeier dürfen Magda nicht zu Mittag essen. Auf keinen Fall! Das kann ich nicht zulassen! Die Leiche der Verstorbenen hat Respekt verdient … selbstverständlich … man muss die Leiche dieser Nutte respektieren … hahaha.«

Als er hinkam, war es schon dunkel. Er war immer noch sehr betrunken, konnte in der Dunkelheit nichts sehen. Er nahm die Weißblechplatte aus der Tür, und wie ein Schlag traf ihn die Hitze, und Verwesungsgeruch stieg ihm in die Nase. In seinem Rausch sprach er zärtlich zu ihr:

»Genauso sollst du sein. Ganz ruhig, ohne dich zu bewegen, still, mit Respekt vor deinem Mann. All das ist passiert, weil du immer das letzte Wort haben musstest. Wärst du nicht so frech gewesen, wäre dir auch nichts geschehen. Siehst du? Da hast du dich selbst reingeritten. Du musst Respekt lernen, Magda … na ja, nicht mehr … jetzt brauchst du nichts mehr lernen … da hast du selbst Schuld, Magda, selbst Schuld.«

Er warf sich auf seinen Strohsack und war im Nu eingeschlafen. Am nächsten Tag stank die Tote noch mehr. Die Sonne schien, und im Innern des Häuschens beschleunigten Hitze und Feuchtigkeit die Verwesung der Leiche. Rey erwachte, sah sie eine ganze Weile an. Er dachte an nichts. Der Kopf und der ganze Körper taten ihm weh nach dem Suff. Am liebsten hätte er sich zum Teufel geschert und Magda dort liegen lassen. Für die Aasgeier.

»Was mache ich bloß mit dir, du dreckige Schlampe? Dreiste Scheißnutte. Wohin soll ich mit dir? Du hast wirklich verdient, dass die Aasgeier dich auffressen.«

Er stand auf und spazierte zwischen Gestrüpp und rostigem Schrott hindurch, erstieg eine kleine Anhöhe. Von dort sah man die Müllhalde, hundert Meter entfernt. Da waren Leute. Ein Bulldozer wälzte sich über den Müll und häufte ihn an. Ein paar Müllwagen entluden. Zehn, zwölf Typen tauchten in die Schweinerei und durchsuchten sie. »Hmmm, genau dort. Da werde ich dich heute Abend beerdigen, Magdalenita«, dachte er. Im Gebüsch versteckt, suchte er nach einem geeigneten Platz. Er musste abseits liegen und sicher sein. So schnell durfte man sie nicht finden. Niemand. Weder die Hunde noch die Aasgeier oder die Leute. Eine Zeit lang überlegte er, von woher er am besten an die Müllhalde herankam und wo er ein Loch graben konnte. Als er genau wusste, was zu tun sein würde, kehrte er zu seinem Häuschen zurück, ohne dass man ihn sah. Der Gestank Magdalenas war entsetzlich.

»Jetzt reicht mir dein Gestank. Heute Abend kommst du ins Loch. Hör verdammt noch mal auf zu verwesen! Das machst du nur, um mich über deinen Tod hinaus zu ärgern! Um dich sogar noch im Tod über mich lustig zu machen! Sei jetzt nicht so ein stinkendes Schwein! Hör auf mit der Verwesung!«

Den Rest des Tages verbrachte er im Schatten. An die Tür seines Häuschens gelehnt. Am Nachmittag kreisten die ersten Aasgeier über seinem Kopf. Einige landeten träge, verharrten in zwanzig, dreißig Meter Entfernung, erkundeten das Terrain. Sie hatten den Kadaver gerochen. »Da kommen deine kleinen Freunde, Magdalenita, willst du sie nicht empfangen? Geh hinaus und begrüße deine kleinen Freunde, Magdalenita. Los, spielt eure kleine Komödie. Sie fressen dich, und du hast deine Ruhe, hahaha.« Er warf ein paar Steine nach den Totenvögeln. Sie flatterten auf, schlugen ein paar Mal mit den Flügeln und nahmen wieder ihre Stellung ein. Aasvertilgung war ihre einzige Berufung. Und die mussten sie erfüllen.

Schließlich wurde es dunkel. Er verharrte ganz still, lauschte, hatte es nicht eilig, dachte: »Du bist Schlange, Taube, Schwert – El Rey, der König. Also Ruhe, keine Eile. Die kleine Nutte soll ruhig noch etwas warten.«

Nichts. Absolute Stille. Er betrat das Häuschen. In der Dunkelheit tastete er nach der Leiche. Steif, kalt, teuflisch stinkend. Er nahm sich zusammen und lud sie auf seine Schulter.

»Rauf mit dir, du Schlampe, ab geht's.«

Jetzt kannte er den Weg. Langsam, ohne Eile, den Wunsch unterdrückend, diesen stinkenden Körper abzuwerfen. Der Leiche troff widerlicher, klebriger Schleim aus Ohren, Nase, Mund, Augen, und sie hinterließ eine grauenvoll stinkende Spur. Er kam zur Spitze des Hügels, kauerte sich nieder, sah sich eine Zeit lang aufmerksam um. Im ganzen Umkreis war niemand. Langsam ging er zwischen dem Gestrüpp hinunter zur Müllhalde. Er kam zu den großen, faulenden Müllhaufen und sank bis zu den Knien ein. Noch ein Stück weiter, und er hatte die vorgesehene Stelle erreicht. Er warf die Leiche ab und begann mit den Händen zu graben. Eine ganze Weile grub er so, warf Gegenstände beiseite, im Laufe der Jahre abgelagerter Unrat. Plötzlich spürte er einen heftigen Schmerz im Fuß, dann noch mal. Er sah nach. Ratten! Viele Ratten, die ihn bissen. Er griff sie an, warf Dinge nach ihnen. Die Ratten fraßen die Leiche. Zwanzig. Dreißig. Es kamen immer mehr und mehr. Vierzig. Immer mehr. Sie bissen ihr in die Arme, in die Hände, ins Gesicht. Er entriss ihnen die Leiche. Die Ratten quiekten und stürzten sich auf ihn.

»Weg hier, ihr Dreckspack, weg hier! Sie kommt ins Loch!«

Es gelang ihm, die Leiche in das Loch zu werfen. Die Ratten setzten beißend hinterher, rasend nach dem Fleisch. Sie rissen Stücke aus der Leiche. Und sie bissen ihn und rissen Fetzen aus seiner Haut. Er warf Müll nach der Leiche und den Ratten, bedeckte sie, so gut er konnte. Ein paar Ratten liefen weiter darüber und griffen ihn unentwegt an. Schließlich war er fertig. Sein ganzer Körper schmerzte. Dutzende Bisse, vielleicht hundert oder noch mehr. Die Ratten waren riesig, kräftig, wild. Sie hatten ihm Stücke aus Armen, Händen, Gesicht, Bauch und Beinen herausgerissen. Er war kaputt. So gut er konnte, setzte er seinen Weg fort, schleppte sich zu seinem Häuschen. Fast eine Stunde brauchte er dafür. Er trat ein und warf sich auf den Strohsack. Ihm war schwindlig, kotzübel. Der ganze Körper tat ihm weh. Dann schlief er ein.

Als er aufwachte, wusste er nicht, ob Tag oder Nacht war. Fast bekam er nicht die Augen auf. Er wusste es nicht, aber er hatte vierzig Grad Fieber, das immer weiter bis auf zweiundvierzig Grad anstieg. Er erbrach. Die Übelkeit, der Schwindel, die Kopfschmerzen, das Fieberdelirium. Alles vereinigte sich, um ihn zu zerquetschen wie eine Kakerlake. Und er konnte nicht aufstehen. Vor seinem Auge zogen Bilder des Wahns vorüber. Eines nach dem anderen. Seine sterbende Mutter mit dem ins Gehirn gegrabenen Stahlstift. Seine vor ihm erstarrte Großmutter. Sein auf dem Asphalt zerschmetterter Bruder. Er selbst beim Betteln mit der Heiligenfigur. Er hatte großen Durst, wollte Wasser. »Magda, gib mir Wasser. Wasser, Magda, Wasser, Magda, Wasser, Magda, Wasser …«, brachte aber kein Wort heraus, konnte es nur denken. Er starb einen schrecklichen Tod. Sein Todeskampf dauerte sechs Tage und Nächte. Bis er das Bewusstsein verlor. Endlich starb er. Sein Körper verweste bereits, ausgelöst durch die schwärenden Bisse der Ratten. Die Leiche zersetzte sich in wenigen Stunden. Die Aasgeier kamen und zerfleischten ihn nach und nach. Der Schmaus dauerte vier Tage. Sie fraßen ihn langsam. Je mehr er verweste, desto besser schmeckte ihnen das Aas. Und niemand hat je etwas erfahren.

Havanna, 1998